U0445443

独角兽书系

洛基启示录

The Gospel of Loki

[英]乔安娜·哈里斯 /著　尤里 /译

重庆出版集团　重庆出版社

The Gospel of Loki
Copyright © Frogspawn Limited 2014
First published by Gollancz, an imprint of the Orion Publishing Group, London
Published by arrangement with Orion Publishing Group via The Grayhawk Agency
Simplified Chinese translation copyright © 2015 by Chongqing Publishing House Co., Ltd.
All rights reserved.
版贸核渝字（2014）第133号

图书在版编目(CIP)数据

洛基启示录 /（英）哈里斯著；尤里译.
-- 重庆：重庆出版社，2015.5（2019.7重印）
书名原文：The gospel of loki
ISBN 978-7-229-08956-6

Ⅰ.①洛… Ⅱ.①哈… ②尤… Ⅲ.①长篇小说—英国—现代 Ⅳ.①I561.45
中国版本图书馆CIP数据核字（2014）第269774号

洛基启示录
LUOJI QISHI LU

[英]乔安娜·哈里斯 著，尤里 译
责任编辑：邹 禾 肖 飒 骆思源
封面插图：clownkid666
装帧设计：纪三元
责任校对：刘 艳

重庆出版集团 出版
重庆出版社

重庆市南岸区南滨路162号1幢 邮政编码：400061 http://www.cqph.com
重庆出版社艺术设计有限公司 制版
成都国图广告印务有限公司 印刷
重庆出版集团图书发行有限责任公司 发行
E-mail:fxchu@cqph.com 邮购电话：023-61520646
全国新华书店经销

开本：787mm×1092mm 1/32 印张：12.25 字数：160千
2015年5月第1版 2019年7月第1版第4次印刷
ISBN 978-7-229-08956-6
定价：66.80元

如有印装问题，请向本集团图书发行有限公司调换：023-61520678

版权所有　侵权必究

献给阿努什卡

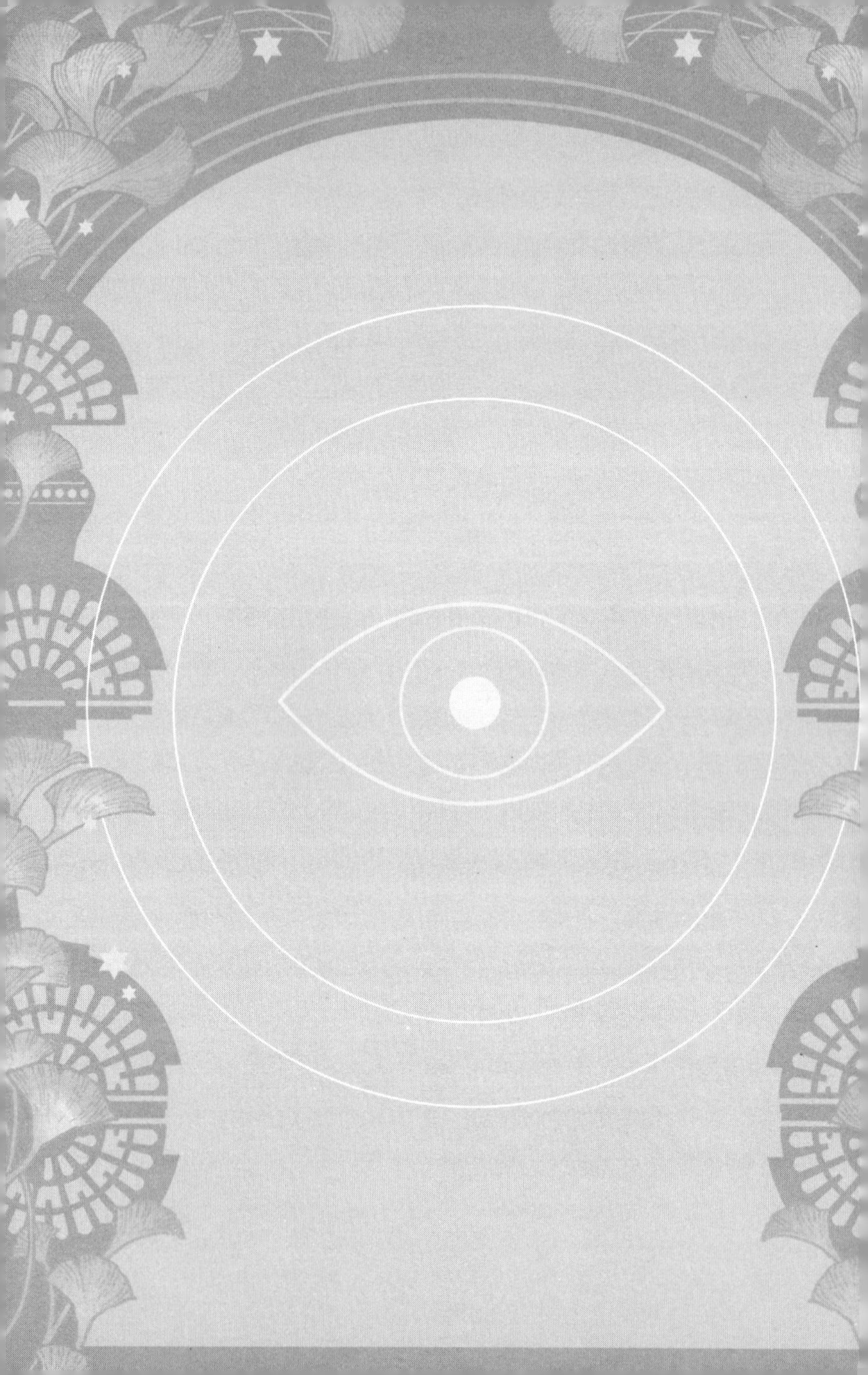

前言

尘世之子啊,我知道一个故事。

我必须将之传诵。

讲述那九界之树如何将生命赐予

由巨人统管的世界。

好了。打住。就在这儿打住吧。

这是官方版本。预言者之书,智者密弥尔的脑袋是这么对众神之父奥丁说的。三十六节诗,从最初的"要有光"一直到最后的诸神黄昏,九界历史尽在其中。

内容够紧凑的,对不对?

可是呢,这本书不是官方版本。而是我的所见所闻。对于这个故事你首先要知道的就是并不存在真正的开端,其实也没有真正的结尾。不过呢，同时我们也有多重的结局，多重的开端，彼此紧密交织，无人得以分辨。无数结尾，开端，预言，神话，故事，传说以及谎言，编织成同一张巨大的地毯；其中当然以谎言为最——你也能料到我会这样说，因为我乃是谎言之父。但这一次，我说的话至少和任何你称之为**历史**的事物一样真实。

看吧，这就是所谓历史。**他的故事**①。就是这么一回事。只是那老家伙的所见所闻，而我们其余人等都必须信之不疑。好了，你说我偏激也好，可我素来不会不经调查就全盘接受，而且我碰巧知道历史不过是捏造和隐喻，奇闻逸事都是这么来的，你只要刨根问底就能发现这一点。决定这个故事到底是千古流传还是故纸一堆的关键呢，自然就是怎样讲述，由谁讲述。

我们所知道的历史绝大部分源于同一部文献：《预言者之书》。这书很有年头，以古老的文字写就，在很长一段时期内都几乎囊括了我们所有的知识。由始至终，先知者和老家伙滴水不漏地保守着他们之间的秘密，导致日后我们发现它的真实含义却为时已晚，让场面变得更难看。

不过我们很快就会说到那里的。

"唯恐棍棒，何惧人言"，中庭的人们是这么说的，但如果运用语言得当，你就能凭空建造一个世界，然后自立为这世界之

---

① 文字游戏，将"历史"（history）拆分为"他的故事"（his story）。

王。自立为王，甚至自立为神——话又说回到那老家伙身上了，那个故事大师，如尼文高手，诗歌之主，创世与末世的撰写者。神创论者想让我们相信他的故事里每个字都是真的。但"不拘一格①"永远是老家伙的代名词。当然他有一大堆名号。我也一样。现在要说的不是他的历史，而是谜——我的故事②。这次就换个花样，从我开始吧。其他人已经讲过他们的版本。该轮到我了。

我要将这个故事命名为《洛卡布雷那》③，大致可译为洛基启示录。那就是我——洛基，光之使者，饱受误解之人，是这一套谎话中神秘莫测、英俊而谦逊的主人公。你大可以半信半疑，但我的故事至少和官方版本同样真实，而且我敢说，我的故事还比他们的更有趣。迄今为止，历史都总是让我扮演不讨好的角色。现在轮到我当主角了。

要

    有

        光。

---

① 原文为"破格"，指诗歌创作中为了艺术效果可不拘泥语言韵律自由发挥。

② 同样是文字游戏，将"谜"（mystery）拆分为"我的故事"（my story）。

③ 在斯堪的纳维亚地区人们曾将天狼星称为洛卡布雷那，意为"为洛基所烧"或"洛基的火把"。

人物介绍

以下是你将要在本书中遇见的人物。在你开始阅读前听我一言相劝:他们全都不可信任。

·**众神** (又名受欢迎团体)

·奥丁(Odin)——又名独眼,众神之父,老家伙,大统帅,阿萨神族之首。擅长推销自己(以及出卖他人)。为了点蝇头小利就会把他的兄弟推进狼口(而且真这么做过)。

·芙丽歌(Frigg)——奥丁之妻,女预言者。她的继子是下面那位……

·托尔(Thor)——雷神。喜欢捶东西。不怎么喜欢鄙人。

·希芙(Sif)——托尔的妻子。一头秀发。同样看我不顺眼。

·巴尔德(Balder)——和平之神。是的,没错。人称英俊的巴尔德。高大帅气,热爱运动,人见人爱。听起来有点自命不凡吧？没错，我也这么觉得。

·博拉基（Bragi）——诗歌之神。一句话：**等着听他弹鲁特琴吧**。

·伊瞳（Idun）——博拉基之妻。喜欢水果。

·芙蕾雅（Freyja）——欲望女神。虚荣又小气，控制欲强。只要事情和珠宝首饰沾边，她差不多就能和任何人上床。

·弗雷（Frey）——收割者。芙蕾雅的双胞兄弟。人不坏，但痴迷金发美女。

·玛尼（Mani）——月亮。开的车很酷。

·苏尔（Sol）——太阳。开的车很炫。

·西格恩（Sigyn）——芙蕾雅的侍女，我可爱的老婆。很可能是九界中最烦人的女人。

·海姆达尔（Heimdall）——守望者。不喜欢我。对鄙人怀恨在心。

·霍德尔（Hoder）——巴尔德的瞎子弟弟。射箭之准超乎你的想象。

·密弥尔（Mimir）——智者。奥丁的叔叔。智慧明显不足者。

·海尼尔（Honir）——沉默者。话就没停过。

·涅尔德（Njoörd）——弗雷和芙蕾雅之父。海洋之神，脚生得颇美。娶了下面这位……

·斯卡蒂（Skadi）——穿雪靴的女猎人。不是特喜欢我。她的字典里没有"一笑泯恩仇"这几个字。喜欢玩捆绑游戏，还喜欢蛇。

·埃吉尔（Aegir）——风暴之神。娶了……

·澜（Ran）——溺死者的守护人。奇怪的是，她喜欢开派对。

·提尔（Týr）——战神。勇敢，但脑子不好使。

·**其他** (包括：恶魔，怪物，军阀，怪胎以及其他不良分子)

·您真诚的鄙人我——您谦卑的叙述者。人称恶作剧之神，谎言之父，洛基，乐基，野火，天狼星，其他还有各种各样的绰号，有些不太好听。不是此地最受欢迎的人。

·赫尔（Hel）——鄙人的女儿，死者守护人。

·耶梦加得（Jormungand）——尘世巨蟒，恶魔之子，父亲正是鄙人。

·芬里斯（Fenris）——又名芬尼，魔狼，也是恶魔之子，父亲同上。

·安格波姐（Angrboda）——或安吉。前述三者之母。

·德瓦林（Dvalin）——一个铁匠。伊瓦尔迪的儿子之一。

·布罗克（Brokk）——一个铁匠。针线活很好。

·夏基（Thiassi）——一个领主。斯卡蒂之父。爱好冰钓、酷刑、国外旅行。

·提亚尔菲（Thialfi）——一个男粉丝。

·萝诗克瓦（Roskva）——一个女粉丝。

·古尔薇格·海伊德（Gullveig-Heid）——女巫。华纳神族的叛徒。精通如尼文。非凡的变形者。贪婪，聪明，恶毒。全是我最喜欢的特性……

·苏尔特王——混沌之主。你也可以随便起名来称呼这位无主之地的主人。

卷一·光

伊米尔尚在的创世之初,

没有陆地也没有海洋。

唯有虚空划破黑暗,

无人得睹璀璨星光。

——《预言者之书》

第一课

火与冰

切勿相信反刍动物……

——《洛卡布雷那》

我们全部诞生自烈火与寒冰。混沌与有序。光明与黑暗。起初——或者说在那些美好的老日子里——冰孔中喷射出火焰,带来破坏、混乱和改变。改变并不总是那么惬意,但却是生命的本质之一。就在那一刻,我们所知道的生命诞生了,下界的火焰刺穿上界的冰层。

在此之前,并不存在中庭界。没有神灵,没有人类,也没有动物。唯有秩序和混沌,纯粹而不受污染。

但是秩序和混沌都不怎么友好。完美的秩序是不可动摇的,它一成不变,了无生机。完全的混沌却又不可控制,它反复无常,毁灭一切。它们的中间地带——基本上只有温水——为另一种形式的生命创造出了完美的环境,使他们得以在冰封的荒原和冰层下爆发的火山之间繁衍生息。

官方版本是这么说的,并有预言书佐证:秩序与混沌的交会处出现了一个名叫伊米尔的巨人,他是冰巨人之父,还有一头母牛,奥德姆拉,她舔舐冰上的盐,由此生出最初的人勃利。由此我认为这头牛就是始作俑者,造成了之后的一切——战争,苦难,世界末日。第一课:绝不要相信一头会反刍的动物。

勃利和伊米尔的子孙后代打从一开始便彼此仇恨,不久便兵刃相见。勃利的三个孙子,也即包尔的儿子——名字分别是奥丁、维利和菲——最终杀死了老伊米尔,以伊米尔的残躯造就了中庭界:以他的骨造成山岩,肉造成土壤,热血造成奔涌的河流。他的头骨化为苍穹,大脑化为云层,眉毛化为内陆和外域的边界。

当然没有任何办法证实这一说法,让我们老实承认吧,那就是个不怎么可靠的假说。所有可能的目击证人都消失了,只有奥丁除外,那个老家伙,那场战争的唯一生还者,是他构建和记录了被我们称为上古世纪的时代,还碰巧只有他一人(还要加上我)在九界创生之初听过那个由密弥尔的头颅带来的无法回避的预言。

你大可以说我偏激。只不过这个故事听起来太草率简略。官方版本的描述遗漏了许多细节，神创论者们觉得可以忽略的细节。我个人对此持有怀疑——尤其是什么巨型奶牛——但即便是今时今日你在发表观点时依然须得留点神，曾几何时，即使是暗示奥丁的说法有些含混，都会被斥为异端，还会遭好多罪。这也是我从始至终都小心翼翼不曾将怀疑告于他人的原因。

但这就是宗教和历史立足的方式，并非通过战争和征服，而是通过诗篇、隐喻和歌谣，由学者文人所创，世代流传。同样的，大约五百年后，一种新的宗教又携着新的神祇前来取代我们，不靠战争，而凭借书籍、故事和话语。

说到底，尘埃落定后，唯有话语尚存。话语能打碎信仰，点燃战火，改变历史的轨迹。一个故事能使你心跳加速，能使城墙倒塌，能翻山越岭——嘿，故事甚至能让死人复生呢。这也是为什么故事之王到最后变为众神之王，因为**编造**历史和**创造**历史只有一线之隔。

雪兔在冬天会改变毛色以藏匿行踪。白蜡树在秋天会脱去叶子以抵御严寒。一切生命莫不如此——甚至连众神也是一样——随季节流转而改变形态。应该给这种现象起一个名字，实际上，这也应是我的名字之一。就让我们称之为革新吧。

第二课
阿萨神族与华纳神族

切勿相信智者。

——《洛卡布雷那》

世界变化不休。此消彼长是它的天性。这就是为什么古时候的中庭界比现在更小——不久后它将在冬季战争中扩张,接着又如浮冰消融般缩小,然后在秩序的统治下再次扩张。永远如此,在秩序和混沌之间转换。在两者之间是伊格德拉希尔,维持众界彼此独立的支点,有人称之为世界之树,有人称之为奥丁之马①。

---

① "伊格"是奥丁诸多化名之一,"德拉希尔"意为马。

果不其然,那老家伙把自己的名字加了进去,老把戏了,尽管那棵树(如果它真的是树)远在母牛奥德姆拉遇到伊米尔之前就生了根。

有人说它根本就不是树,而是宇宙的某种隐喻。他们说它扎根于地府,生长于河流的大锅①里,锅中的江河煮着无数生于梦之源头的幻象。它最高的枝干是在晴朗夜晚划过天空的群星。树枝遍布九界,甚至延伸到了混沌之中,那里的毒蛇和群魔不知疲倦地破坏它的根茎。一只名叫拉塔斯托克的松鼠在这棵巨树的枝干间穿行,带来每个世界的讯息——无疑是和独眼奥丁一样的行径。都是挖掘新闻的大师,一边囤积,一边散布。

有人可能怀疑老家伙和拉塔斯托克是同一人物,因为他的工作无非就是收集和散布信息。你也知道他的不灭传说就是这么来的。正因为此,也是他第一个发现时代即将变迁,我们的影响力即将逐渐衰退,我们的终结就要来临。

因为万物都有终结之时,当然了。任何事物都会死亡——甚至连世界、诸神和您真诚的叙述者我都不能免遭此劫。诸神黄昏,一切的终结,以比任何我们所知的文字都更为繁复难解的如尼文写在了每一个活细胞里。生命和死亡比肩而立——秩序和混沌并非截然对立,而是同一种宇宙力量的两种表征,只因太过巨

---

① 指不竭之泉赫瓦格密尔。赫瓦格密尔意即"沸腾的大锅"。

大而无法为我们所理解罢了。

我告诉你这些是为了让你明白这个故事将如何结尾,那就是,咱们谁也没有好下场。一切的开端都充满希冀,可是我们为自己建造的诸多世界只不过是一座座沙堡,等待晚潮的冲刷。我们的世界也不例外。奥丁知道这一点。但他还是继续建造。有些人就是永远学不乖。

所以……

用伊米尔的残留物(字面上的意义,也可以自行理解)开辟出各个世界之后,奥丁和包尔的其他两个儿子开始划分版图。冰巨人们得了外域,位于冰天雪地的北方。岩石巨人得了如一条脊椎般横贯内陆的山脉地区。人类——我们现在是这么叫他们的——在山谷和平原安家,住在中庭界的心脏地带。洞底族(我们过去叫他们"蛆虫[①]")住在下界的黑暗之中,埋头挖掘珍贵的金属。黑暗生物们——人狼、女巫和无名之物涌过梦河,奔往铁木树林,那是一片占去内陆南部大片地区的茂密森林,在它之后是沼泽,盐沼,最后是唯一之海。

天空也各有所属。太阳和月亮——奥丁说它们是火的碎片,来自混沌的熔炉——驾着各自的战车行驶在天上,你追我赶。到

[①] 北欧神话中,矮人和侏儒由伊米尔的尸体上所生出的形似蛆虫的生物变化而来。

了夜晚,天空繁星点点,宁静安详。众神居住的地方——因为那时奥丁已经自封为神了——则是阿斯加德,这座城堡在南部地区拔地而起,高耸入云,连接在它与中庭界的便是彩虹桥碧佛洛斯特——一座长而窄的石桥,在空中如彩虹般耀眼夺目。

当然他们不算是神。还不能算。另一个叫华纳的部落已经自命为神了。华纳神族火巨人的杂种,是混沌的渣滓和人类滥交所生,但他们的力量是奥丁的阿萨同胞们所无法掌握或效仿的。除此之外,华纳神族还有如尼文,可以借以书写他们自己的历史,用巧妙的春秋笔法确保他们这一势力在记忆中不朽。

奥丁也抱有同样的野心,他打从一开始就垂涎那些来自某本秘密文献的如尼符文,还有其中蕴藏的巨大力量。但不出所料,华纳神族毫无分享之意。

随之而来的是一连串冲突。阿萨神族尽管人数较为薄弱,在战略方面却遥遥领先,可华纳神族那边也有魔力和如尼符文,成功地阻止了阿萨神族进犯。老家伙尝试谈判,许诺以黄金换如尼文,有一段时间他们似乎都要签署和平协议了。

华纳神族派了一个使者到阿斯加德协商条款。她便是女巫古尔薇格·海伊德[①],这女人准备大干一场,拿走阿萨人的所有黄金。她能自如操纵火焰,和所有华纳人一样是巫师,还是变形

---

① "海伊德"意为"绝代美人"。

者，能使用如尼文，能预言，擅使魔力。我觉得她有点吓到他们了，也许只有奥丁不为所动，反而注视她卖弄魔力，越看就越是又惊又妒。

她以美丽女性的外表出现在他们面前，从头到脚都金光闪闪。没有结辫的头发上装饰着金子，手指和脚趾上的指环也都以金子打造。她便是光与热，便是欲望的化身——她走进屋中时，就连奥丁都心荡神驰。她向他展示文在双手手心上的，来自古老抄本的如尼符文，接着又在石片上用如尼文书写他的名字。她还向他展示了如尼符文在华纳神族手上的其他用途，并许诺会教他——只要他出得起价。

好吧，跟古尔薇格打交道，就别指望免费。贪婪就是她的天性。与华纳神族和解的代价就是金子，阿萨神族拥有的每一片金子。否则呢，女巫说，华纳神族就会用他们的魔法——他们的如尼文——把整个阿斯加德夷为平地。接着古尔薇格也褪去美女的形貌，变为咧着缺牙的瘪嘴坏笑的丑陋老太婆，嘲笑他们，还对他们说：

"所以你们选哪个呢，男孩们？金光闪闪的姑娘还是毒蛇？我可警告你们，姑娘和毒蛇都有牙齿，而且都没长在你们期望的那个地方哟。"

阿萨神族向来直截了当，他们被如此傲慢的态度激怒了。华纳神族选了个女人来下挑战书就已经是有意侮辱，而她的无礼和高傲（两者都是我尊敬和欣赏的性格）更是让奥丁及其族人气得失去理智。他们抓住古尔薇格，把她丢进奥丁的宴会大厅的熊熊炉火之中，却忘了她是火之子，丝毫不会为其所伤。

她化身为火，在火焰之中大肆嘲笑众人，朝他们吐唾沫，还发誓要让他们付出代价。他们试图用火烧死她，这帮白痴折腾了三次后才恍然大悟。闹到这个地步，和解的希望明显已经破灭了。

从狗变为神①所需的不过是一场革命，奥丁才刚刚开始。他知道的有关如尼文的信息越多，就越是想收为己用，同时也越灰心丧气。因为正如古尔薇格向他展示的那样，如尼文远远不是记录历史的工具这么简单。它们是混沌本身的碎片，充满混沌的火焰和能量。混沌的语言就蕴含在这十六个符号之中；掌握了它就掌握了非凡的力量。

这种力量足以改变世界：塑形、创建、统治、征服。借助如尼文和正确的领导，华纳神族本可以轻轻松松解决奥丁和他那一小撮革新者。但是他们是混沌的产物，缺乏守序的天性，没有合适的领导者，而阿萨神族的首领是奥丁，此人的无情几乎能和他的狡诈媲美。

双方战得如火如荼，不分轩轾；他们将双方国土之间的中庭

---

① 文字游戏，"狗"（dog）的字母顺序颠倒过来就是"神"（god）。

化为焦土，阿斯加德的城墙也变成了残垣断壁。古尔薇格看见和阿萨神族交战尝不到甜头就离开了，还带走一批叛变者，在山区地带自立为王。她丝毫无意与奥丁及其族人分享如尼文，就去投奔了住在极北之地的冰巨人。

冰巨人是一个野蛮的种族，是伊米尔的直系后代。他们憎恨所有阿萨神族，因为是阿萨人把他们赶到荒凉的北境，还窃取了他们与生俱来的财产——由伊米尔遗体而生的新世界。他们也同样憎恨华纳神族，但又崇敬混沌，因为混沌之火就奔涌在他们的血脉之中。他们一听古尔薇格的提议，就迫不及待地接受了。不同于阿萨神族，冰巨人是母系氏族，对女人掌权毫无异议。古尔薇格分给他们一些魔力，换来有关打猎、钓鱼、武器、船只以及在凄凉北地生存的一切知识。

在古尔薇格的影响下，冰巨人逐渐强大。他们为数众多，而阿萨神族和华纳神族人丁稀少。他们在山脉地区建立要塞，堡垒的根基深埋在山岩中。他们在冰川中掘出山谷，在群山中打出通路。

有一部分冰巨人从北地迁至铁木树林的森林之中，离阿斯加德所在的依达平原只有一箭之地。他们利用古尔薇格的如尼魔法改变外形，化身为诸如雪狼、猎鸟一类的动物捕猎和监视敌人。他们掠夺阿萨神族，也不放过华纳神族，日复一日地行凶作恶，直到最后奥丁意识到除非两族合作，否则阿萨神族和华纳神族都会败于这个半路杀出来的新强敌之手。

可是，争斗了这么多年，双方谁也不信任谁。没有信义作为保证，他们怎么能和平相处呢？奥丁的解决方式似乎很简单。

"我们交换吧，"他对华纳神族说。"你们的人和技术，换我们的人和技术。只要我们合作，就能从对方那里学到很多。就算有一方背叛，到时也能有几个合适的人质做交易。"

听起来很入情入理。华纳神族同意双方交换。他们会把如尼符文交给奥丁，而奥丁要与他们分享战术之道，还要送给他们一些领导者，让他们学习秩序和纪律的价值所在。

漫长的讨论之后，华纳神族同意交出海神涅尔德，以及他的孩子弗雷与芙蕾雅。作为交换他们得到了奥丁的叔叔智者伊米尔，可作益友和心腹，还有一个名叫海尼尔的英俊小伙子（大家给他起外号"沉默者"，指望他某天突然开窍，知趣地闭嘴）。奥丁选中他不是看中他的技术，而是因为如果不可避免的事态发生，阿萨族人最不可能追思缅怀的就是此君了。

协议的效力持续了一段时间。三个客人传授奥丁有关如尼文的奥秘，它们是来自古代抄本的十六个字符。首先，他们教会奥丁如何阅读书写，确保他在史书中占有一席之地。然后又传授如尼文玄奥的一面——它们的真名，它们的韵律，它们的使用方法。每个华纳神族都有一个独特的，能决定他或她的形象的如尼符文，同时拥有其中的力量，能各自以独特的方式操纵如尼魔法。所以奥丁也将新得的技能传授给其余阿萨族人,以每人的特性一一分配如尼符文。于是奥丁的儿子托尔得了 Thuŕis,多刺的符文,代表力量和保护;托尔的妻子希芙得了 Aŕ,代表富饶和丰收;奥丁的大将军提尔得到了 Tyŕ,代表战士;奥丁的小儿子,英俊的巴尔德得了 Feˊ,这是一个代表成功的金色符文;奥丁自己则拥有两个如尼符文:Kaen,野火——以后有的是它出场的机会——以及 Raedo,旅人,这个字符乍看之下颇不起眼,却使他能进入那些其他人从不敢涉足的地方,甚至是死境和魔窟的边境。

与此同时,在华纳神族的帐篷里,密弥尔和海尼尔找尽借口搪塞,暗地里侦察华纳神族的秘密,同时提供关于奥丁、阿萨神族和他们的战术的假信息。密弥尔一直够聪明,但还没有聪明到滴水不漏。而海尼尔看上去没什么问题,可只要他上下嘴皮一开(而且他经常如此),就必然会让华纳族人的怀疑更深一分,更加确信他没有看上去那么简单。

果不其然,这俩蠢货把事情搞砸了。他们早该预料到的。那时候奥丁还远远没有成为今天这样缜密的谋略家。但他那时更加冷酷无情,甘愿牺牲友人换取想要的东西。他肯定一开始就清楚送这二人深入敌营侦察就等于是把他们送上了断头台。你要是什么时候突然觉得这老家伙是个好人,就想想这件事吧。记住他是怎样一步步爬到如今的位置上的吧。永远不要背对他,除非你刀枪不入。

华纳神族终于忍无可忍了。他们开始怀疑这两位新朋友。而从来就不知含蓄为何的海尼尔继续口无遮拦。最后,他们发觉奥丁在这笔交易中占尽好处,不但没付出任何代价就懂得了如尼符文的秘密,还留给他们一个密探和一个丑角,外加一大堆谜题。

当然,到了那时再想修改协约已经太迟了。所以华纳神族为了报复抓住了密弥尔,砍下他的头,叫海尼尔带回阿斯加德。可是那老家伙取过头颅,运用最近新习得的本领,以如尼符文加以保藏,令它张口说话,如此一来他可以继承密弥尔的智慧宝库,从无情的奥丁变为睿智的奥丁,无人能与之匹敌,也无人不对他敬爱有加——也许除了密弥尔的脑袋不这么认为吧,因为奥丁把它保存在直通梦河的冰冷泉水里。

然而奥丁最终为牺牲密弥尔付出了代价。第一笔代价就是他的一只眼睛,用来完成维持密弥尔生命的法术。剩下的呢,好吧。以后再说了。现在我能说的就是:绝不要相信预言家。也绝不要相信一个双手沾满鲜血的智者。

如果我那时身在阿斯加德,我会窃来那些如尼文,保存自己的脑袋,省得我们遭遇许多不愉快。智慧并不是一切。要想生存,还需要一点欺骗,一点混沌,一点诡计。全都是我所富有的特性(如果可以这么说的话)。我会游刃有余地替阿萨神族侦察敌情。我会教他们一两手华纳神族使不出的诡计。智者密弥尔还不够睿智。"沉默者"海尼尔本应保持沉默。奥丁也应该打从一开始就知道完美的秩序缺乏弹性，只能硬撑到破裂，正因为如此，完美的秩序在任何时代都极难持久。当时奥丁并不知道这个道理，但他缺少的只是一个友人，这位友人的道德观必须足够圆滑，能够处理低于道德标准的事务，而奥丁则能在上面作威作福，维持秩序，凛然不可犯……

总的来说，他需要的就是**我**。

第三课

血与水

切勿信任亲戚。

——《洛卡布雷那》

我没有说是奥丁创造了世界,就连奥丁也没有说过这话。世界已经毁灭又重建了太多次,多到没人知道它们的由来了。不过奥丁无疑改变了它们的形状。在中庭界的人类眼里,这种力量就意味着神性,一旦掌握了阿斯加德和如尼符文后,那老家伙一发不可收拾。从唯一之海的滨岸到梦河之畔,一切都在他的统治之下,而他的仇敌们——岩石巨人,难以驾驭的冰巨人——就算不能说是全面受制,至少也是不得不带着阴郁愤怒的沉默看着他在胜利之路上越攀越高。

但力量带来责任；责任带来恐惧；而恐惧，则带来暴力；暴力带来混沌……

这时候就轮到您真诚的鄙人我登场了。您也该集中注意力了。直到那时为止我都存在于混沌之中，没错，在魔境。纯而又纯的混沌，未经开化的混沌，不受污染的混沌。我受无序的统治，它的原始形态便是苏尔特大人，毁灭者，破坏者，魔法之父，变化大师，火之源头。华纳神族只是火巨人的野种，靠从苏尔特大人的餐桌掉下的魔法残渣为生。但是我就是野火的化身，是真正的混沌之子，逍遥快活，自由自在。

好吧，也许并不是完全自由。甚至也不能说完全快活。苏尔特大人是一位善妒的君主，为人冷酷，不计后果。跟苏尔特打交道就别指望他讲理，他天生不讲道理。你跟爆发的火山、雷暴或瘟疫讲道理试试。那时我们形体不定，纯洁不受污染，对来自我们世界之外的一切事物都抱有敌意，这也是苏尔特想要我们保持的状态，完美的混沌，不受固定形体的拘束，幸福地生活在一切由神灵、人类或物理所制定的规则之外。

我呢，则比较反常。毕竟这是我的天性。我那时也对边境之外的其他世界充满好奇，在那些世界里，秩序与混沌互相争斗，有时还能和平共处；那里的生物拥有固定的形体，终其一生都从未尝过火焰的滋味。

我当然听说过那些神祇的事情了。原本彼此为敌的两股势力中,大部分人已经放弃争执,战争的幸存者——总计二十四个阿萨人和华纳人——在阿斯加德共同生活。他们的结盟来之不易。某些华纳族人拒绝接受奥丁作为他们的首领,转而投奔北地的古尔薇格。其他则与岩石巨人结盟,有人藏身于下界之中,还有人逃到内陆的森林中化作动物掩人耳目。如此一来,古老的如尼文四分五裂,在颠沛流离中失落,分布在我们的敌人们手中,逐渐腐化衰败,就像良田变作荒野。

毫无疑问,这种腐坏不久便影响了混沌的世界。如尼文来源于火焰,每当阿萨神族或华纳神族使用了一部分他们偷去的魔力,每当他们变形或对敌人使用如尼魔法,每当他们涉足梦之河,或以如尼文写下一则故事,甚至是在横卧的树干上刻下他们的名字,混沌就会因愤怒而颤动,我的好奇也越来越浓。那些人都是谁呢?隔着这么多世界我都能感受到他们的影响。为什么我能感受到他们,他们又知不知道我的存在呢?

与此同时,在阿斯加德,那二十四人还留在一座被战火和凡庸敌人摧毁的堡垒里,他们争论不休,任何想尝尝当神是什么滋味的人都能轻易对他们下手。我通常透过那些人的梦境观察他们,这些梦平凡琐碎,缺乏想象,尽管如此却也为我的思想提供了养料。也许早在那时,我就模糊意识到他们有多么渴望友人相助,我又能提供多大的帮助,只要他们能丢掉那些微不足道的可悲偏见。

在那段日子里，奥丁喜欢扮作旅人在九界中四处流浪。他那只献祭给如尼魔法的盲眼比另一只好眼看得更远，他热衷于探索和追寻新知。他在梦河中如鱼得水地巡游——这条河流经我们的边界，沿着死境前行，将各个世界分隔开来。他还经常在河流远方观察我们的国度，嘴里嘟囔着咒语，盲眼贼兮兮地偷看这边。

那时他并不很惹人注目——只是个五十岁上下的高个男人，顶着乱糟糟的一头灰发，一只眼上蒙着眼罩。但那时我就察觉到他有某些不同寻常之处。首先，他有魔力——从混沌中窃取的原初之火，人们后来称之为魔法，对之心怀迷信的畏惧。我能从萦绕在他身周的绚烂色彩和他的标记中看见这种魔力，像指纹一样独一无二，在唯有乱石和白雪的荒凉之地绽放着翠鸟般碧蓝的火焰。我曾在比所有梦境都更壮美、更明亮的梦境中见过那个标记，现在我几乎也能听见他的声音了，他那温柔甜蜜的声音，他在说：

洛基，劳菲之子啊。

法包提之子——野火。

在魔境，名字对我们不太重要。我当然有名字——任何事物都有名字——但在那之前它们对我不具任何效力。我的家族虽然不怎么样——好吧，恶魔没有家族。我的父亲是一道闪电，我的母亲是一堆干树枝（不，这不是比喻），说真的，鄙人的家庭教育很不怎么样。

无论如何,野火都很难被控制,它反复无常,捉摸不定。我不是在找借口,但是我天生就很会制造麻烦。苏尔特本应意识到这一点的,还有奥丁。他俩都为此付出了代价。

离开混沌世界当然是被严令禁止的,但我那时年纪还轻,充满好奇。我已经见过那人无数次凝望我们的疆域,从梦之河和外面的世界观察我们,笨拙地使用魔力。说真的,我都有点替他难过了,就好比一个坐在熊熊大火旁的人同情一个在屋外试图用火柴暖手的乞丐。可这个乞丐尽管衣衫褴褛瑟瑟发抖,却自有一股高贵的气派。正是那种气质让我知道他早晚会登上王位。我还挺欣赏他的傲慢,好奇他将如何行动。所以在那天,我有生以来第一次不顾苏尔特的蔑视和混沌世界的一切律法,褪去火焰的外衣,踏入上层的世界。

一时间,我分不清东西南北。有太多感觉将我的新形体团团包围,全是我未曾体会过的崭新感受。我能看见色彩,能闻到硫黄的气味,能感受到空中的雪花,能看见站在眼前的人的脸,和包裹他周身的魔力。我本可以选择任何形态:走兽也好,飞鸟也好,或者仅仅是一束火焰。但事实上我采用了你可能很熟悉的形态:我化作一个年轻人,拥有一头红发,和某种难以言喻的气质。

那人带着一脸惊奇(以及,我可以说,赞美之意)盯着我。

我知道他能看穿我的人类伪装,知道我是火之子。或者说是一个恶魔,看你喜不喜欢这个词了,虽然神和恶魔说穿了也只是一体两面而已。

"你是真实的吗?"他终于开口道。

嗯,当然,这个词的具体意思要具体分析。你也知道,一切事物在某种层面上都是真实的,甚至包括(或者说尤其是)梦。但我当时并不习惯大声说话。在混沌世界,没必要做这种事。我也并没预料到肉体给自己带来的强烈冲击,那么多声音(风声,踩在雪上发出的嘎吱声响,附近山上有一只雪兔在噗哒蹦跳),那么多景象,色彩,寒冷,恐惧……

恐惧?是的,我想应该是恐惧。这是我第一次产生的真情实感。纯粹的混沌是不含任何感情的,受本能驱使,且仅受本能驱使。纯粹的混沌并不思考。这就是它为何只在面对敌人时才化作具体形状,按照敌人脑中所想变换自己的形貌,化身为敌人最深层的恐惧。

不过像这样保持单一的物质形体,受制于它的局限性,感到寒冷,感到炫目,被各种感觉刺激得晕头转向,仍然是一种令人着迷的体验,虽说也有点幽闭恐惧感。

我实验性地弯了弯胳膊腿,试着开口说话。有效果。尽管如此,事后我还是忍不住心想,如果我当时真的想入乡随俗,就应该想到要穿几件衣服。

我打了个冷战。"歌革和玛各啊①,冷死了。你真的要告诉我你的族人选了这种地儿住吗?"

他用独眼正视我的目光,湛蓝而冰冷,毫无善意。萦绕在他身后的魔力的颜色显示他并无惧意,只有谨慎和狡猾。

"这么说,你就是洛基,是不是?"他说。

我耸了耸刚长出来的肩膀。"名字又能代表什么?一朵玫瑰就算不叫玫瑰,闻起来依然芬芳可爱。说到这儿,如果你能借我几件衣服……"

他从背包里拿出裤子和衬衣借给我,闻起来有很重的羊骚味。我穿上衣服,被味道冲得挤眉弄眼,与此同时,这位新朋友自我介绍叫奥丁,是包尔的儿子之一。我当然听说过他的名号。我曾远远地关注他的旅程,曾观看他的梦,通通乏善可陈,但他的雄心壮志和冷酷无情还是有潜力可挖的。

我们交谈。他自我介绍是阿斯加德的首领,天花乱坠地描述了这座空中堡垒及其住民,谈到他将要征服的世界和将要得手的丰厚回报,然后把话题转到和我的种族结盟的可能性上来,提议携手对抗冰巨人、反叛的华纳神族、古尔薇格·海伊德和占据外域的首领。

我只好笑了。"我不这么认为。"

---

① 出自圣经,可指人名,也可指国名。

"为什么不呢?"

我向他解释苏尔特大人完全不是喜欢结盟的那号人。"'仇外'一词都不足以说明他有多鄙视外邦人。首先你的种族诞生于冰雪就已经够糟的了,让他跟一个光着屁股浑身母牛口水降生在这个世界的种族签订协议,更是连想都不要想。"

"但如果我们能对话——"奥丁开口道。

"苏尔特从不开口。他是一种原初力量。他将秩序分解为自己的形态。上至最伟大的领主,下到最微小的蚂蚁,他都一视同仁地憎恨。仅仅因为你有生命和意识,就已经冒犯他了。你无法游说他,无法从中捞到好处,如果你头脑还算清醒,唯一能做的就是别挡他的道。"

奥丁若有所思。"可是你来了。"

"不行吗?我就是好奇嘛。"

他当然无法理解。他距离混沌最近的时候也是隔着一层梦境。梦是混沌的一位转瞬即逝的兄弟。原始种族总是想象神祇就像他们自己,充其量也就像他们的首领,有着首领层次的心智。以奥丁全部的智力而论,我可以断言他永远无法理解混沌的宏大壮观——至少在世界末日之前都不可能,而真到了末日却又太晚了。

"我将统治九界。"他说,"我有力量,黄金,如尼符文。我有九界曾有的最精良的战士。我拥有太阳和月亮。我有洞底族①的财富——"

"苏尔特大人对财富没有兴趣。"我说,"我们在谈论的可是混沌。在那里,一切都没有实体,没有秩序,没有规则,甚至没有任何东西保持固定的形体。你看得无比重要的那些东西——黄金,武器,女人,战争——这些我全都曾在你的梦里见过,没有一样是他能看得上眼的。对苏尔特来说,一切都是宇宙的残屑,是随波逐流的船只残骸。"

"咱们先不说苏尔特大人了。"他说,"也许你说得没错。可是你又如何呢?在我看来,像你这般的人物在我的队伍里定能有一番作为。"

"我想也是。那我能有什么好处呢?"

"唔,首先我能给你自由。自由以及机遇。"

"自由?省省吧。你觉得我还不自由?"

他摇头。"你自以为很自由吗?外面有那么多世界等待探索和改变,你却只能永远待在同一个地方?你只不过是这个什么苏尔特的囚徒罢了,管他是谁。"

我努力向他解释。"可是混沌就如同创造的温床。其他的一切世界都是无用的废料。谁会想住在化粪池里呢?"

---

① 指矮人族。

他说:"当阴沟里的国王,也好过做宫殿中的奴隶。"

看到了吧,他的三寸不烂之舌已经在作怪了。接着他跟我讲述他曾探访过的诸多世界,谈到中庭界,人类栖息之处,在那里,人们已经开始把阿斯加德人当作神灵加以崇拜;他还讲到下层的洞底族,说他们不辞辛劳地从黑暗中挖掘出黄金和宝石;还有世界之树伊格德拉希尔,它的树根下至下界之底,树梢上抵阿斯加德的云端;还有冰巨人,唯一之海,遥远的外域。一切都尚待征服,奥丁说。一切都是崭新的,尚待点燃。这一切都会是我的,他说,或者我也可以回到混沌之中,替苏尔特擦鞋,直到永远……

"你想从我这里得到什么?"我问。

"我需要你的天赋。"奥丁说,"华纳神族传授给我他们的知识,但即便是如尼符文也并非万能。我从血与冰之中造出这个世界,我赋予它规则和目的。现在我必须保护自己所建造的东西,否则就只能眼睁睁看着它退回无序状态之中。但是秩序无法独立存在;它的律法太过死板,毫无回旋余地。秩序就像蔓延的冰,使生命冻结,停滞不前。如今我们阿萨神族和华纳神族已经重归和平,这层冰又必将卷土重来了。滞泻与萧条也会随之而至。我的王国将会坠入黑暗之中。我不能让人看到我亲手打破自己制定的规则。可我的确需要有人站在我这一边,在不得已之时替我打破规矩行事。"

"我还要问,这样做对我又有什么好处呢?"

他微微一笑,说:"我会使你成为一位神祇。"

一位神祇。

好吧,你已经见过那部《预言者之书》。奥丁此时便已经在不动声色地自封为世界和人类的缔造者了。因此有诗如下:

桤树为肤,蜡树为骨,

他们以树木造出最初的人族。

一人给予灵魂,一人给予语言;

还有一人给予血液中的火焰。

人类倾向于假定诗中第三个人,也即赠火者,便是您谦卑的叙述者我。该怎么说呢,我可能犯下过很多罪行,但我可不替人类或任何和有关他们的事情背黑锅。不管他们到底打哪儿来,肯定不是来自几棵树或鄙人。无论先知到底意有何指,我们也不应该过于咬文嚼字。尽管如此,这个传说依然广为人知,也没有危及奥丁作为万物之父的水涨船高的名声。

现在还是回到故事中去吧,刚才讲到奥丁许诺让我成为神。

好吧……

他对混沌的看法有点意思,我想。成为独立的实体也是有其优势的。在魔境时,我知道我将永远是熔炉中的一颗火星,篝火上的一束火苗,梦化作的海洋里的一滴水珠。而在奥丁的新世界里,我可以成为心之所欲的任何事物:变革的代理人,到处煽风点火的家伙，奇迹的制造者。神。

一切听起来都很有吸引力，只是……

"当然，这样一来你就永远也回不去了。"他说。

我也想到了这一点。他说得没错。混沌可能没有规则，但无疑有律法，我知道混沌的主人们对于处理破坏律法的家伙肯定很有一手。只不过……

"他们又怎么会发现呢？就像你说的，我只不过是汪洋大海中小小的一滴。"

"哦，我需要确保你是诚心的。"奥丁说，"站在我的角度想想吧。该怎么向阿萨人解释你的存在就已经很棘手了。在向你敞开阿斯加德的大门之前，我需要确保你没有二心。"

"说得有理。"我说。

哦，得了吧，我心说。忠诚，尊严，真实，诚心诚意——全都是属于秩序的玩意儿。这些东西，混沌之子既不需要，也不需要完全理解。

但是老家伙不知怎么的看穿了我的心思。"我不是要让你口头保证。"他说，"不过我还是需要某些东西。一个代表忠诚的记号，如果你觉得没问题的话。"

我不置可否。"什么样的记号？"

"这样的。"奥丁说。突然间，我感到胳膊上一阵灼痛。与此同时，有什么东西狠狠地击中了我，让我仰面倒在了雪地里，眼前直冒金星。过后，我才知道了这是痛楚。而在我知道它是什么之前就已经不喜欢它了。

"这是什么鬼玩意？"

毫无疑问，当我还是火的形态时，从未感受过肉体的痛苦。在某些方面，我还非常无知。但我能意识到那是某种攻击，立刻转回原始形态，准备转身逃回魔境。

"如果我是你，就不会那么做了。"奥丁察觉到了我的企图，"我已经在你身上留了记号。我的魔力。我们已经是兄弟了，不管你情不情愿。"

我忽地变回人身，然后——该死的——我发现自己又是全裸的了。"我才不是你的兄弟呢。"我说。

"我们是血之兄弟了。"奥丁说，"或者说是共享魔力的兄弟，随你喜欢怎么说。"

我摸了摸胳膊。还是很痛，但现在，在泛着粉色的新生肌肤上印着一个记号，像是文身一类的东西，在皮肤上泛着幽幽紫光。痛觉逐渐消退，而这个形如一根断枝的记号保留了下来。

"这是什么？你对我做了什么？"

奥丁坐倒在一块岩石上。无论他对我做了什么，这件事都夺去了他不少魔力。他周身的魔力失去了相当一部分色彩，脸也失去血色。

"就叫它忠诚之证吧。"他说，"如今我所有的同胞都有了。

华纳神族传授给了我们它们的名字和各自的用途;属于你的字符是Kaen①,野火。我觉得还挺恰当的,因为你出身魔境。"

"可我不需要什么证明。你的这些如尼字符——"我指着这个淡紫色记号,"只不过是几个来自混沌的语言的字母罢了。我才不需要如尼字符的辅佐。我可以直接触及混沌本身。"

"在这个世界,用这具身体,你是做不到的。你的形态决定了你的能力。"

"哦。"我早该料到这一点。没错,至纯的魔力只存在于混沌和梦境的国度中。在这里,我不得不为了取得它而付出努力。努力,就像疼痛一样,我感觉到这又是一种我想要尽可能避开的体验。

"这根本不在交易内容里嘛。"我说。但我知道这老狐狸已经制服我了。一旦给了我那个如尼文记号,他和我的部分魔力就融合在了一起。如果我现在返回混沌,那里的人就会知道我背叛了他们。现在,我别无选择,只能顺着他开出的条件走。他许诺让我成为神。

"你这个混蛋,你早就知道。"我说。

奥丁露出一丝坏笑。"那么我们正好是骗子兄弟了。但我之

---

① 意为野火、混沌。译注中所有如尼字符的意义均来自本书作者 Joanne Harris 的 Runemarks 系列小说设定。以下同。

前对你说的话也都发自真心。"他说,"我永远也不会忘记我亏欠你的。若不先盛满你的酒杯,我绝不独饮美酒。无论你的天性将你带至何方,我都承诺我的族人绝不与你兵戈相见。我将永远待你如兄弟。当然,只要你许诺为我效劳。"

我还能有别的选择吗?我向他许下承诺。倒不是说承诺足以约束恶魔——或神祇。但我的确为他效劳了。我尽心竭力地服务;尽管很多时候他自己都不知道真正需要什么。甚至当他毁约的时候……

不过这事以后再提吧。现在我能说的就是:切勿信任兄弟。

第四课

你好你好，欢迎欢迎

切勿相信朋友。

——《洛卡布雷那》

于是我来到阿斯加德，奥丁将我介绍给新朋友们，那二十三个阿萨人和华纳人。他们个个光鲜亮丽，锦衣华服，头戴金冠宝石，大体上显得颇为自得。

你可能早已经听说过阿斯加德。九界中流传着各种传说，描述它的广大，它的壮美，分属于二十四位神祇的二十四座宫殿，还有那些花园，天顶和体育设施。这座堡垒建于山巅，远高过下方的平原，看上去似乎成了云层的一部分；它是阳光与彩虹照耀之地,对外唯一的通路是与中庭相连的彩虹桥。反正故事里是这么讲的。而且没错,它的确很吸引人。但它过去比现在规模更小,依仗险要的地势自保,就是一群被栅栏围起来的木房子。在此之后它将大幅扩建,但在当时,这座城市看起来就像一座遭遇围城的要塞——实际上也正是如此。

我们相聚在奥丁的大厅,这里宽大温暖,有一个圆顶和二十三个座位,长桌上摆放着食物酒水,奥丁的镶金王座设在长桌尽头。人人都有座位,除了我。

空气中满是烟、麦芽酒和臭汗的味道。谁也没有给我倒杯酒。我看着周围的冷眉冷眼,心想:这个俱乐部可不接受新成员。

"这一位是洛基。"老家伙宣布,"他将成为这个家族的一员,所以咱们一起欢迎他的到来吧,不要因为他不幸的出身就对他有所偏见。"

"什么不幸的出身?"弗雷问。他是华纳神族之首。

我向所有人轻轻挥手致意,告诉他们我来自混沌界。

一秒过后,我平躺在地,二十三把利剑指向了我一向希望保持完好的身体。

"哎哟喂!"不同于其他新感觉,痛觉并没有让我上瘾。我还考虑这可能是某种新成员欢迎会,可能不过是开个玩笑。然后我又打量那些人的脸,他们眯缝着眼,紧咬着牙……

没错，我告诉自己。**这些混蛋还真的不喜欢我。**

"你把一个恶魔带进了阿斯加德?"奥丁的大将提尔说。"你失心疯了吗?他是间谍。也许还是暗杀者。我说咱们该撕开这小崽子的喉咙。"

奥丁平静以对。"放开他，队长。"

"你开玩笑吗。"提尔说。

"我说了，放开他。他在我的保护之下。"

不情不愿地，他们撤走了将鄙人团团围住的利刃。我坐起身，努力露出赢家的微笑。我周围没有一个人看起来像输家。

"呃，你们好。"我说，"我知道对你们来说，像我这样的人想要入伙，一定显得很蹊跷。但给我一次机会，我就会向你们证明自己并非密探。我发誓。为了来这里，我已经自断后路，成了老家那边的叛徒了。如果把我送回去，他们就会杀了我——甚至更糟。"

"所以呢?"说话的是海姆达尔，他是一个花里胡哨的家伙，盔甲和牙齿都金光闪闪的。"我们不需要叛徒的帮助。背叛就像一个歪曲的如尼魔法，既不能笔直前行，也无法命中目标。"

这就是典型的海姆达尔做派，我后来会看清的。华而不实，粗鲁傲慢。他拥有的如尼字符是 Madr[①]，模具一般死板无趣。我

---

① 意为人类。

想起自己胳膊上的 Kaen 标记，便说：

"有些时候，歪曲比笔直更好。"

"你真这么想?"海姆达尔说。

"咱们试试呗。"我说，"用魔力一较高下，就让奥丁来裁定吧。"

外面有一个箭靶。我在来时就注意到了。众神不出所料地热爱运动，受欢迎的家伙们通常都喜欢玩这套。我从未使用过弓箭，但知道它的原理。

"来啊，金灿灿。"我露齿一笑，"还是说你改主意了?"

"我陪你玩玩。"他说，"你继续嘴硬吧。让我瞧瞧你有什么真本事。"

阿萨神族和华纳神族都随我走出厅外。奥丁走在最后，兴致盎然。"海姆达尔是阿斯加德最好的射手。"他说，"华纳神族称他为鹰眼。"

我不以为然。"那又如何?"

"所以你最好真能射得不赖。"

我又笑了。"我是洛基，'不赖'可不是我的作风。"

我们在箭靶前站定。我可以从海姆达尔的神色看出来他自以为赢定了，金光闪闪的笑脸上洋溢着自信。在他身后，其余诸人都带着怀疑和鄙夷盯着我看。我曾以为自己知道偏见是什么，但眼前的一幕使我重新认识了这个词。我看得出他们迫不及待想要让我流点恶魔之血了,尽管同样的血液也正在他们的十几二十根血管中流淌。海姆达尔自己就是其中一员——原初之火的野种——但我看得出他不准备庆祝我们的亲戚关系。有些种族打从第一眼起就彼此仇视——猫鼬和蛇,猫和狗——而尽管我对九大世界知之甚少,也能猜得到,四肢发达的傻大个子们正是用头脑而非拳头思考的狡猾瘦子们的天敌。

"多远?一百步?再远些?"

我耸耸肩。"你看着办吧,我不在乎。反正我会打败你。"

海姆达尔又笑了。他示意两名仆人上前,然后手指彩虹桥尽头的一点。

"把箭靶立在那里。"他吩咐他们,"然后,等洛基输了这个赌注后,他回家就可以少走几步了。"

我什么也没说,只是微笑。

仆人出发了。他们走得不紧不慢。我躺在草地上假寐,如果不是音乐与歌谣之神博拉基已经开始在为海姆达尔谱写胜利歌谣,我还真的会睡过去了。公平地说,他的歌声不赖,但歌的主题完全不对我胃口。除此之外,他还弹着一把鲁特琴。我恨鲁特琴。

十分钟之后,我睁开一只眼。海姆达尔正俯视着我。

"我的手脚睡麻了。"我说,"你先来吧。不管你表现得怎样,我都保证比你强。"

海姆达尔露出金灿灿的牙齿，召唤如尼符文 Madr，瞄准，射击。我没看见如尼符文射中了哪儿——我的眼睛远不如他的好——但可以从他金牙的闪光看出，他射得很不赖。

我伸了个懒腰，打了个哈欠。

"该你了，叛徒。"他说。

"好吧。但得先把靶子挪近点。"

海姆达尔面露不解。"你什么意思？"

海姆达尔的脸可以当作困惑表情的标本来研究。"你说你会赢——赢过我——就靠把箭靶挪近？"

"等你把它挪近了再叫醒我。"我说，躺倒又小寐片刻。

十分钟之后，仆人们回来了，抬着箭靶。现在我能看见海姆达尔方才射出的那一箭了，蔷薇红色的 Madr 标志正中靶心。阿萨神族和华纳神族纷纷鼓掌喝彩。那是相当出色的一箭。

"鹰眼海姆达尔赢了。"弗雷说，这是又一位英俊的运动员型人物，身上的银铠甲闪闪发光。其他人也纷纷附和。我猜弗雷实在太受欢迎了，以至于没人想反对他——或者是那把稳稳挂在他腰间的如尼利剑另有深意，让他们不愿与他为敌。那把如尼利剑的确优美不凡。在第一眼看到时，我就曾好奇他若是没了那把剑，是否还能如此受人爱戴。

奥丁将他的独眼落在了鄙人身上。"那么？"

"那么——不赖。鸡脑子射得不错。"我说，"但我能打败他。"

"实际上，是鹰眼。"海姆达尔从紧咬的牙关之间挤出这句话。"如果你以为紧贴着箭靶站就能赢我的话——"

"现在咱们把它反过来。"我说。

海姆达尔又一次迷惑不解。"但那样会——"

"没错，正是如此。"我说。

海姆达尔不置可否，示意那两个仆人依样行事。两人顺从地将箭靶转了方向，靶心朝外。

"现在试试射中靶心吧。"我说。

海姆达尔冷笑一声。"不可能。"

"你是说你做不到?"

"谁也做不到。"

我嘻嘻一笑，召唤如尼文 Kaen。这是一个炙热而迅捷的如尼符文，一个变幻莫测、机敏、可以任意弯曲的如尼符文。我并没有像海姆达尔那样直接射向目标，而是将如尼符文射向一边，让它绕了一个大圈返回，从箭靶背面击中靶心，用紫罗兰色的火焰盖去 Madr 的标记。狡猾的一箭，但也是漂亮的一箭。

我看着老家伙。"怎么样?"

奥丁哈哈大笑。"化不可能为可能的一箭。"

海姆达尔怒道："这是使诈!"

"不论如何，洛基赢了。"

其他众神不得不表示同意，每人表示祝贺的热情程度大相径庭。奥丁拍了拍我的背。托尔也一样——事实上他拍得太重，差点把我拍趴下了。有人给我倒了一杯酒，刚喝了第一口，我就意识到这正是少数值得我化作肉身的事物之一。

可是海姆达尔保持沉默。他离开了大厅，迈着像一个重度痔疮患者那样高贵尊严的步子。我知道我给自己树立了一个敌人。有些人遇到这种事可能一笑了之，但海姆达尔不会。从那天一直到世界终结都没有任何事物能让他忘记这最初的羞辱。倒也不是说我想跟他做朋友。世人高估了友情。当你能确认他人对你的仇恨时，还需要什么朋友呢？和敌人为伍时，你对自己的处境看得最为透彻。你知道他不会背叛你。那些自称是你朋友的人才需要你提防小心。不过那时我还没有学到这一课。那时我还心存希望。希望不过多时我就能设法证明自己，希望某天他们能接受我。

是的，有时候很难相信我那时居然如此天真。但那时我就像一条小狗，还不知道领养他的人会将他终日锁在狗舍里，除了木屑之外什么也不给他吃。我发现学会这一课需要一些时间。所以，直到那一刻来临前，记住这句话吧：**切勿相信朋友。**

第五课

砖块与灰泥

切勿相信体力劳动者。

——《洛卡布雷那》

就这样,您谦卑的叙述者受到了不情不愿的接纳,完全没有奥丁向我保证过的热情欢迎。这并不仅仅因为我出身异族,或是体格不够壮,或想法激进,或不熟悉他们的行事风格。单纯是因为(我怀着全然的谦虚说)我比全阿斯加德的所有人都聪明得多。而总的来说,聪明人不受欢迎。他们引人猜忌。他们格格不入。他们可以发挥巨大作用,我多次证明过这一点,但大多数人总是对聪明人心怀一种暧昧的不信任态度,就好像那些使他们不可或缺的优点同时也使他们变得危险。

有一些事物可以弥补化作肉身的不快。食物（果酱馅饼是我的最爱），饮料（多数是葡萄酒和蜂蜜酒），纵火，性（尽管我还是对这方面的禁忌非常困惑——不许和动物做，不许和兄弟姐妹做，不许和男人做，不许和已婚女人做，不许和恶魔做——说真的，在这么多规矩束缚之下，竟然还真有人做过爱，简直令我万分惊奇）。此外还包括睡觉，我很享受睡眠；以及化身为鹰在城墙上空翱翔（偶尔投下一坨排泄物，精准地落在守望于彩虹桥的海姆达尔那金灿灿的盔甲上）。我发现这就叫作幽默感，对我来说是又一种新鲜的感觉——就其本身而言甚至比性爱更好，尽管两者都很难界定到什么地步才算过火。

待到此时，我已经发现了，秩序的世界与混沌的世界一样仇外，尤其表现在华纳神族身上，其中又以海姆达尔为最。依我的经验看来，混血儿也往往是对血统最敏感的人，华纳神族本身就是混沌的混血儿，自然也格外需要对鄙人这种渣滓展示他们的道德优越感。

华纳神族除了海姆达尔，还有收割者弗雷，以及他的同胞姐姐芙蕾雅，一个眼神傲慢的荡妇，被奥丁封为欲念女神。二人都身材高挑，赤褐色的头发，碧蓝的双眼，形貌如出一辙。

另外还有诗人博拉基，以及他的妻子治疗师伊瞳，她同时也是金苹果园的看守人——两人都是那种成天弹着鲁特琴盯着水晶球的最烦人的类型,他们相信音乐能疗伤,喜欢头上戴花。渔夫涅尔德则没事就站在河里,挠鲑鱼的痒痒。还有水手埃吉尔,以及他灰绿皮肤的妻子澜,被人们视作海浪之主。他们的宫殿建在水底,由发光水母守卫,他们则坐在以珍珠母打造的王座之上,长长的头发像水草般摇曳。

在阿萨神族这边,则有奥丁的大儿子托尔,人称雷神(起初我还以为这个称号来自他那难以驾驭的蛮劲),一个浑身肌肉的呆子,胡子比脑子多,热爱运动和捶东西。他的妻子是希芙,一个有超重倾向的金发女人,奥丁赐予她丰产女神(我觉得并非毫无揶揄之意)之称号。

接下来是芙丽歌,女巫,奥丁的妻子,性格沉静坚韧;海尼尔,外号沉默者,因为他那气儿都不喘就能一直滔滔不绝的卓越能力。提尔,战神,一个强壮而沉默寡言的家伙,有个形似斗牛犬的地包天下巴。霍德尔,奥丁的瞎儿子,还有他的兄弟巴尔德,外号英俊的巴尔德,我打从第一眼望见起就格外讨厌这家伙。

你是不是想问,为什么是巴尔德呢?有些事情只是出自本能。并非因为他不喜欢我——再怎么说,不喜欢我的大有人在。并非因为女人全都恋慕他,男人全都想成为他。甚至也并非因为巴尔德英俊、勇敢、善良真诚,或因为他连放个屁都会有百鸟齐鸣,百花齐放,毛茸茸的小动物们欣喜若狂地围着他又唱又跳。

跟你说实话吧，我也不知道我为什么恨巴尔德。也许因为人们太喜欢他了，也许因为他从未为了被世人接受而苦苦挣扎。认命吧，这家伙生来嘴里就含着一整套金勺子，如果他显得善良，那也只不过因为他从不需要不善良。更糟的是，是他第一个为我斟酒，为我戴花环，对我说欢迎我的到来。

欢迎我的到来。好一个假惺惺的伪君子。

欢迎我的到来？ 很难说得上是之前听了奥丁的花言巧语后我所期待的那种欢迎。姑且不论巴尔德为了让我融入集体的那些努力——把我强拉到运动场上，把我介绍给未婚姑娘，总是鼓励我放松心态，"淡定点儿"——我依然能察觉到大部分阿斯加德人都在暗地里瞧不起我。他们终于找到了一个替罪羊，终于有了一个可以鄙视，可以指责的人。而他们的确也这样做了，什么事都能拿来怪我。

芙蕾雅鼻子上沾了一个污点；博拉基的鲁特琴走调了；托尔丢了一只手套；有人在奥丁演讲时放了一个响屁——我十有八九都会是那个为千夫所指的罪人。

每个人都拥有自己的宫殿。我则挤在一个后房，没有活水，荒郊野外，潮湿阴暗，正对风口。我没有仆人，没有华服，没有头衔。没人带领我四处转转。你说我挑剔也好，但我真的希望奥丁这个新弟弟能得到更有皇家风范的待遇。

但是你会注意到历史没有告诉我们奥丁的另外两个弟弟，传奇的维利和梵,他们的命运如何。也许被埋在哪个院子里,也许四散在九大世界之中。无论如何,就像这样,我被绝大多数新朋友暗地里仇视——除了女士们,我从她们那里得到了稍微热情一点儿的对待。

好吧,有魅力不是我的错。总体上讲,恶魔就是这样。再说,竞争也不是特别激烈。浑身臭汗和浓毛的大人们,毫无修饰,口才欠佳,他们对甜蜜时光的定义就是杀几个巨人,和巨蛇摔跤,然后澡也不洗就吃掉一整头牛和六头乳猪,打出的嗝能组成一首流行民谣。女士们对我青眼有加也是理所当然。坏小子永远吸引人,我还有三寸不烂之舌。

一个芙蕾雅的侍女似乎对我格外青睐——她叫西格恩,充满母爱,多愁善感,身材也并非没有魅力,虽然她将它掩盖在一层又一层庄重的绣花家务服之下。即使是托尔的妻子,金发的希芙,对我的魅力也不是完全免疫,因为我的魅力更多表现在诙谐机智的对话而非单纯打砸东西上,在遍地洋溢睾酮气味的壮汉之中令人眼前一亮。

尽管如此,我开始觉察局面正倒向不利于我的一方。那时我投奔老家伙已经有一段时间了,但还是需要向他证明自己的价值。倒不是他这么表示了,但当我与他独处时,空气中总有一种凉意,我感觉他早晚会对我施压。此外,北方有了麻烦:岩巨人已经发动了两次袭击,第一次夺去了阿斯加德的山麓地区,那里有一片平坦的高台，适合建设和作掩体，他们躲在那里用庞大的投石机抛来巨石。

这只是岩巨人的第一步；我们知道他们都是能工巧匠，能在山岩上雕篆出宏伟的厅堂，但以前从未见过他们建造机械，也从未见过他们如此来势汹汹。奥丁猜测必定有新的统治者在背后指挥，此人很可能与古尔薇格·海伊德合作，渴望成为神祇。冰巨人也没有闲着——他们在夏季通常如此——从北地迁移到了铁木树林的外围。从阿斯加德向外望去，他们就像盘旋的狼群，小心翼翼，等待合适的时机。但奥丁知道冰巨人比看上去更具威胁。许多冰巨人都拥有从华纳神族的叛徒那里交换得来的如尼符文知识，同时还精通变形之术，经常以狼、熊或鹰的形态旅行。他们不如岩巨人那样有组织，群体的规模更小，经常发生内部冲突，但如果冰巨人和岩巨人最终决定化敌为友，就像阿萨神族与华纳神族那样的话……

可以说奥丁对此相当担忧，尽管到目前为止还没有哪一个部落成功到达阿斯加德的天空堡垒，他们人数的增长依然令人不安。阿斯加德的战士托尔、提尔和弗雷迅速破坏了岩巨人的投石机，但敌人的撤退距离并没有我们预计的那么远。他们驻留在铁木树林周围，大多都不为我们所见，这让老家伙更谨慎了。事实上，现在是货真价实的危急存亡之秋，正适合我向诸神展现自己的价值。我需要的只是恰当的时机。

这一时机终于到来，当海姆达尔——他仗着自己的敏锐视觉，自封为我们的守望者——发现有一人正策马缓慢接近阿斯加德。冰巨人从不骑马——马群不能在极北地区繁衍。岩巨人倒是骑马，但并不多见。此外这个孤身骑手看起来并不像有攻击意图。首先，他走得太慢了。他的穿着打扮像来自低地的乡巴佬，身上既没有武器也没有行李，没有魔力的痕迹，而且他从平原上光明正大地向我们靠近，没有丝毫提防之意。

这片平原名叫依达，彼时还是一片贫瘠的不毛之地，遍布残垣断壁，都是些阿萨与华纳之争中遭到破坏的阿斯加德防御工事。经过此地者必有所图——通常都是心怀不轨之徒——于是众神都带着怀疑注视这个骑手接近彩虹桥。

托尔建议先狠打，再问话。

而提尔，甚至比托尔更为奔放，他认为最好的方式或许是先狠狠打，再更狠地打。

海姆达尔认为这是一个陷阱，那个陌生人在平平无奇的外表下很可能隐藏着强大的魔力。

巴尔德总是竭力相信所有人最好的一面，直到现实证明他的错误，每到这种时刻他都会显得十分痛苦，好像他本人也遭到了背叛。巴尔德认为这人可能替敌人带来了和平的讯息。

奥丁没有表态。他只是瞥了我一眼，然后示意海姆达尔让那人通过。二十分钟后，陌生人站在奥丁高高的王座之前，被诸神团团围住。

靠近看，会发现他肩膀宽阔，一头铁灰色的头发，和他的马一样缓慢而庞大。他没有自报姓名。这倒不奇怪——姓名像如尼符文一样拥有魔力。他只是环顾这座以结实的老橡树建造的大厅——然后环顾我们。很明显没发现什么闪光点。

最后，他开口了。"唔，所以这就是阿斯加德了。"他说，"好一堆破烂。好一件粗制滥造的巨作。出一口大气都会把它吹倒。"（听到这话，我向海姆达尔眨了眨眼，他气得龇着金牙咆哮）

"你疯了吗？"索尔说，"这是阿斯加德，众神之乡。我们经受了几十年的战火侵袭。"

"没错。"那人说，"所以看起来才是这副德行。木头作为临时居住的建筑材料是非常合适的，但如果你希望长住久安，就现在的技术而言，石头才是最理想的材料。石头能挺过任何天气。石头就是坚不可摧的威权，石头就代表未来，你记住我这句话。聪明人才知道把钱花在石头上。"

奥丁用他那只无所畏惧的蓝眼看着陌生人。"这是在推销吗？"

陌生人不置可否。"我能帮您一个忙。我能为您建造一座堡垒，它的城墙将无比高大，无比厚重，任谁也无法攀越，冰巨人、岩巨人，甚至连苏尔特大人本人都做不到。这是一笔好投资。"

听起来是个很棒的主意。我知道奥丁有多渴望牢守他的地位。"需要多长时间建成?你出什么价?"

"唔,十八个月左右吧。我独来独往。"

"你要的价呢?"奥丁重复问道。

"很高。但我想我值这个价。"

奥丁站起身来。站在高高的王座前,他看起来有二十尺高。"在开始工作之前,你要给我估个价出来。"他说(你们对施工人员说话时也是这样的口气)。

那工人笑了。"我要娶女神芙蕾雅为妻,外加太阳和月亮之盾。"

芙蕾雅是阿斯加德的所有女神中最美丽的一位,金红色的秀发,奶油般白皙润滑的肌肤;她便是欲念的化身。每个人都想得到她——连奥丁也不能免俗——这也是为什么所有男性神祇都被这个提议激怒了(尽管不出所料的是,女神们似乎都认为有商量余地)。

至于太阳与月亮之盾,是当天空的巡视者苏尔和玛尼受任时被安置在空中的神器。它们生于混沌之火,附有如尼符文和魔法,能保护拥有者不受苏尔特派来追还失物的奴才所害。

要交出芙蕾雅已经够糟糕的了,而交出太阳与月亮之盾更是糟糕至极。恰逢月神玛尼此时正好没在上班也没在睡觉,一听此言,变得比平时更苍白了。奥丁遗憾地一笑,摇了摇头。

"对不起。这笔交易做不成。"

"你会后悔的。总有一天,苏尔特大人会从他的国度到这里净化被你和你的子民统治的世界。到了那时,你的族人必会需要石墙的保护。"

奥丁还是摇头。"不行。"

接着是一阵喧哗。芙蕾雅在哭泣;托尔在与人争吵;海姆达尔气得直磨他的金牙。地位较低的诸神则热心地讨论不休:这人说得有理,阿斯加德无疑需要防御工事。冰巨人和岩巨人连日来的袭击就足以证明这一点了。在此之前敌人一直比较散漫,但古尔薇格·海伊德还在外面四处奔波,把她的如尼符文卖给出价最高的买家,他们很快就会掌握这门技术,给我们带来更严峻的威胁。随后他们只要找到一个拥有基本战略知识的首领就万事俱备,届时众神将会深陷困境。

最后我开始同情他了。"等等。"我说,"我有个主意。"

二十三双眼睛,外加一只独眼,齐刷刷看向鄙人我。我们打发那工人去照料他的马,然后我私下给他们解释我的计划。

"我们不能单单因为第一次出价有些不合情理就打消这个念头嘛。"我说。

"光是不合情理吗!"芙蕾雅尖声叫道,"这可是要把我卖了,要我嫁给一个……一个干粗活的啊!"

我耸耸肩道:"我们需要石墙。所以需要同意他的条件。"

芙蕾雅哇哇大哭。

我把自己的手帕递给她。"我说的是我们需要同意他的条件。但实际付账则完全是另一码事了。"

海姆达尔向我投来轻蔑的一瞥。"我们绝不能出尔反尔。我们是神。言出必行。我们必须付账。"

"谁说要出尔反尔了?"我咧嘴一笑,"只是要确保他无法完成我们设下的条件罢了。"

"你不是说要骗人吧?"巴尔德说,一双蓝眼睁得老大。

我笑道:"你也可以把它说成是使胜利可能性最大化的必要手段。"

奥丁考虑了片刻。"你的提议是?"

"六个月,从冬季的第一天到夏季的第一天。一天也不能多。不能有额外帮手。然后,等他无法按时完成,我们就宣称这个合同作废无效,这样一来我们至少能免费得到一半的堡垒,九界都无奈我何。"

众神面面相觑。海姆达尔耸耸肩不置可否。就连芙蕾雅似乎都动心了。

我冲老家伙咧嘴一笑。"难道这不是你带我来这儿的原因吗?要我找出解决方法?"

"没错。"

"那就相信我吧。我不会让你失望的。"

"你最好别让我失望。"奥丁说。

接下来,我要做的只有把这个完全不合情理的要求告诉那个工人而已。他接受得颇为干脆,我想,也许我低估了他的智力。他听了我们的条件,摇摇脑袋,看向欲念女神。

"我这是在自寻死路。"他说,"但是,老天啊,有这样的报酬……我就接受你们开的条件吧。"他朝掌心吐了口唾沫,准备和老家伙握手。

"咱们再来确认一下条件。"我说,"六个月。一天也不能多。也不能偷偷分包给别人。你亲自干这活,没错吧?独自工作,没有另外的帮手。"

工人点头道:"只有我和我的马。亲爱的老斯瓦迪尔法利。"他拍了拍那匹载着他走过彩虹桥的高大黑马。挺俊的一匹马,我想,但没什么不对劲的。

"成交。"我告诉他。

我们握了手。与时间赛跑的比赛开始了。

第六课

小马与陷阱

切勿信任四足动物。

——《洛卡布雷那》

第二天刚一破晓,他就开工了。第一步是拉走倒塌的残垣断壁。接着是开采新的石料。那匹名叫斯瓦迪尔法利的马出奇地健壮,到了第一个月月末,他和他的主人已经积累了绰绰有余的石料。

然后是砌石砖。同样地,有了马的辅助,这个泥瓦匠能够把石料砌得极高。阿斯加德的厅堂被一栋接一栋改建为石质建筑,有结实的圆拱门,巨大的门楣,花岗石墙中满是云母的碎片,使墙面像阳光下的钢铁般闪闪发光。还有铺了石砖的庭院，角楼，栏杆，楼梯。工程以可怕的速度进展着，诸神起初带着惊奇观望，然后随着冬日渐寒，他们的惊奇化为了恐惧。随着阿斯加德的城墙逐渐增高，就连我都开始有点慌张了。大多数建筑工人都会低估完成一项工程所需的时间；但这一次，六个月的时间似乎绰绰有余。

不过漫长的寒冬有利于我方，天空飘落的雪花落在地上形成厚实的积雪。但泥瓦匠和他的马还是继续从平原拖来石材。大风、雪暴和刺骨的寒冷似乎对他们都毫无影响，我们这才开始怀疑这个泥瓦匠和他的马不像外表那般寻常。

时光如梭。依达平原的雪开始融化。伊瞳的果园里，雪花莲绽放了。鸟儿以令人恶心的整齐度一起合唱。一天天过去，阿斯加德的城墙越来越高，越来越壮观。

春天渐渐近了，很不公平的是，所有神祇都因为工程进展太快而怪我。芙蕾雅分外刻毒，跟她的所有朋友说这就是为什么你永远都不能信任一个恶魔，甚至还暗示我和那个无名石匠是一伙的，是苏尔特的可怕计划的一分子，阴谋策划夺回日月之火，使世界陷入黑暗。

巴尔德保持高风亮节，说大家伙应该给我点机会，同时他装出一副受伤小狗的神色，问我有没有稍稍感到需要为此负责？

其他人则更加不加掩饰地挑明说我有罪。没人采取暴力手段

——奥丁明确下过命令——但只要我一现身,总会遭遇不少轻蔑和唾弃。就连奥丁在烦不胜烦地听子民抱怨他的新义弟、责问他收留我的理由之后,看我的眼神也开始变了,蓝色的独眼中闪烁着算计的光。

好吧,我也不是完全天真。我知道老家伙需要展现他的权威。如果天空堡垒内部起了异心,在它外部修一堵牢不可破的墙也毫无意义。海姆达尔格外喜欢生事(此外,他还恨我),我心知如果奥丁露出破绽,这个金灿灿的家伙会用迅雷不及掩耳之势夺取他的地位。

"你必须表态。"最后期限即将到来时,我对他说。"聚集众神召开会议。你必须维护某些纪律。如果你现在露了怯,就再也无法赢回子民了。"

说句公道话,老家伙清楚知道我的出身。这让我怀疑也许他也怀着和我完全一样的忧心。我没他那么不安,因为我已经想出一个计划,为了使戏剧性最大化,一直秘而不宣。我准备上演一场精彩好戏。

在冬季最后一天的前夜,老家伙传唤子民,召开紧急会议。外墙已经接近完工——唯有以未打磨的灰石筑成的圆拱大门还只建成一半。再去一趟采石场就足以完成这项工作,然后泥瓦匠就可以取走我向他承诺的报酬了。

那天晚上,诸神和诸女神都在奥丁的大厅会合。没人想坐在我附近(除了巴尔德,他的同情几乎和他们的怀疑一样讨厌),看到他们对我的信任如此容易瓦解,我感到有些受伤。

我不是自夸,但是说真的,伙计们,若要让我无计可施,除非冥府也结冰。尽管如此,这个计划必须要让奥丁恢复威信。我知道在这个队伍里我永远是个局外人,但只要奥丁还站在我一边,我就依然安全。我知道自己的地位。

会议开始了——在奥丁新建成的大厅里——每个神祇都有不少话要说。老家伙让他们尽情发泄,自己则透过完好的那只眼静静观察。在托尔紧握毛茸茸的拳头咆哮之后,我善变的新朋友们一个接一个地向我投来仇视的眼光。

"事情本来不会落到今天这般田地。"弗雷说,"如果你当初没听洛基的话。"

奥丁一言不发,不为所动,沉默地坐在高高的王座之上。

"我们都以为他有计划。"弗雷接着说,"如今他要输掉我们的太阳和月亮,还有芙蕾雅。"他转向我,拔出如尼利剑。"好了,你还有什么话要讲?我们现在怎么办?"

"我说让他见点血。"托尔说着,朝我逼近了一步。

奥丁看了他一眼。"不许动手。我的族人不得加害于他。"

"那我的族人呢?"弗雷说,"华纳神族可没有做过什么保证。"

"太对了,我们又没有。"芙蕾雅说,"我同意托尔。"

"我也是。"提尔说。

见此情状,我开始后退。我感觉到温度正在上升,后颈上的汗毛竖了起来,冷汗也直往外冒。

"伙计们,行行好。"我抗议道,"我们当初都同意做那笔买卖了,对不对?我们都同意了那个石匠的条件——"

"但你才是同意他使用那匹马的人。"奥丁说。

我抬起头,惊呆了。首领正立在我身后,高大坚实如同世界之树。他将一只手压在我肩上,慢慢收紧。他带着铁手套。我回想起他看似寻常的外表下潜伏着怎样的强力。

"拜托,不是我的错!"我说。

芙蕾雅像死尸般冰冷,狠狠瞪着我。"我要看他受苦。"她说。"我要听他惨叫。我要戴上用他满口牙齿串成的项链走过这条走廊……"

奥丁抓在我肩上的地方真的开始痛了。我瑟缩了一下。是我自己一手导致了这个局面,但即使如此我还是怕了。

"我发誓,我真的有办法!"我说。

"你最好是有,不然我就把你烤了。"托尔说。

抓住我肩膀的铁手套甚至比之前攥得更紧了,迫使我跪在了地上。我尖叫起来:"求求你了!给我一次机会!"

那只手牢牢地攥了我片刻,然后松开了。我松了一口气。

"我就给你一次机会。"阿斯加德的首领说,"但是你的计划最好能奏效。因为如果你失败了，我保证会让你尝到九界中最痛苦的滋味。"

我口干舌燥地点头称是。我以前居然信了他，好一个演技派。

我吃力地站起身来，揉着肩上的痛处。"我跟你说过我有计划。"我说，确实有些忿忿不平。"我保证，到了明天晚上我们就解脱了，什么也不用损失，荣誉和做过的保证都完好无损。"

诸神明显面露嘲讽之色，只有治疗师伊瞳除外，她的世界观阳光到连我都信任，还有芙蕾雅的侍女西格恩，她显得比平时更伤感了。其他人都嘟嘟囔囔地对我怒目而视。甚至连巴尔德也转开了脸。

芙蕾雅轻蔑地瞅着我。海姆达尔龇着一口金牙。托尔在我走过时低声道："你的运气到明天为止了，小白脸。看我到时怎么收拾你。"

我出门时向他抛了个飞吻。我知道自己没有危险。要让洛基被一个莽撞工人骗到，除非猪能飞过彩虹桥，除非苏尔特大人也会穿着塔夫绸舞裙，唱着女中音来阿斯加德喝茶吃点心。

只是说说而已，免得你还有疑虑。没错，伙计们。我就是这么厉害。

第二天我早早起床，飞快地溜出阿斯加德。或者是别人这么认为的——那些不相信我有计划的怀疑者们。同时，泥瓦匠和他的马开始穿越青草茵茵的平原,现在已经只剩下零星的残雪尚存。春寒料峭。鸟开始歌唱,花已经绽放,毛茸茸的小动物在原野上蹦蹦跳跳你追我赶,那匹名叫斯瓦迪尔法利的黑马眼中似乎闪烁着整个冬天都不曾出现过的欣喜之光。

在他之上,阿斯加德也在太阳下熠熠生辉,花岗岩石墙因无数云母碎片而闪烁。它看起来的确壮丽华美,有耀眼的屋顶、塔楼、走廊、花园,还有洒满阳光的露台。其中的二十四座宫殿各不相同(你也发现了,我还是连一间房也没有),每一座宫殿都为居于其中的神祇或女神量身打造。当然了,奥丁的宫殿最是宏大,远远高过其他建筑,令人目眩。他的王座——形似乌鸦巢——悬于一道彩虹之间。唯一尚未完成的部分就是体积庞大的入口大门,顶多还需要开采雕凿三十六块巨石,我觉得一个早上就能完成。难怪那个泥瓦匠显得这么轻松愉快,一边开始卸下工具一边吹着口哨。

但就在主人正要开始开采最后一批石料的时候,那匹黑马突然仰头嘶叫。一匹母马——一匹非常漂亮的母马——正立在采石场另一头。她的鬃毛长而飘逸,身躯柔顺光滑,双眼明亮而诱人。

她轻声嘶叫。斯瓦迪尔法利以嘶声回应,然后甩掉身上的鞍具,无视主人恼怒的命令,跑去追赶那匹在平原上疾奔的母马。

泥瓦匠气疯了。他一整天都在追赶他的马,从一片树丛找到另一片，一天下来半块石料也没有开采。而同一时间呢，他的马和那匹小母马用传统的古老方式一同庆祝春天的到来，泥瓦匠最后只能徒劳地以形状不合的剩余石料完成大门的修建。

到了黄昏时分，马还是没有回来，泥瓦匠大为光火。他冲到众神之父的宫殿，要求见奥丁。

"你肯定以为我是个白痴。"他说，"你派那头母马来陷害我的马。你想违约！"

奥丁冷静地摇了摇头。"你没有按时完成建筑。所以我们的协议无效。这次就当是个教训吧。我们还是可以好聚好散的。"

泥瓦匠环顾在场的众神和众女神，他们坐在各自金光闪耀的宝座上注视着他。他眯起黑色的眼睛。"少了人，"他说，"那个贼眉鼠眼的红发小耗子跑哪儿去了？"

奥丁不置可否。"洛基？我不知道他在哪儿。"

"在哪儿，在跟我的马寻欢作乐呢！"泥瓦匠大吼，握紧双拳，"我就知道那头母马不对劲！看到它的气场我就知道了！这是圈套！你们给我下套，你们这些两面三刀的混账！你们这些人渣！你们这些婊子养的！"

他边说边冲向奥丁，终于显露了自己的真身，变回岩巨人某一部落的形态：高大，野蛮，危险。可是托尔瞬间就迎了上去，雷神只用一拳就击碎了这个巨人的头盖骨。整个阿斯加德都因这一击而震颤。但城墙巍然不动——这个泥瓦匠的确所言不虚。我们终于拥有了自己的堡垒——就缺半个大门——价格划算极了。

至于您谦卑的叙述者我，还要再过一阵子才回到阿斯加德。回去的时候，我还牵了一头小公马——一头颇不寻常的八脚马，毛色是迷人的草莓色。

接近彩虹桥时，我冲海姆达尔抛去一个飞吻。

这位守护人一脸阴沉。"你真是令人恶心，你自己知道不知道？那玩意真是你生的？"

我向他露出最为楚楚动人的微笑。"这叫克己奉公。我想你将发现其他人会举双手欢迎我回来的。至于首领呢，"我拍了拍小马，"斯莱普尼尔——这是咱们这位小朋友的名字——将会帮他很多忙。他拥有他父亲和我的力量，能够翻山越海，到达每个世界的每个角落；只需一步就能跨越整个天穹，太阳和月亮都赶不上他。"

海姆达尔不悦地咕哝。"自以为聪明的蠢蛋。"

我嘻嘻一笑，然后牵起斯莱普尼尔的缰绳，踏上彩虹桥，回到了阿斯加德。

第七课

秀发与美貌

切勿信任情人。

——《洛卡布雷那》

从那以后,阿斯加德多多少少算是接受了我。我已经知道自己永远也不会成为受欢迎群体的一分子。但是我小小的恶作剧已经给我带来了若干名声,某种容忍已经取代了之前数月的冷漠无情。我回到了首领身边,其他神祇也遵循他的领导,当然了,不在此列的唯有海姆达尔(我跟你说过他恨我吧)和芙蕾雅,她还没有原谅我之前许诺把她送给岩巨人的那事儿。

尽管如此,我还是要放松放松,赢些声誉。如今人们叫我

"恶作剧之神",原谅我的小打小闹。埃吉尔邀请我去他家喝酒。他那位生了一双杏眼的妻子还问我想不想学游泳。巴尔德慷慨地提出要让我加入下一届阿萨对华纳足球联赛。奥丁提升我为小队长,博拉基创作了歌唱我的诗歌,女士们也喜欢有我陪伴她们左右,连奥丁那位慈母式的夫人芙丽歌都不再委婉,直接建议我在被某个嫉妒成狂的丈夫教训一顿之前赶快找一个老婆。

也许是婚姻生活的威胁使我越界——又也许是我天性的混沌背叛了这种不自然的和平。不管怎样,阿斯加德之主早该预见到会发生这事的。你不可能亲手把野火引进家,又指望它乖乖待在火炉里。托尔也本该早就料到,你不可能拥有希芙这样一位迷人的妻子,又指望她日复一日循规蹈矩。再说了吧……

好吧。我承认。我那时很恼火。托尔因为阿斯加德城墙的事狠狠威胁过我,也许我是在找机会以什么方式报复他。他只是恰好有个漂亮老婆——金发的希芙,恩惠与丰收之女神。长得很美,但不是特聪明,虚荣心强,给了甜言蜜语以可乘之机。

不管如何,我稍微向她示爱,编了一两个故事,然后生米煮成熟饭。好吧。托尔有自己睡觉的地方,远离希芙的卧房,所以本来这位夫人的名声还是保得住。直到鄙人决定(一大清早突然发疯)取走一样战利品作为纪念——那便是这位夫人如麦浪般散落在枕头上的秀发。

所以,我剪掉了她的头发。怎么着?

平心而论，我原以为她的头发会长回来，或者像我一样能改变形貌。我错了。我又怎么会料到？显而易见，阿萨神族无法像华纳神族那样变形。但丰收女神这一名号可以说与她的秀发有千丝万缕的关系，她绝大部分的力量都系于其中。然而在毫不知情的情况下，咔嚓一刀，鄙人不但抢走了她的美貌，还夺去了她的神格。

这当然不是我的错咯——但在思虑之后，我决定趁她醒来前离开方是上策。我把头发留在她的枕头上，也许她可以把它们编成假发之类的玩意儿。又也许我应该让她相信这是漂发次数太多造成的恶果。无论选哪一种，我觉得她都没有那个胆量向托尔坦白我俩的一夜风流。

好吧，在这一点上我倒是没错。但我没料到托尔结束旅行后刚进家门就发现他老婆头上顶了个尚需五百来年才会流行的小精灵式平头，当场就（同时也是不公平地）断定我就是嫌疑犯。

"无罪推定原则难道不复存在了吗？"毫无仪态可言地被拖到王座上众神之父的脚边后，我抗议道。

奥丁用瞎眼对着我。希芙裹着头巾站在他身旁，用那种足以令庄稼枯萎的眼神盯我。

"只是开个玩笑！"我告诉他们。

托尔拽住我的头发，把我拎了起来。"开个玩笑？"

我考虑过变化为野火的形态，但托尔戴着他那对防火的金属手套。这就意味着鄙人不管变成什么形态也都无路可逃了。

"你不觉得她看起来还挺可爱的吗?"我用哀求的眼神看着希芙。有些女人留短发更好看。但就算是我也说不出"希芙就是其中之一"这种话。

"好了嘛。对不起!我还能说什么?要怪就怪我天性里的混沌。"我努力解释。"我当时是想知道如果这么做的话会发生——"

托尔吼道:"那好,现在你知道了吧。会发生的第一件事就是我要打断你身体里每一根卑鄙的骨头。一根一根来。觉得这个玩笑好玩不好玩?"

"我真的宁愿你别这么做。"我说,"我还是不太习惯痛苦这件事,而且——"

"对我来说可是刚刚好。"托尔说。

我看着奥丁。"大哥,求你了……"

奥丁摇了摇头,叹了口气。"你又指望我做什么?你剪了他妻子的头发,诸神在上,你活该为此付出代价。要么偿罪,要么滚出阿斯加德。你自己决定。我已经仁至义尽。"

"你要把我赶出阿斯加德?"我说,"你知道这意味着什么吗?我现在已经不能回混沌界了。我会无依无靠,任由每个想替朋友报仇的岩巨人摆布——就因为我骗他去修了城墙。"

奥丁不置一词。"你自己选。"

说得好像我还有得选似的。我看向托尔。"你不想要我道歉吗？"

"只要这种歉意发自内心。"托尔说，"我保证，你体内的每一根骨头都会感到抱歉的。"他扬起拳头。我闭上眼……

然后突然灵光一现。"等等！"我说，"我有主意了。如果希芙能长出新的头发，比她之前的更美，这样如何呢？"

希芙愤恨地哼了一声。"我才不戴假发呢，如果你打的是这个主意的话。"

"不，不是假发。"我睁开眼，"是接发，以黄金制成，就像你的真发一样闪亮。它还不需要打卷，造型，漂白，也不需要——"

希芙说："我才没有漂白头发！"

托尔说："我宁可揍他。"

"然后让她的头发自己长回来？好吧，如果你高兴等那么久的话……"

托尔漠不关心地耸了耸肩。但我能看到希芙来了兴趣。她想取回神格，也知道看我受苦带来的转瞬即逝的满足远不足以弥补损失。

她看我的那种眼神足以剥落墙上的油漆。她把手搭在托尔的肩上。"亲爱的，在你痛扁他之前，咱们就听听他的提议吧。反正你随时都可以揍他……"

托尔一脸狐疑,但还是放开了我。"你说来听听?"

"我认识一个人。"我说,"一个铁匠。在冶炼金属和如尼魔法方面是个天才。他能不费吹灰之力给希芙织一头新头发,也许还会额外赠送些礼物作为友好的象征呢。"

"他一定是你的至交好友。"奥丁若有所思地看着我。

"呃,算不上是朋友。"我说,"但我想我能说动他帮忙。只需要恰如其分地激励他和他的兄弟就行。"

"你真有那么厉害?"托尔说。

我笑了。"比厉害更厉害,"我说,"我可是洛基。"

第八课

过去与现在

切勿相信艺术家。

——《洛卡布雷那》

如此这般,我逃过一劫——暂时如此——离开了阿斯加德,徒步寻找那个能拯救我项上人头的男人。他叫德瓦林,是铁匠伊瓦尔迪的儿子之一,和他的三个兄弟在下界的洞穴里开铁匠铺。他们是洞底族,掘金者,在这方面的名声无可匹敌。更重要的是,他们也是治疗师伊瞳同父异母的兄弟,我觉得如果自己声称跟伊瞳是朋友的话,他们一定会帮我这个忙的。

如今地理和历史一样,容易受周期变化的影响。在过去,九界比现在小得多，也更不易受物理规则的影响。你不信我？看看地图去吧。当然了，我们自有跨越边界的方法。有的方法需要使用如尼符文——比方说 Raedo，意为旅者，能够打开世界与世界之间的门——有的方法则只需要迈迈双腿，挥挥翅膀，以及精确的定位。我徒步出发，以使诸神相信我在诚心诚意地自责，不过刚一穿过依达平原进入铁木树林，我就抄了条近道。贡瑟罗河①穿过铁木树林，是将九大世界与其根源相连的支流之一，直接通往下界和更遥远的世界：死境，梦境和魔境。不是我想走这么远，而是洞底族喜欢与世隔绝，结果花了我大半天时间才走到他们的臭烘烘王国。

我在铁匠铺里找到了他们。那是一个位于下界深处的洞穴，熔岩顺着地上的几道裂缝流出。这是他们唯一的光源，也是他们的熔炉和炉床。若以原本的形态现身，火焰和浓烟都伤不了我，但单凭这具肉身，我对高热和恶臭都毫无抵抗之力。

尽管如此，我还是走近那四个铁匠，向他们露出我最为动人的微笑。"你们好呀，伊瓦尔迪之子。"我说，"阿斯加德诸神问候你们。"

在熔炉的熊熊火光中，他们朝我转过脸来。伊瓦尔德的儿子们几乎是一个模子里倒出来的：面色灰黄，两眼凹陷，因劳作而

---

① 发源于不竭之泉赫瓦格密尔的十二条大河之一。

弯腰驼背，灰头土脸。洞底族极少到地面上去。这种习惯伤害了他们的视力。他们在隧洞里生活、工作、睡觉，呼吸的是最污浊的空气，吃的是蛆、甲虫和蜈蚣，用的只有他们以在土里发掘的金属和石头造成的器具。不算什么美好人生，我觉得。难怪伊瞳离开了他们，还带走了她父亲给她当作嫁妆的青春之果。

然而现在随着双眼适应了昏暗的光线，我看见洞里满是这几个工匠的作品，一直高高堆到洞顶。遍地都是黄金打造的物件：首饰，宝剑，盾牌，无一不饰以浮雕图案，闪耀着美丽事物在黑暗中才会发出的那种柔光。

其中有些只是装饰品——手镯，戒指，头饰，有些近乎病态地繁复，有些则看似粗糙质朴，实则不然。还有一些因藏于其中的魔力而嗡嗡作响，那雕工中蕴含的如尼魔法如此错综复杂，就连我都只能凭空揣测它们的用途。

我以前从未如此渴求黄金，但在这洞底族的厅堂里，我发现自己垂涎三尺，目不转睛地看着那些闪闪发光的漂亮东西，心里盘算着、渴望着将它们纳为己有。我猜这就是它们的魔力之一。这种魔力就像一条珍贵金属的矿层般贯穿于地下世界。它能让男男女女贪婪腐化，用欲望的光芒令他们盲目。在这个地方驻留过久会让人发疯——这些黄金，这些魔力，还有那自熔炉滚滚而出的浓烟，都在销蚀人们的神智。我得离开此地，动作要快。但希芙的黄金秀发必须先拿到手。而且如果我能说服他们额外给些东西的话……

我又向前一步说:"你们的姐妹治疗师伊瞳,美丽的伊瞳,金苹果园守护者,也向你们问好。"

伊瓦尔迪的儿子们都看着我,眼光就像他们凹陷牙槽里的甲虫般不断游走。德瓦林走上前来。我对他已有耳闻,知道他的右脚扭曲,行走不便——因为一次意外,详情我可能会在后面的故事中讲到(和鄙人可没关系哦……好吧,至少没太大关系)。我希望他没有记恨在心,更好的情况是他没有认出现在这个形态的我。我说:

"你好啊,德瓦林,向你和诸位兄弟问安。我从阿斯加德给你带来了绝妙的消息。你和你的兄弟从下界所有工匠中被选中执行一项精密任务,如能完成,你们的名字将广为人知,你们的作品将扬名九界。时间有限,机会难得,若能好好抓住,你们这些伊瓦尔迪之子便能共享阿斯加德之光辉!金色的阿斯加德,美丽的阿斯加德,永恒的阿斯加德——"

德瓦林说:"我们能有什么好处?"

"名声。"我笑得嘴咧到耳朵根,"人人都会知道你们是最棒的。如果不是这样,奥丁又为什么会从下界所有的铁匠中单单选中你们呢?"

这招会钓他们上钩的。我老早就知道了。这些蛆虫不会为金钱所动,他们已经拥有享之不尽的财富了。他们对自己的手艺以外的事物毫不关心，但也很有抱负。我知道他们不可能拒绝这样一个能够证明自己超凡技艺的挑战。

"你想要什么？"德瓦林问。

"你有什么？"我说完微微一笑。

洞底族花了些时间为我定下的任务做准备。我解释了希芙的头发事件——略去她失去头发的原因——这些铁匠们无不发笑，笑中带着他们独有的尖酸。

"就这么个事？"德瓦林说，"随便哪个小孩子都能帮你做出来。作为挑战还不够格。"

"我还想要两件独特的礼物。"我说，"一件送给我的兄长奥丁，阿萨神族之首；另一件送给弗雷，华纳神族之首。"

对我而言这是走了一步棋：收割者弗雷实际上只是华纳首领中的一位，但他很有影响力，如果拿他和他的朋友相比——比如海姆达尔——我更愿意助他一臂之力。走运的话，以后还可以得到回报，再说他还是芙蕾雅的哥哥，我需要把她拉到我这一边。

德瓦林点头同意，开始工作。他的兄弟们和他同心协力，动作流畅而优雅。一个负责原料，一个施放如尼魔法，一个照顾熔炉，一个将炙热的金属捶打成型，最后一个用抛光布完成最后的修整。

第一件礼物属于奥丁：一把长矛。这是一件令人喜爱的作品，笔直、轻盈、美丽，柄上雕有一排如尼符文。这是一件华美的武器，我想象老家伙收到它时的惊喜神情，不禁内心窃喜。

"这是冈格尼尔。"德瓦林说，"她百发百中，绝不会错失目标。只要你的兄长将她带在身边，她就会让他战无不胜。"

第二件礼物看上去像个玩具，一艘小船，精致到让你好奇德瓦林怎么能用他那粗大笨拙的双手创作出如此的艺术品。但完成之后，他带着自豪说：

"这是斯基德布拉德尼尔，船中之王。风将助它前行。它永远不会在海上迷失方向。待到旅程结束，它还能被叠成可以放进你口袋的大小呢。"他念了一个咒语，船便像纸一样折叠起来，一折又一折，最后变成一个银罗盘，落入我的手中。

"很好。"我说。我知道涅尔德的儿子会比任何人都更喜爱这件礼物。"现在轮到希芙的头发了，如果你不介意的话。"

伊瓦尔迪之子听到后拿出一团不成形状的黄金，其中一人把它送入熔炉的烈焰中去，另一个用一个纺轮将它纺成最最精细的丝线；一人施放如尼魔法，另一人用如夜莺般动听的声音吟唱咒语，使它拥有生命。最后它终于完工了，熠熠生辉，以宝石点缀，如丝绸般细致。

"可是它会生长吗？"我问德瓦林。

"当然了。只要她把它戴好，它就会变成她的一部分，让她前所未有地动人，甚至能与芙蕾雅媲美。"

"真的？"听到这话我笑了。芙蕾雅相当注意捍卫她最美的称号。我把这个情报纳入记录,以便日后约会时可能用到。人人都有弱点,我把挖掘所有人的弱点当成了自己的生意来做。德瓦林的弱点是对自己手艺的自负,所以我一边收起三样宝物,一边把他吹捧到了天上。

"我不得不说之前对你抱有怀疑。"告辞之前我对他说,"我以前知道你手艺好,但不知道有多好。你和你的兄弟们真的是下界所有工匠之首,回到阿斯加德我也会这样说。"

好吧,拍拍马屁又不会伤人,我告诉自己。现在该带着战利品回家咯。是时候了。我抬头看向上界。我被熔炉的浓烟熏成一条病狗,从来没像现在这样需要洗澡,但又因为胜利而喜气洋洋。可得好好给奥丁展示一番,我想。至于那个沾沾自喜的混蛋海姆达尔——

但我刚抬脚要走,就发现有人堵住了去路。是另一个工匠布罗克,德瓦林的竞争对手之一。一个长得像小斗牛犬的矮胖男人,眼睛像葡萄干,胳膊像木头桩子。

"我听说你给德瓦林找了些活儿干啊。"他说,从浓重的眉毛底下向我看来。

我承认确有此事。

"你满意了吗?"

"何止是满意。"我说,"他和他的兄弟们太不可思议啦。"

布罗克嗤笑道:"那样就能叫不可思议了?你们本来应该找

我们的。大家都知道我兄弟和我才是下界之王。"

我耸耸肩膀。"动嘴皮子谁不会。如果你想要证明自己比伊瓦尔德的儿子们更厉害,那就去做出媲美他们手艺的作品呗。否则,在阿斯加德看来,你只不过是班门弄斧。"

我知道的,我不该故意激怒他。但他让我有些来气,我又急着出去。

"班门弄斧?"他说,"我会让你见识见识谁才是门外汉。打个赌吧。我会给你造三样礼物,恶作剧之神,我还要跟你一起回阿斯加德。到那时我们就知道谁的作品是最好的了。让你的首领决定吧。"

我也只能用"肯定是下界蒙蔽了我的神智"来为自己辩解了。都怪那些黄金和魔力——现在是再捞一笔的机会,而且还是免费的。再说,混沌之子永远不会拒绝一次打赌。

"好啊,为什么不呢?我赌了。"我说。又多三样送给阿萨神族的礼物,鄙人只需要冒一点点风险。放过这次机会的话才是大傻瓜呢。"那我们赌什么?"

布罗克恶狠狠地瞪着我。"你损害了我的名声。现在整个下界都相信德瓦林的作品比我的还好了。我需要表明自己的立场。"

"怎么表明?"

"我要用我的作品抵你的项上人头。"他向我露出恶毒的微笑。

"真的？就这些吗？"我开始感到有点不舒服了。这些艺术家类型的人有时疯疯癫癫的，再说他要我的脑袋能干吗？

"我要拿你的脑袋作门挡石。"布罗克说。"这样一来任何往来我的铺子的人就会知道胆敢非难我的手艺的人会有什么下场。"

真糟糕呢，我想。可是愿赌服输。"好吧。"我跟他说，"但是到时只能用砍的哦。"

他面露微笑，如果你能管那表情叫作微笑的话。他的牙齿就像一块块琥珀。"我会用砍的。"他说，"如果你运气好，我会用一把小刀来砍。如果你运气不好——"

"就只管迎头上吧。"我说。

回头想来，这话说得不太吉利。但我心怀自信。我还留了几手，再说我也知道一回阿斯加德，我就是大红人了，什么都扳不倒我。

事实证明我错得离谱。

第九课

锤子与钳子

切勿相信虫豸。

——《洛卡布雷那》

布罗克的铁匠铺一点也不像德瓦林兄弟们的那间。首先,他只有一座普通的熔炉,里面填着普通的燃料,因此也完全没有伊瓦尔迪之子们所享受的自然优势。我本以为他的兄弟辛德利是负责出谋划策的智囊,结果此人看上去不比弱智强到哪去。这里没有陈列任何作品,没有武器,没有珠宝,只有一堆原材料:金属,粗麻布,动物的皮,一块块木头,以及其他零零碎碎,都更适合摆在收破烂的手推车里而不是艺术家的工作室中。而且还臭，散发着汗水、山羊、烟、油和硫黄的味道。很难想象从这么一团糟中能诞生出任何美丽事物。

然而我生性多疑。我仔细注视着两兄弟工作，发现尽管两人都显得笨拙迟缓，辛德利却有非常灵巧的双手，布罗克则有极为强壮的双臂，他拉动硕大的风箱，让熔炉产生足够高的温度。

这让我灵光一现。"我要出去呼吸些新鲜空气。"我说，"等你们完工了就叫我。"

我走进走廊，化身为一只苍蝇。准确来说是一只牛虻，迅捷机敏招人烦。我悄悄飞回铁匠铺，在阴影中看着布罗克拾起一块生金，丢进熔炉内部。

辛德利向火中施法。他的举止怪异，但又十分迅速，我怀着好奇注视那块黄金逐渐成形，在煤炭上不断旋转翻腾。

"现在，布罗克，"辛德利说，"拉风箱，快！如果火候没到就冷却了的话……"

布罗克把吃奶的劲儿都拿了出来拼命拉风箱。辛德利则用他灵巧的双手以最快的速度施展如尼魔法。

我开始有一点紧张了。悬浮在他们之间的那块金属看上去相当惊人。我保持着牛虻的形态，嗡嗡地飞近手拉风箱的布罗克，在他的手上狠狠蜇了一下。他不由咒骂，但没有就此退缩，不出片刻这件作品就完成了：一个美丽的黄金臂环，以数百种如尼符文精心雕琢。

我飞回走廊，飞快套上衣服。

不一会儿，布罗克找到我，向我展示那个黄金臂环。

"这是德罗普尼尔。"他得意地笑道，"我送给你的首领的礼物。每过九天，到了晚上，她就会再生出同样的八只臂环。自己算算吧，恶作剧之神。我这可是给了你的同胞们无穷无尽的财富。相当慷慨的礼物，你不觉得吗？"

"不赖。"我耸耸肩膀说，"可是那支矛能让奥丁战无不胜哟。你觉得他会更中意哪件礼物呢？"

布罗克嘴里咕咕叨叨着走回铁匠铺。我再次化为牛虻跟了过去。

这一次，布罗克从那一堆材料中挑了一张猪皮和一块拳头大小的金子，把它们丢进火中。他的兄弟向这件打造中的作品施法，布罗克拉扯风箱，某样庞然大物开始显形，它狰狞地咆哮嚎叫，琥珀般燃烧的双眼在金色的炉心中闪光。

我再一次飞近布罗克，刺中他的脖子。他发出惨叫，但丝毫没有停下手中的活。少顷，辛德利从熔炉中拉出一头巨大的黄金野猪，我又飞回走廊套上衣服。

"这是古林布尔斯提①。"布罗克说道，向我展示他们的作品，"他能驮着弗雷在天空中翱翔，还能照亮前头的路。"

---

① 意为"金鬃"。

我注意到他特意把"头"字说得很重,我一点也不喜欢这样。但我还是耸耸肩,说:"挺好。但伊瓦尔迪之子已经把海洋霸主送给弗雷了。而且雷神呢?你得更加卖力讨好托尔。伊瓦尔迪之子已经送给他一位美丽到女人无不嫉妒、男人无不渴望的妻子了呢。你和你兄弟还能给他更好的东西吗?"

布罗克狠狠瞪了我,一言不发回去了。我化作牛虻随之而去,看见他怒气未消,从那堆原材料中抽出一块大如他头颅的铁。他把铁块扔进炉心,接着辛德利开始以如尼魔法塑形,他则鼓足了劲拉扯风箱,脸涨得通红。

我已经能看见这第三件作品渐渐形成了独特的形状。是什么呢?一件武器吗?我想没错,它形似如尼符文 Thuris①,闪烁着魔力和能量的光芒。我必须得确保这一件作品失败,于是飞到布罗克脸上,狠狠刺中他双眼之间的部位,鲜血奔涌而出。他发出一声怒吼,伸手把我赶到一边——那一刻,不超过一秒钟,他松开了紧握风箱的手。

辛德利大叫:"不!别停下!"

布罗克重新使劲。但为时已晚,那件在熔炉中成型的武器已经走样。辛德利骂了一句,开始以难以置信的速度施法。他能抢救这件精致的作品吗?我倾向于认为他做不到。就算他真的力

---

① 代表雷神托尔,意为多刺、棘手之物。

挽狂澜，我知道它也不可能完美无缺了。

我飞回走廊，变了回来（当然也穿上了衣服）。当我原地等待时，布罗克走了出来，脸上还在不住往下淌着血，手里拿着一样包着布的东西。

"怎么着？"我说。

"就这么着，东西成了。"布罗克说道，解开裹在那件东西上的布。

我看到那是一把战锤，沉重而致命，从锤尖到柄端都充满魔力——它的手柄相当短小，是这件武器唯一的缺陷。就连我都能断定它极为特殊，既是一件独一无二的武器，又独一无二地合人心意。

"这是米奥尔尼尔。"布罗克吼道，"有史以来打造出的最伟大的战锤。在雷神手中，它能保护全阿斯加德。它绝不会离开他的左右；使起来永远得心应手；如果到了需要展示谦卑的场合，它还能像折叠小刀一样叠起来，还能——"

"抱歉打断一下，"我插嘴道，"需要展示谦卑的场合？我们这还是在讨论一把锤子吗？"

布罗克露出满口恶心牙齿。"托尔当然爱他的妻子。"他说，"可是要论该怎么在朋友们面前显摆的话，他只要有把够大的家伙就行。"

我的脸拉了下来。这些蛆虫极少幽默打趣，但只要他们一说笑话，内容多半粗俗不堪。

"我们会知道的，是不是？"我说，"至于你的武器，对我来说显得有点小了——唔，长度短了点。"

"怎样使用才是重点。"布罗克吼道，"现在我们该走了吧？我兄弟和我还有一个赌注要赢呢。"

我带他们前往阿斯加德。

第十课

针与线

总而言之，谁也不要相信。

——《洛卡布雷那》

当我们抵达奥丁的厅堂时，我不动声色，心怀自信。希芙早已在等待我的归来（她的脑袋上还裹着头巾）；托尔像一团雷雨云似的站在她身侧。奥丁坐在王座之上，独眼中闪烁着期望。海姆达尔显得有点闷闷不乐——我猜他完全没料到我能信守誓言顺利归来。诸位女神——尤其是西格恩，自打我进门就一直朝我暗送秋波——都满怀期待地注视着我，毫不怀疑我能再次反败为胜。

布罗克在日光底下看起来（以及闻起来）更加令人作呕。他带着他的三件礼物站在我身旁，黄金野猪古林布尔斯提在他的锁链那头嗥叫，战锤则露在他的腰带外面。

"这位是谁？"老家伙问。

布罗克说了他的想法，解释了我们的赌注。

奥丁抬起一边眉毛。"唔，那我们就看看你们带回来的礼物吧。"他说，"然后再来投票表决。"

我耸耸肩，开口说："我想你会发现——"

"让我们先看再说，恶作剧之神。"奥丁说。

我展示了我的礼物。布罗克献出他的作品。在长得似乎毫无必要的幕间休息之后，奥丁下了评语。

"伊瓦尔迪之子做得漂亮。"他说，"他们的作品相当不寻常。"

"没错吧？"我向希芙眨了眨眼，她已经戴上了那头新头发。诚如德瓦林所言，这顶接发完美无缺地和希芙原本的头发结合在一起，使她恢复了女神的面貌。

她向我摆出一脸不情愿。"还算过得去吧。"

"还有那支长矛呢？"我说，"还有那个能变成一艘船的罗盘……"

奥丁颔首道："我知道。但是布罗克的礼物同样非比寻常。尤其是那把名叫米奥尔尼尔的战锤。"

"什么？就那把又短又小的玩意？"

奥丁冷冷地笑了。"的确，手柄是有点短。但即使这样，它依然是一件非凡的作品，比我的长矛和弗雷的如尼利剑都更为出色。一旦为托尔所用，它就能化解我们目前的一切防御难题。"

托尔把米奥尔尼尔宝贝地夹在胳膊肘下。"我同意。布罗克胜出。"

奥丁转向其他诸神。"你们是怎么想的？"

弗雷点头道："我说布罗克赢了。"

"海姆达尔呢？"

"布罗克。"

"涅尔德呢？"

"布罗克。"

"巴尔德？"

这位金童轻叹道："哦，老天啊。说实话，很遗憾，我选布罗克。"

阿萨神族和华纳神族诸人接连投票认为布罗克的礼物更优秀。只除了正为新发编辫子的希芙、不喜欢舞刀弄枪的伊瞳、已经着手为我创作镇魂曲的博拉基，以及正用令人心烦的母性眼神凝视我的西格恩，她好像随时都有冲动伸手抚摸我的额头安慰我。

我很反感这一幕。"你们来真的啊？"

奥丁耸耸肩膀。"我很抱歉。你输了。"

布罗克黑洞洞的双眼陡然一亮。"我赢了。"

"没错。"我对他说,"你是最棒的。至于那个愚蠢的赌注呢——"

"你的脑袋瓜子归我啦。"布罗克边说边拔刀出鞘。

"我会给你和我的脑袋等重的黄金。"我说,往后退了一两步。

"没门。"布罗克说,"我要你的脑袋。这样一来,任何走进我的铺子的人都会知道我把自己的名誉看得有多重。"

"两倍重的黄金怎么样?咱们就算两清?"我又退了一步。

他咧嘴一笑,再次露出那一口恶心牙齿。"条件很诱人嘛……但是不。我要取你的人头。"

"那么我猜你得先抓得住我。"我说,化为野火的形态。不出一秒钟我便飞出大厅,身后只余一溜轻烟。可是托尔比我动作还快,他手上还戴着他那副金属手套。

"哦不,可别这样。变回来。"他说。

我在托尔的巨掌中不停挣扎咒骂,但心知无路可逃,只好恢复通常形态。此时此刻,在下我浑身烟灰,一丝不挂。不是我人生中最辉煌的时刻。

我向老家伙求助。"奥丁,求求你……"

"愿赌服输。你输了,我也爱莫能助。"他说。

"弗雷？涅尔德？谁能帮帮我？"

似乎没人准备为我出面调解。事实上，我觉得有一部分人还显露出了冷酷的愉悦之色。这些混蛋看热闹看得正开心。海姆达尔两眼放光，提尔连零食都掏出来了。

托尔把我扔到布罗克脚边，我遍体鳞伤，精疲力尽，孤立无援。但急中生智向来是我的一大优点。

我举起双手。"好吧。我投降。"

我听见西格恩倒抽了一口气。

"布罗克，你随意吧。"

布罗克举起刀。他扯住我的头发，把邪恶的刀锋凑近我的喉咙……

"呃——稍等一下。"我说，"我想我们赌的是脑袋吧。"

布罗克显得有些不知所措。"唔，没错。"

"可是你要割开我的喉咙。"我说，装出一脸愤慨，"话要言出必行，脑袋归你了。可没人说过把脖子也给你啊。实际上，脖子不在我们的赌注之内。完全不在，彻底不在。只要动我的脖子一下，这笔交易就算不得数。愿赌服输，大家同不同意啊？"

有那么一会儿，我看见布罗克竭力想理清楚这些新信息。"但那我怎么能……"

"不能动脖子。"我说。

"可是——"

"是你定的规矩。"我告诉他,"是你当初执意如此的。"

"可是不动脖子我还怎么砍头!"

"这我管不着。"我说,咧嘴一笑。

布罗克的脸色一沉。在他身后,阿萨神族和华纳神族都开始忍俊不禁。就连只有最基本幽默感的托尔似乎都被逗乐了。

布罗克转向奥丁。"这不公平!你不能就让他这么逃了!"

"我很遗憾,布罗克。"奥丁说,"是你规定的赌注。我鞭长莫及。"他的脸板得像花岗岩,但我知道他心里正暗自发笑呢。

布罗克又花了更长的时间努力表达他的意思。他双拳紧握。身体发抖。一张臭脸因为愤怒而显得更臭了。然后他看向我,两眼燃烧,如同他那熔炉中的煤块。

"你以为你耍聪明赢了我,恶作剧之神。"他说,"那好吧,也许我取不了你的脑袋。但既然它属于我,我至少能对它做些改进。"

"什么?你要给我剪发,弄成个更讨人喜欢的造型吗?"

布罗克摇摇头。"不。但是你那张机灵的嘴巴该接受一点教训。别的做不到,这我可是做得到。"

他从口袋里掏出一把皮匠的锥子和一条长而细的皮绳。

我说:"你不是玩真的吧。"

"你会吃一惊的。"布罗克嘻嘻笑道,"我们洞底族可没有你想的那么有幽默感。哪位能来固定住他的脑袋?"

于是，我一边被海姆达尔按着（当然了，肯定得是这位金灿灿先生出面，我能看出他正高兴着呢），一边被布罗克缝住双唇。缝了九针，每一针下去都像被一群马蜂狠狠刺中般的疼。

可是尽管缝针很疼，却比不上他们的笑声那么伤人。没错，他们在笑，我那些所谓的朋友，在我挣扎哭泣的时候哈哈大笑，没人伸出半根手指来帮我，就连奥丁也一样，他还曾发誓将待我如兄弟——但我们都知道他们是怎么回事，对不对？博拉基，涅尔德，弗雷，海尼尔，托尔——甚至连好好先生巴尔德都屈服于同辈群体的压力，随他们一起大笑，因为他的真面目正是这样的脓包。

他们的笑声伴我回到避难所。我扯出缝线，放声怒吼，发誓总有一天我会让他们付出代价——所有人，尤其是我亲爱的兄长——以牙还牙，以血还血。

针脚的伤口很快愈合了。苦痛已经消退。但布罗克的锥子具有魔力，它在我身上留下永久性的记号。九个齐整的十字形针脚随时间流逝逐渐发白，但永远没有消失。在那之后，我的笑容就从未发自肺腑，在我内心深处有某样长满尖刺的东西，像一卷铁丝，无时不刻不在困扰着我。诸神从来没有发觉它的存在。也许除了奥丁，我经常能感觉到他的监视，也知道他的品性和我的一样不可信赖。

至于除奥丁外的人，他们以为我会忘记此事。我从未忘记。

"及时缝一针，日后省九针"，类似这样的说法在人类中流传。怎么说呢，我本可以拯救九大世界。我本可以阻止诸神黄昏的到来。但诸神以他们的傲慢和贪婪使我认清了自己的位置。我永远不可能成为他们中的一员。我现在明白了。我孑然一身。我将永远孤独。这一次，我彻底得到了教训。

总的来说，不要相信任何人。

"狗也有他的好日子[①]"，中庭世界的古老谚语如是说。每条狗和每位神都有他们的好日子，而现在我开始期待角色颠覆的那一天，我将会高高在上，向下俯览所有人哀求哭泣。那一天会来的，我们都心知肚明。变化是驱使世界转动的车轮，总有一天，神将变成狗[②]，在他们亲手建立的一切于身周轰然崩塌时哭号。获得力量永远需要付出代价，他们爬得越高，就跌得越惨。我想要亲自设计这一次崩塌，在他们跌落时无情地大笑。

在那之前，我将按兵不动，努力牵动我伤痕累累的嘴唇露出最甜蜜的笑容，直到复仇的那一日到来，我将一个接一个把诸神拉下他们的宝座。

[①] 意即人人都有得意之时。
[②] 文字游戏，神（gods）反过来就变成狗（dogs）。

卷二 · 影

阿萨神族齐聚一堂。

但立誓必有破誓时。

女巫的工作已经完成,

预言已经为人所知。

——《先知者预言》

第一课

黄金

只要事情和女人有关,每个男人都是盲目的独眼龙。

——《洛卡布雷那》

就这样我成为了恶作剧之神,受人轻视,却又身价极高,我把对他们的所有轻蔑都藏在伤痕累累的扭曲微笑之下。我发现我对女士们的吸引力一如既往,她们似乎觉得这带着伤痕的笑容相当有魅力——但这当然并不重要。混沌从不知宽恕为何物。尽管我已叛变,但依然是混沌之子。

很好笑吧?事情居然会变得如此之快。仅凭九个小小的针眼,就让我突然发现真相:不论我做了什么,不论冒了多大的风险,不论我怎样努力融入他们之中,我都永远不可能成为诸神的一员。我永远不会有自己的宫殿,也不会赢得我明显应得的尊敬。我永远不可能成为神;只是一条被锁链铐住的狗。哦,有时我可能对他们有用,可一旦危机解除,您谦卑的鄙人我就该滚回狗屋了,连块狗饼干都得不到。

我把这些告诉你,这样你就能理解我为什么要做那些事了。我想你也会认为我毫无选择,只有通过这种方式,才能维持那点少之又少的自尊。复仇之心是如此纯粹,不像其他那些我必须在奥丁的世界中忍受的种种情感。嫉妒,憎恶,悲伤,恐惧,懊悔,羞辱——所有这些都混乱不堪、令人痛苦,惊人的空虚无益——但是如今我体会到了复仇的欲望,这感觉就像重归故里。

故里。瞧瞧他们都是怎么把我带坏的?这一次他们又让我产生思乡怀旧之情,这是他们最具毒害性的感情。也许还有一些自怜。我开始思考我为了加入他们放弃了多少东西:我放弃了原始形态,在苏尔特身边的地位,还有我那混沌的肉身。倒不是说苏尔特会理解或在乎我这迟来的悔恨——悔恨同样只是诸神的恶性影响之产物。因此,我对复仇的渴望并非因为我期盼与混沌世界和解——时机未到——而是因为破坏欲是我仅存之物了。

我最初也最纯粹的冲动就是找出阿萨神族的敌人。正如古尔薇格·海伊德在冬季战争之时所做的那样,我打算去华纳神族的叛变者那里寻求庇护,以我的技术换取他们的保护。问题是,我太厉害了。我早已名声在外。九大世界上上下下无不知晓我是诸神之中的恶作剧大师，是我给了奥丁那支长矛，给了弗雷那艘神船，给了托尔那把战锤。是我以巨石重建阿斯加德，耍弄了那个工人。实际上我骗过所有人——包括死神本人——结果就是没人会信任我，也没人会相信我是诚心想做交易。

所以我决定按兵不动。在阿斯加德生活是有优势的。食物可口，美酒充足，还有九界中最美的景色。和阿萨神族开战的话，这一切都没了。得住在肮脏的帐篷里，要么就是山上的洞里；没有伊瞳帮我治疗伤口；会变老；身上会长跳蚤；只能抬头仰望阿斯加德，追忆我原本可能拥有的一切……

不，我如此决定。这不是我的风格。在阿斯加德当狗也比在其他什么地方当神要好。现在最好暗中行事，分别削弱他们的力量，在他们之间散播不和，努力找出他们的弱点，逐个击破。然后，等到能让他们跌落深渊的时候……

轰！

我首先从芙蕾雅着手。没什么原因，只因为她是整条长链上最弱的一环。奥丁对她青眼有加，如果计划成功，那我务必能重重伤他。这位欲念女神十分虚荣，而且自从我跟洞底族打交道以来，她就孜孜不倦地向我打听他们的宝藏，尤其是我在下界见过的那些珠宝。

"再跟我多说些嘛。"她会这样说，斜倚在丝缎长榻上，品尝着水果，诸多侍女在旁伺候。其中之一便是西格恩，好像我越是不理她，她就越是对我感兴趣。在芙蕾雅身侧，她显得平平无奇，我想这是芙蕾雅有意为之。芙蕾雅本人当然美丽无比，奶油般丝滑的皮肤，金红色的秀发，一对令人难以置信的美乳。她那只琥珀色眼睛的猫在她脚边咕噜咕噜地叫，围绕她身周的空气都芬芳四溢。没有人——甚至连我都无法对她的美丽完全无动于衷，不过我喜欢更野性一点的，再说，比起浪漫爱情我还惦记着更重要的事呢。

"好吧。"我说，自己捻了颗葡萄，"伊瓦尔迪之子也许并没有被评为九界最好的铁匠——尽管我依然怀疑这一点——但他们毫无疑问是我所见过的手艺最棒的铁匠，我敢肯定如果你见过他们的作品后也会这么说。我在说的可是金子呢，芙蕾雅。项链，手镯，应有尽有，堆积如山——闪耀如被打碎的阳光。其中有一件与众不同的首饰——一条你前所未见的项链。那是一条短项链，像你的拇指那般粗，每一节项链的工艺都精致到几乎有了生命；它的形状能贴合你脖颈的每个弯曲起伏，熠熠生辉，几可照人，使你更加完美——"

芙蕾雅睨了我一眼。"使我更加完美？"

"抱歉。说错话了。当然啦，我的女士，你本来就十全十美。"

我心里偷笑。饵已经投下,之后,芙蕾雅去找那条项链只不过是时间的问题。我远远地观察她。没过多久,正如我所料,某天清晨我看见她离开阿斯加德——徒步离开,没有乘坐她的战车,也没有任何侍女在侧——穿过依达平原,去寻找伊瓦尔迪的儿子们。

我化作一只鸟跟随在后,高高飞在她头顶之上,当她通过铁木树林进入下界时,我化作一只跳蚤,钻进她的乳沟,准备看看她要跟那群蛆虫做什么样的买卖。

第一次进那间铁匠铺时,我自己都差点被那堆积如山的黄金所迷。而芙蕾雅生性痴迷美丽的事物,我知道她一定会不可自拔。果然如此。尽管屋中充斥恶臭和熔炉的高热,那条陈列在一块石头之上的项链依然像旭日的光芒般闪耀。我看见她瞪大双眼,合不拢嘴。她伸手去触碰它……

伊瓦尔迪黑不溜秋的儿子们站在橙黄色的火焰旁紧盯着她。我告诉过你他们崇尚美丽之物;他们从未见过如她这般美丽的人。她是欲念之本貌,欲念之化身;就如我所说,就连奥丁这个娶了芙丽歌、有三个儿子、似乎尽享天伦之乐的男人,都对芙蕾雅心怀不轨,尽管他将这种感情隐藏得很好,瞒过了所有人的眼睛,除了鄙人。

伊瓦尔迪之子可没有这等定力。他们黑洞洞的眼睛在发光,几乎流出了口水。

德瓦林走上前。"敢问尊驾来此为何?"

"这条项链多少钱?"芙蕾雅说。

德瓦林耸肩道:"这是非卖品。"

"可是我想要。"芙蕾雅说,"我会给你金子。你想要多少都行。"

德瓦林再次耸耸肩。"我的黄金足够用了。"

"那好吧,你肯定是需要某些东西的吧?"芙蕾雅向他露出最甜蜜的笑,摸摸他的肩膀。"再说,那条项链也能让我很开心呢。你难道不想让我开心吗?"

德瓦林缓缓地点了点头。他的兄弟们都走上前加入他。我从阴影之中看见他们一脸馋相,满怀热望。"哦,没错,我想让你开心。"他说。

芙蕾雅笑得更欢了。她伸手触摸那条项链,它镶满宝石,闪耀着如尼符文之光,又轻又软,像一条金色的蛇皮。

"我会把项链给你的。"德瓦林说,"以交换四个晚上的交欢。"

"什么?"芙蕾雅的笑容不见了。

"我们一人一个晚上。"德瓦林说,"我们一起打造出这条项链。它是独一无二的。以魔力贯穿而成。佩戴者的美貌将永远不会消逝。没有任何东西能使它变色——也无法损及你的美貌。这就是我出的价。你怎么说?"

芙蕾雅咬住嘴唇。一滴眼泪从她的颊边缓缓滑落,被熔炉的火光映成金色。

"四个晚上。"德瓦林说,"然后,项链就永远归你了。"

好吧,所以我就旁观了全程。这样做很糟糕吗?再说这可是一场好戏呢。我知道芙蕾雅很浅薄,但至此之前我都不能肯定她为了一件饰品能走多远。结果呢,伙计们,她居然一条道走到黑,黑天黑地——还不止一次,而是四次,跟四个笨拙粗野、索取无度、多年不近女色的男人。不过,她得到了想要的东西,我看着伊瓦尔迪的儿子们把项链戴在她的脖子上,一边挤眉弄眼,满脸痴笑,一边用好色的双手摸遍她全身。她飞回阿斯加德洗了个长长的澡,我一路跟着,然后前往奥丁的宫殿,把所见所闻一五一十告诉了他。

他们说"绝不要相信独眼龙"。但也有人说只要事情和女人有关,全体男人都是盲目的独眼龙,即便是剩下那只眼睛也看不太清。奥丁的独眼在我向他讲述那些肮脏的细节时愤怒地眯起,但他似乎听得停不下来。我就知道。我是个绘声绘色的讲述者。而且我跟他讲的这个故事几乎是无法抗拒的。

等我讲完,他大发雷霆,把金杯摔到地上。"你为什么要跟我说这些?"他说。

"嘿,要怪也别怪信使嘛。我以为你会想知道,仅此而已。

那个芙蕾雅，咱们美丽的芙蕾雅，把自己卖给那些蛆虫了。我既没有鼓励，又没有从旁撺掇。她是个能自行承担后果的成年人，我猜她知道自己在做什么吧。不过，某些人可能会说她的行为危及我们所有人哦。也许会说她离开阿斯加德前有义务通知你。我只是说某些人。我可没做评论。尽管这样，我想你还是应当知道。"

奥丁低吼。"把项链给我带来。"他对我说。

"什么，我？"

"你知道怎么做。"他说，"别以为我不知道这是怎么回事。这是报复布罗克和那把锥子。"

我扮出一脸无辜。"报复？"我说，"我要报复干吗呢？你可是我的兄长。我们曾发誓缔约。至于跟布罗克的那桩蠢事……"我一笑。那时我的嘴基本已经痊愈了。"你知道，我都差点把那事忘了。你真的不需要有负罪感。尽管有人可能会说凡事都有报应。应该有个说法专门表达这个意思，你说是不是？富有诗意的说法。我会想一句的。"

奥丁的咆哮带上了更多的威胁。"把项链给我带来，洛基。"他说。

我举起双手。"我尽力。"

我一直等到芙蕾雅睡下。我再一次化成跳蚤，进入她的房间。芙蕾雅躺在床上，戴着那条项链——我注意到除此之外她不着寸缕。可是，我恢复人形后发现她把项链扣压在身下，我没法解开，而且又不可能等到这位女神在睡梦中翻身。我的任务也许得到奥丁的加持，但如果我在芙蕾雅的床边被人逮住，大半夜的还一丝不挂，华纳神族们会眼睛都不眨一下地像剖鱼一样挖出我的肠子的。

于是我又化作跳蚤形态，在她的眼皮上叮了一下。她发出呻吟，翻了个身，露出项链的结扣。我再次现出真身，伸手探到项链，轻轻地将它解下。然后我悄悄摸到门边，从内侧打开门锁，向沉睡的芙蕾雅抛去一个飞吻，然后准备直奔奥丁的宫殿，老家伙正在那里一脸阴沉地等着证明她的不忠的证物呢。

但我正伸手去取我的衣服（当然了，我变身之前把它们留在门边），突然间发现有人站在走廊里。是正像平时一样四处窥探的海姆达尔。他一定从他在彩虹桥上的有利位置捕捉到了我的行踪。

他出招了，施展出咒文 Týr——那是一把明灭不定的利刃，快如飞蛾振翼，锋利如我的三寸不烂之舌。

"你误会了。"我说。

他一笑，露出他那一口金牙。"咱们来看看你的内脏长什么样吧。"

我化身为野火之形，全力奔过走廊，把项链扔在旗子上。但是海姆达尔吟诵如尼符文 Logr①——意为水——我发现自己突然间一阵刺痛,被浇灭了。

我转为人形,瑟瑟发抖,浑身湿透,一丝不挂。

"你不知道你在掺和什么事。"我气喘吁吁地说,"这是老家伙亲自批准的。"

他哈哈大笑。"我知道你是个骗子。"他说,"但这话说得也太扯了。首领命令你潜入芙蕾雅的房间?他为什么要这么做?"

我不置可否,拾起那条项链。"咱们走。你可以自己问他。"

他们总是对你说报复并不值得。要我说没有比报复更美好的事。我被海姆达尔扣着脖子来到奥丁的宫殿,一丝不挂,浑身是水和烟灰。海姆达尔活像扬扬得意地为主人叼回一只拖鞋的金毛寻回犬,把我丢到首领的脚下。

"我发现这只小黄鼠狼在芙蕾雅的卧室附近鬼鬼祟祟。"他说,"我知道他出于某些原因能讨您欢心,但——"

"出去。"奥丁说。

"可是,诸神之父——"海姆达尔不明就里地开口道。

"我说了,出去。"奥丁吼道,"你今天已经够辛苦了。除非你还想给芙蕾雅和华纳神族带去更多的耻辱,闭上你的嘴,别跟人说你看见了什么。洛基展现出的忠诚比你们之中的任何一个都

---

① 意为水、唯一之海、中庭世界。

更多。你这只五大三粗的长舌鸟要是再对他出手,我就把你从你的窝里捅下来。听清楚了吗?"

海姆达尔张口结舌。"我不明——"

"再见喽,金灿灿先生。"我嘻嘻一笑,"可别说我没警告过你。"

他咬牙切齿地走了,一口金牙咬得太狠,简直迸出了火花。

"你拿到项链了。"奥丁转身对我说。

"当然了。"

"让我看看。"

我脸上严肃,内心窃笑。

哦,老家伙对芙蕾雅还真好,好吧,姑且不论他跟芙丽歌的美满婚姻。芙蕾雅喜欢鼓励这种暧昧感情,就像她鼓励所有人一样——但却只为他露出特别的微笑,在奥丁面前营造出少女怀春般的氛围。当然他的爱慕给她带来了地位。就连诸神之父都无法免疫于一点无伤大雅的奉承讨好。

把项链交给他时,我感到一丝悲伤。它的美丽和价值举世无双。如尼符文将它细细串起,像被网罗的片片星光,链身镶有众多宝石,像女人眼中的盈盈泪水般闪烁。

"你要怎么处理它?"我问,"留下?自己戴?还回去?"

奥丁缓缓摇头。在他身后的王座椅背上,立着他的乌鸦胡基和穆宁,诸神之父思想的鸟状化身。它们嗒嗒地开合鸟喙,瞪视着我。

"让我静一静。我需要想想。"

我笑了笑,悠然走回自己的房间,那一晚剩下的时间我都像婴儿般香甜地沉睡。我不知道奥丁会如何行动,但那正是我的目的。

我伴随阳光醒来,沐浴剃须,正在深思该去哪里吃早餐,突然听见从诸神之父的宫殿传来可怕的骚动声。芙蕾雅已经发觉项链丢了,又发现房门没锁,于是无可厚非地怀疑起鄙人。

"我的项链在哪?"当我漫步走进大厅时她尖叫道。

奥丁坐在王座之上,一边肩膀站着一只乌鸦。他一脸漠然。只有鸟儿在动。

芙蕾雅看见我走进来。"你!是你闯进了我的房间!"

"你说谁,我?"

芙蕾雅转向奥丁。"没错!洛基偷走了我的项链。他像小偷一样鬼鬼祟祟钻进我的房间,趁我睡着时把它偷走了。我要他受罚。我要他死。我还要我的项链!"

"什么,你说这个?"奥丁从他的口袋里掏出那条项链。

芙蕾雅脸色一变:"把它给我。"

他耸耸肩膀。"挺好看的小玩意。"他说,"它很贵吗?"

现在她的脸又唰地白了。"把它交给我。"她说。

"四个夜晚。听起来挺便宜。"奥丁用他那冰冷而柔和的声音说道,"伊瓦尔迪的儿子们还真是做了笔好买卖。"

芙蕾雅面色一凛。"我不属于你,奥丁。"她说,"你无权告诉我该做什么,不该做什么。那条项链是我的,我付了账。现在把它还回来。"

他没有应声。在他的肩上,那对乌鸦中的一只正用爪子挠自己黑色的脑袋。除此之外,一切都完全静止。这老家伙也许是花岗岩做的。

芙蕾雅开始哭泣。她那金子般的眼泪随时都能落下,足以融化最冷酷的男人的心。"求求你了,"她说,"我什么都肯做……"

"我想我们已经证实这一点了。"我说。

奥丁闻言微微一笑。那并非发自善意的微笑,但芙蕾雅将之视为屈服的迹象。她抱住奥丁的胳膊,垂睫凝视他。

"我是你的。"她说,"如果你想要我……"

奥丁的微笑变成骷髅般的狞笑。

"啊,没错。"奥丁说,"我的确想要你。但你身上的如尼符文——Fé①——不只是对黄金的渴望而已。我要赐予你新的化身,芙蕾雅。渴望如同双刃之锋,伤人害己。它可以是爱情。但它同样也可以是引人自取灭亡的欲望,寻求血液和暴行的贪念。从今

---

① 意为财富、牲口、繁荣、成功。

以后，你要在中庭四处散播这种渴望，你要让人类拔刃相向，你要行骗，你要利用你的魅力去行骗，去背叛，即使这样他们依然会崇拜你。即使他们流血死亡，他们也只会更加渴望得到你，心怀只有死神方能永久满足的渴望。"

"那我的项链呢？"芙蕾雅问。

"是的，我会把它还给你。"他说，"实际上，你永远也不能将之取下了。我要你戴着它，这样我们两人都不会忘记此时此刻发生过的事。"

"随便你。"芙蕾雅说，"项链拿来，谢谢。"

奥丁交出了项链。

这就是为什么欲念之女神有两种面貌：一种是少女，风姿绰约如夏日金桃；另一种是丑妪，招致战争的腐臭恶魔，她的美丽使人作呕，她的手臂沾满鲜血，因永远无法满足的欲望而厉声嘶号。

第二课

苹果

每日一苹果，医生远离我。没人能免于贿赂的诱惑。

——《洛卡布雷那》

这只是一次很小的报复行为，但不管怎样依然令我心中大快。我并没有打算正面挑战诸神，只是在不引人怀疑的前提下尽可能给他们制造烦心事。芙蕾雅的项链一事已经给他们带来了种种烦恼，芙蕾雅和华纳神族自不待言，而海姆达尔的职权亦被我削弱，奥丁之妻芙丽歌对丈夫的忠诚也产生非议，当然还有奥丁自己，事实已经证明了他不过是个会为一个姑娘头脑发昏的老呆瓜。

最棒的地方在哪儿呢?那就是他们是在自找苦吃。我所做的不过是说出事实,其余部分都交给他们的天性去自行操办。贪婪,憎恶,嫉妒——所有这些奥丁传染给我的腐坏的情感——都像燕子归巢般返现在他们自己身上。我跟你说,这场戏好看极了。

但这还只是开始。你可以把它看作一道开胃小菜。总有一天我要让他们都跪在我的脚下乞求我出手相助,而我只会把他们踹开,在他们摔跟头时哈哈大笑……

君子报仇十年不晚,我这样告诉自己。溃敌非一日之功。我有的是时间让老家伙到时候跪下求我。我决定姑且小心行事,在新的机会到来前都装作他们的一员。至于奥丁,既然我已经报了布罗克和缝嘴之仇,他现在认为我们已经两清了。

但时间一天天过去,我发现跟芙蕾雅做的那笔交易让他发生了改变。他渐渐变得孤僻郁郁寡欢。他本来就热爱旅行,现在离开阿斯加德外出的次数更是空前频繁,他总是孤身一人,只带着他的马斯莱普尼尔,经常一去就是一连数周,乃至数月。没人知道他的去向,可我知道他偏爱中庭世界,尤其是内陆地带,他改头换面在那里秘密地四处云游,人类则讲述着有关他的种种传说。

没错,那些传说中的大部分是由他本人扮作一位吟游诗人传播开来的,但他依然喜爱这些传说,也喜欢人类表示忠诚的这种方式。他不喜欢的则是托尔远比他受欢迎这一事实，至少在人类世界如此。我怀疑这对父子之间曾有过小摩擦，托尔的一身肌肉为阿斯加德提供了固若金汤的保护，但奥丁暗地里因为儿子和他是如此的迥然不同而失望。至于他最小的儿子巴尔德呢——好吧。芙丽歌喜爱这个孩子，可奥丁……只要巴尔德在附近，奥丁总会找借口走开。

我知道个中缘由。奥丁的心中存在着黑暗，一种只有我能理解的黑暗，我能感觉到这黑暗是怎样折磨他，又是怎样从内部侵蚀他。但这就是成为神祇所要付出的代价啊，老兄。维持秩序并不容易，尤其是在这样一个混沌永远在奋力夺回优势的世界里。内陆的小小世界不知何故能让老家伙感到宽慰，所以他才频频拜访那里，甚至也去了岩石巨人和冰巨人的世界探险。他永远变装秘密出行，不把去向透露给任何人，甚至不告诉芙丽歌——甚至也不告诉我。

与此同时，阿斯加德暂且风平浪静。海姆达尔依然对我怀恨在心，但在遭受上一次羞辱之后他不敢再多嘴多舌。托尔耍弄他的锤子，博拉基学习风笛，巴尔德锻炼胸肌，弗雷则忙于追逐新欢。以后再说这事儿吧。现在只能说鄙人有了探索世界的时间，奥丁也非常高兴能暂时换个环境。

你还记得他喜欢独自旅行吗？这一次，他希望有人陪伴。我乐意之至，再说我自己也开始不安分了。四墙之外，大有可为。

我需要空气。我需要新的感受。我终于和现在这具身体达成了妥协，也承认了一个事实，那就是臭味、苦痛、寒冷，以及我这具肉身某些更令人不快的需求，都能因它那不知餍足的贪欢能力而缓和。

我已经了解了女人和美食的效力——两者都很对我胃口——但我想外面的世界或许有比这些更好的东西。况且如果想扳倒诸神，就需要了解他们的敌人。结果是我对某些敌人的了解有点过了头——不过以后再说吧。

总之，当奥丁提议去阿斯加德之外的地方走走时，我欣然受邀。同行者共有三人：阿斯加德之主，海尼尔，以及鄙人。还记得沉默的海尼尔吗？就是那个很久以前和密弥尔一起被奥丁派去刺探华纳神族的年轻人。索然无味，优柔寡断，四肢发达，头脑简单。一句话说，这人就算回不来了也不打紧，这也是为什么奥丁选择带上他。至于我，我倾向于认为奥丁很重视我的陪伴；也许只是为了确保他不在时我不会惹事。

我们穿过彩虹桥进入内陆之地，即中庭世界的中心地带，Raedo 符文的魔力使我们如添双翼，我们穿过一个个部落，沿着最为人迹罕至的路径行进，最终抵达北境。奥丁出于某些不知名理由很中意这片区域，我个人觉得这地方太冷，熊熊的野火乃是我的本性。不管怎样，我们发现自己置身于连绵群山之中，幽暗无光的崇山峻岭之间只有一条条狭窄的山谷，还有剃刀般的厉风。山的那边是冰巨人的国度,又一个奥丁对之抱有难解热情的地方。也许他在这儿有老相好吧——这独眼的老家伙处处留情——或者这只是他留意敌人动向的方式。

我们连日赶路,奥丁一脸阴郁,海尼尔不停说话,评论风景,评论地里的羊,讲他昨晚梦见的有趣的梦,猜测我们走到哪儿了,计算我们走过了多少部落,计算还有多久能吃午饭……

奥丁带上了他的坐骑,但斯莱普尼尔同样处于低调的形态,这匹九界闻名的八脚马眼下只是一匹寻常杂色马,皮毛勉强算是红色,腿也只有中规中矩的四条。这意味着我们只好轮番骑行,我个人觉得挺浪费的,但奥丁执意如此,我也就只好忍耐不便,盼着他感激我作出的牺牲。

我们的补给早就吃光了,三人都饥肠辘辘。骑着真实形态的斯莱普尼尔奔回阿斯加德吃午饭很明显是没门的。所以在一条山谷中发现一群野牛后,我们就宰杀了其中一头,将其开膛破腹,生起一堆火,在滚烫的煤炭上烤起肉来。

奥丁坐到他的铺盖卷上,点燃他的烟斗(又一个他在旅行中从人类那里学来的习惯)。

"看这一切有多么纯粹。只有我们三人和篝火,还有头上的无垠天空。"

我抬头望天。我不觉得这天看起来跟我们在阿斯加德看见的有什么不同。但奥丁诗意大发时是不讲道理的。

"肉能吃了么?"海尼尔说。

奥丁摇头。"再等等。聆听风的声音。你不觉得它在呼唤你吗?"

我想跟他说唯一在呼唤我的东西就是火上烤着的牛腰肉,但想想又作罢了。

所以我们等待。继续等待。我饿极了。在所有新发现的肉体感觉之中,吃是我最喜欢的行为之一,但说到饥饿,我可不怎么喜欢。烤肉的味道应该好极了,我口水直冒,肚子因为期待而绞痛。我们一直等到确定肉已经烤好,从灰烬中刨出肉来,却发现还是冷的。

"怎么回事?"我说,"牛肉应该已经烤熟了呀。"

奥丁耸耸肩。"放回去吧。烤的时间肯定没有我们想的那么长。"

我们把肉放回火上,用烧红的煤炭盖上。夜幕开始降临。昼间大半盘踞于山顶的冰雾开始向山谷下席卷而来。

海尼尔问:"该好了吧?"

"我怎么知道?"我说。

"我们是不是该看看?我觉得我们该看看。"

我从火中取出一块腰子肉。我喜欢半熟的肉,再加上又已经饿得不行了。但这块肉依然冰冰凉,表面连炙烤的痕迹都没有。

我骂了一句。"这不对劲。"

"你觉得有人在施魔法吗?"海尼尔说。

"咄,还用得着你说。"

我四下张望。有一只巨鹰站在头顶的树上看着我们。真实之眼的符文 Bjarkán① 昭示了它并非寻常禽鸟,它的双眼闪烁着邪恶的智慧之光。

它发现我们在看它,便怪叫一声,收起强壮的双翼。

"嘎。和我分享你们的晚餐。"它说,"这样我就保证肉能烤熟。"

我能看见这只鸟周身的魔力,它的符文十分有力。这是一只魔兽,我猜想,或是一只食腐动物,抑或是一个正化身为鸟南下探索土地的冰巨人。不论如何,我们都处于不利的位置,拒绝给它分一杯羹似乎并不明智。

"我想我们可以共享。"海尼尔说,"你们也同意大家共享吧?我是说,如果我们分享,就能早点吃到嘴。再说鸟的胃口也不大。人类不是常说胃口不好的人'吃饭就像鸟啄食'吗?"

奥丁同意做这笔交易。这头野牛的分量不小,再说,正如海尼尔所言,一只鹰能吃得下多少?

结果是这只鹰差不多能吃下整整一头野牛。牛肉刚一烤好,它就抓走两边的腰肉和腿肉,只给我们留下一堆骨头。它把肉驮

---

① 意为视觉、启示、梦境。

到附近一块凸出的山岩上,开始撕扯肉块,吃得有滋有味,啧啧作响。

姑且让我解释一下。我正饥火中烧,一天的奔波令我筋疲力尽。我被迫一连几小时听海尼尔那些愚蠢空洞的话,饥寒交迫,方圆数里内唯一的食物飞快地进了一只贪婪大鸟的肚子。所以别怪我发火了。

我拾起一根树枝。

老鹰继续进食,用它那血迹斑斑的无情双爪撕扯着牛肉。

我用双手举起树枝打向老鹰。正中目标。但在击中的瞬间,我感到一股突如其来的魔力涌过我的躯体和手臂。就在同一刻,我发现自己的两手和那根击中老鹰的树枝冻在了一起。如尼符文的火焰包围了我俩。我感觉到自己刚才也许有那么一点点不明智。

"怎么?"海尼尔问。

我忽略他,试图变形。然而,虽然不知道我身上的这股魔力是什么来历,它剥夺了我变形的力量。我被困住了,双手动弹不得,那只鸟已经张开结实有力的双翼,从山岩上腾空而起,把我带到了空中。

"嘿!"我大喊,"嘿!放我下去!"

老鹰一言不发,却飞得更高,现在已经在朝着岩石密布的山腰直奔而去了。它的双翼平稳而有力地拍打着,我无助地挂在它身下。在我下方，奥丁和海尼尔的身影消失在逐渐蔓延的浓雾之中。

我开始有点害怕了。

"好吧！很抱歉打了你！"我说。

老鹰依然没有作声。我的胳膊很痛。

我说："拜托。开个玩笑而已嘛。把我放下来继续吃你的午餐吧。如果你想要，我的那份也可以拿去。"

老鹰没有作答，继续沿着它的轨迹前进，压低方向朝着山侧的乱石堆飞去。我看见地面高速向眼前扑来，做好硬着陆的准备。

但老鹰并没有着陆，而是贴着乱石堆表面飞行，拖着我擦过地面。我的双手依然动弹不得，无路可逃。我掠过乱石堆，掠过小石子、山岩和卵石。

又是疼痛这东西。我不怎么喜欢。我放声大喊，拼命挣扎，乞求它放了我。我在一块岩石上撞断了肋骨；在碎石上擦烂了屁股；在小石子组成的木琴上反复磨砺我的胫骨和踝骨。

"为什么是我？我做什么了？"

老鹰依然没有回应，只是专心致志让鄙人我享受这一生一次的飞行；先是沿着乱石堆边缘，然后顺着狭窄的岩石通道上升，从高大树丛的最顶端飞过，让我在被拖过天穹的一路上受尽折磨。

到了这时我已经是尖叫求饶了。我的衣服全烂了，靴子也丢了，遍体鳞伤，血迹斑斑。感觉就像被狠狠揍了一顿，先是被十几个大汉用棍棒伺候，接着这帮人又换上了鞭子，用上了火。然后我又像一张脏地毯似的被无情击打。

"行行好吧！"我说，"我什么都肯做！"

老鹰终于开了口。"嘎。真的？"

"我发誓！"我说。

"嘎。"它的声音粗粝而沙哑，"发誓你会把伊瞳和她的金苹果带给我。然后我就会放你走。"

"伊瞳？"我发现这是个陷阱，但为时已晚。

"还有金苹果。嘎。"

我开始抗议。"可是该怎么做呢？我怎么可能做得到呢？她从没有出过阿斯加德半步。博拉基也一直在她身边。她是——嗷嗷嗷嗷！没必要这样吧！"

那是一棵茁壮的白杨树的树梢，正好插到就连神也会感到巨痛的地方。

"求你了。"等到终于又能开口后，我说，"这事行不通的。完全没有可能。"

"嘎。我建议你找条路子。"老鹰边说边飞向下一片乱石滩，"除非你想感受世上最糟糕的挫伤。"

我的嗓子一下干了，咽了口口水。

"呃,我也许能想出什么法子来。"

"你得做得更好。"他说,"我要你的保证。我要你立下信誓。"他开始向地面垂直降落,为了加速还收起了双翼。

我闭上双眼。"好吧!我发誓!"

老鹰再次振翅而起。

"以你的名字起誓。你的真名。"

"拜托!非得这样吗?"

"没错!"

所以我就发誓了,你想笑就笑吧。我还有得选吗?

老鹰的飞行轨道逐渐变宽,我们开始了一段漫长而舒缓的下降。当我们接近谷底,落到离奥丁和海尼尔露营地约三十英里开外的地方时,我发现自己冻结的双手终于自由了,我又往下掉了最后十几英尺,躺到地上,浑身又累又痛。

"记住你发的誓。"老鹰说,"伊瞳,还有她的苹果。"

我向他比了个中指。就连做这个动作都很痛。

老鹰大笑着飞走了,那笑声阴险、聒噪又沙哑。他知道我不能背弃誓言,我以真名起誓,就必须服从。剩余的魔力不足以令我变形,也无法朝那只逃跑的鸟施法,甚至不能利用 Bjarkán 的力量得知我的绑架者的身份。我只能躺了一会儿,等到有力气站起来后,痛苦地支起身子,开始漫长的返回营地之旅。

到达时已经快天亮了。我已经走了大半夜。我饿惨了,痛极了,还跛得厉害。我发现另外两人也度过了一个不眠夜,尽管这一发现没什么安慰作用。奥丁尤其神情委顿,而海尼尔犹如晨露般神清气爽,正在喋喋不休。

当我走到营地时他停下了话头。

"洛基!发生什么了!"

"没什么。"我说。

"我可不觉得这是没什么。"海尼尔说,"奥丁,你怎么想?我想发生了什么事。说真的,我很确定发生了什么事。洛基的样子好惨哦。你不觉得洛基的样子很惨吗?"

"住嘴,海尼尔。"奥丁说,终于召唤斯莱普尼尔的真身,准备将我们三人带回文明社会。

到达阿斯加德时我只剩下一肚子气和仅余的意志力,先是吃了三只烤鸡,一张羊肉饼,一块牛腰肉,一只鲑鱼和西格恩晾在窗台上的四五十个果酱塔。然后喝了三瓶酒,倒下睡了四十八小时。

我醒来,感觉就算没有完全康复,也至少好受些了,于是洗了个热水澡,剃须更衣,动身寻找伊瞳。我在她的花园找到了她,她正在轻柔地哼着歌,金发缀有雏菊,裸足踏在湿草之中。她的苹果篮就放在身边,可随时取用。

"洛基,你的样子真惨。"她说,"你受伤了?你被卷入打斗了?我能为你做什么吗?"

我猜我不怎么逛花园是众所周知的常识。再说，正像伊瞳所说，我受了那么多苦，即使睡了个长觉也不能一下变成美丽的巴尔德。

"我在北境遇到了些麻烦。"我说，"但我来这里不是为此。想象一下吧，伊瞳，在那里，我看见一片森林中心有一棵树，上面结的苹果和你这里的一模一样！"

"和我的苹果一模一样？"伊瞳说，"真的？"

"不差分毫。"我告诉她。

"你有带几个回来吗？"

"没有。我那时正忙着只身击退一只袭击我们营地的巨鹰呢。但我一瘸一拐回到家后想，我敢打赌伊瞳会想看看这些果子。也许那些金苹果和她的苹果性质类似。若真如此，那查明此事就是我的责任了。所以我直接赶了过来。"

伊瞳给我切了一片果子。"吃了它吧。会让你好受些。"

的确如此——伊瞳的金苹果九界无人不知。它们是当她随博拉基住进阿斯加德时伊瓦尔迪送给她的结婚礼物，这些苹果不但能使人青春永驻（对神祇来说这总是锦上添花的），还兼具万能药的功效，能治愈从疣子到水痘的大部分病症和伤口，致命伤除外。我身上的伤口和青肿一下全好了，体内的疼痛也消失无踪，魔力也回归到通常水平。

"谢了。真是药到病除。"我说，"现在接着说那棵树……"

她用夏日碧空般纯洁无瑕的眼神看着我。"我们是不是应该先告诉博拉基？或者奥丁——他会知道该怎么办的。"

"好吧，就告诉他们，然后万一那些苹果和你的并不相似呢？又让他们失望？不，我们就自己去查个明白。如果是好消息，就能皆大欢喜。"

我告诉过你她很纯洁。完全没有威胁和危险的意识。感觉就像诱骗一只小猫——可是呢，我那时已经是在刀尖上行走了，最不想要的东西就是挑战性。

我在经过海姆达尔的桥上哨岗时用如尼魔法 Ýr[①] 隐去了身姿。然后我带着伊瞳以最快速度来到中庭世界的平原。整个过程并不容易——她会驻足嗅每一朵花的芳香，听每一只鸟的歌唱——但最终敌人发现了我们。他以鹰的形态跟踪我们，接着从铅灰色的天空中猛冲下来用爪子抓起伊瞳和篮子飞走了。

在他飞走之际，我施下如尼魔法 Bjarkán 跟踪他的去向。正如我所料，我这位鸟友是冰巨人的一员——还是其中最恶劣的之一。他叫夏基，在遥远北地称霸一方，古尔薇格的盟友，身持她的如尼魔法，而且我刚刚才把他最渴望的东西给了他——伊瞳的苹果，永恒的青春，还有一次真正能跻身神列的机会。

好吧，到目前为止还算顺利，我想。劣势会转化成优势也说

---

① 意为保护者。

不定呢。归根到底,如果我想扳倒众神,夏基是可以拉拢的——不过此时已经从我这里得到他想要的东西了,大大削弱了我与他讨价还价的余地。再说,冰巨人恨我,当时我那恶作剧之神的称号已经名声在外,要向敌人证明我已经变心可不容易。我不怪他们。说实话,换作是我也不会相信自己。

我走回了家,摆脱了誓言的束缚,却又感到了一丝内疚。伊瞳是整个阿斯加德中唯一没有伤害过我的人,在我受伤时还对我十分关照。尽管如此,当时那个誓言是具有约束力的,丝毫不掺水分,是以我的真名实姓所立之誓,没人能在打破这样的誓言之后还能逃过一劫。我也是被逼无奈啊,我对自己说——而且她给我的一小片苹果应该还能支撑一时,至少直到其他神祇留意到她的失踪之前……

这一时并不长。青春之果,正如所有化妆品一样,遵循累加原则。意即:一旦停下就立即掉队。阿斯加德的情况正是如此。还没等你说"每天一苹果,医生远离我",所有人就都已经撑不下去了。就连金童,美丽的巴尔德,都明显不复以往的光彩照人。至于其他人——唔,不说你也想象得出来。皱纹,脱发,中年发福,失禁,健忘,痔疮——应有尽有——这还只是女神们的情况。只有您谦卑的鄙人我除外。当然了,这意味着他们早晚能推测出真相。

这倒没问题。也在我的计划之中。另一次小小的报复——这一次可是击中了诸神的七寸,正中他们的虚荣心。其妙处在于我将是拯救一切的人——因为我向自己保证过,使阿斯加德崩塌的不会是某个山大王的毛爪子,而是某种独具一格的方式,由您真诚的鄙人我亲自实行。我不会将我的复仇交与夏基这号人物之手,这个叛徒的野心仅仅止步于坐到奥丁的宝座上,自称诸神之父。不。如果我还要在混沌界内重拾一席之地(几乎毫无希望的梦想,我在最黑暗的时刻才会想起它),就得做出一番惊人之举。只有秩序的彻底毁灭方能使混沌满意。这就意味着阿斯加德、诸神和九界的覆灭。就连这些也许都还不够……

终于,他们发现了真相。自从苹果的补给断了之后视力明显下降的海姆达尔想起几周之前曾见我偷偷摸过彩虹桥。其余诸神也纷纷回忆,断定那也是他们最后一天见到伊瞳。于是他们找到我,把我拖到老家伙面前,此时他看上去愈发的老了,白发苍苍,满面沟壑,已经准备好对我下狠手了。

"真的是这样吗?"他说,"原因又是什么呢?"

"原因重要吗?"海姆达尔说,"趁咱们还没忘记为什么把他带过来之前,现在就把他宰了吧。"

"且慢动手。"我说,然后解释了一切。奥丁无声聆听,他的乌鸦咯咯地开合着上下鸟喙,每个人都气得咕咕叨叨。

"你明白了吧?"我继续说道,"我也是迫不得已。那只老鹰可非常鸟。它是狩猎者夏基,如果我不答应他就会宰了我的。"

"我们现在就会宰了你。"海姆达尔说,"让你慢慢地受苦,痛苦万分地死去。"

"什么?宰了我,失去带回伊瞳的唯一机会?"我说,"用用脑子吧,金灿灿先生。我知道你的金光没以前那么闪亮了,但——"

奥丁打断道:"你觉得你能带回伊瞳?"

我耸耸肩。"当然了。我可是洛基。"

海姆达尔表示抗议。"说真的,众神之父,您又要放他走?您怎么知道他会不会回来?没准儿他会决定站到夏基和冰巨人那一边。"

"如果他有意如此,你难道不觉得他早就付诸行动了吗?"奥丁说,"何况我们也没有选择余地了。让他去吧。"

如此这般,他们放了我。

我伸展四肢。"现在没了我你们还能成吗?"我朝这一圈怒气冲冲上了年纪的神祇和女神们嘻嘻一笑。"我会尽快。"我对他们说,"我不在的时候尽量别老死哦。"

然后我看向芙蕾雅。"把你的猎鹰斗篷借给我。我需要飞去北地。"

"可是你本来就做得到。"芙蕾雅抗议道。她的变形技术本与我匹敌,但却只有在不得已的情况下变形。于是就有了这件斗篷,将羽毛用如尼符文编织而成的精妙之物,能让穿戴者像鸟般飞翔，在到达目的地后也无须赤身裸体。

我必须承认这一点很吸引我——北地可是很冷的，我可不想冻死。但更重要的是，有了这件斗篷我就能把苹果带回来，另外，我不想在化身为鸟时施展魔法，如果夏基追了上来，这样做将使我毫无抵抗能力。

"你想跟我吵?"我向芙蕾雅露出我最欢快的笑容，"还是我们再等个几天，直到你的头发掉光，牙齿变黑?"

芙蕾雅把斗篷交了出来。

"谢啦。"我说，"现在，大家听好了。集中精神，等我在天上放出信号。收集所有能找到的柴火——干木头、刨花。时机到了你们自然就会知道用途。尽量保持清醒，能做到吗？可能会很赶。"

奥丁没说什么，只是点了点头。我披上芙蕾雅的羽毛斗篷。感觉很有趣，但没时间品味了。我立即起飞，留下他们在原地张大嘴目送我飞往北地，一路上都以如尼魔法隐藏身姿。

我追踪夏基来到他的大本营——冰巨人疏于隐藏行踪——一座建于两座山的罅隙之中的城堡。此地荒凉而冰冷刺骨，即使身穿芙蕾雅的羽毛斗篷，我还是冻得半死——不过幸运是站在我这边的，因为我几乎立刻就找到了伊瞳，她在城堡诸多房间的其中一间里依偎着火堆瑟瑟发抖。

我褪下羽毛斗篷。

"洛基!"她叫道,抱住了我,"我就知道你会来救我的!"

我问:"夏基在哪里?"

"跟他的女儿斯卡蒂去冰钓了。我不喜欢她。"伊瞳说。

我想如果就连伊瞳都不喜欢她——这可是伊瞳,她觉得狼和熊很可爱,还觉得鄙人都有温柔一面——那么斯卡蒂必然非同小可。我在心里记下要注意避开她。

"好吧。"我说,"那么咱们走。"

仅靠一个魔法,我就将她变为了一只猎鹰能够驮负的东西。然后我把她的苹果篮拉到猎鹰斗篷之下,再次化身为鸟。不出片刻,我们就出发了。高高的天空中,一只猎鹰飞得十分卖力,爪中抓着一颗榛子。

这一次,我没有浪费任何魔力隐藏身形,而是全神贯注于保持速度。再过多久夏基和斯卡蒂就会回来?再过多久他们就会发现伊瞳不见了?

我很清楚夏基的老鹰形态胜过一只猎鹰。我快,但他更快。这就意味着即使我开头领先,在抵达阿斯加德之前他也会追上来。实际上,飞过四分之三路程时,我就看见天空中有一颗黑点,正在追逐我,观察我。

我等到他飞得足够近时向他射出如尼魔法 Hagall[①]。老鹰落

---

① 意为冰雹、破坏者、冥府。

后了一两英里，接着又追了上来。我边飞边朝他发出火之符文Kaen，并收起双翼以加快速度。夏基就这样追了一个钟头，保持一定距离，但足以在我露出任何破绽时猛下杀手。此时我已经感到疲倦，魔力也开始减弱了。我向他发出一记Thuris的魔法，接着感觉自己向下跌落，夏基见势开始从上空绕着我盘旋。

但我能看见阿斯加德就在十里之外，在薄暮之中熠熠生辉。如果能及时赶到就好了。十里……

"抓好了。"我对榛子形态的伊瞳说。接着我豁出一切，再次提速。度秒如年。狩猎者近了。抵达彩虹桥时，我都能感觉到他碰到了我的尾巴尖儿。

但老家伙按我说的办了，以鸟的视力，我能看见一捆捆柴火堆在城垛上，一桶桶干刨花浸在油里，只待有人点火。羽毛斗篷之下，我的身体因疲劳和恐惧而颤抖。我把自己收成一只飞镖，直插向城墙……

"点火！点火！"我在冲过城垛时大叫。

情急之下，我不顾形象地撞到地面，打了个滚，甩掉羽毛斗篷。依然处于榛子形态的伊瞳蹦跳着弹过了鹅卵石路。我用咒语使她恢复人形，接着便精疲力竭地倒下，一滴魔力也不剩了。

如果我的计划失败，一切就都到此为止了。我将孤立无援。

但我当然没失败啦。火焰猛地烧了起来。干木头和油的组合使火焰一飞冲天，紧跟在我身后的夏基发现自己冲向的不是城垛,而是一道巨大的火墙。

他双翼着火,失去控制,跌进护墙旁的火焰之中。在此之后,他们结果了它——大家都老态龙钟,抄着棍棒和石块——这就是夏基的末日。这位有史以来最伟大的狩猎者像鸡一样被火炙烤,然后被一帮领养老金的耄耋老人所杀。

诸神在上啊,我对自己说,我真厉害。

然后我站起身来,依然有些不稳地鞠了个躬。"谢谢,女士们,先生们。点心时间到。请有秩序地列队……"

伊瞳将苹果分与众人。

第三课

脚

欢笑能使最凶猛的人卸下心防。

——《洛卡布雷那》

没过多久,夏基的死讯就传到了中庭世界。这事我可能也有份,毕竟鄙人可不是天天都能当英雄。我发现复仇的最妙之处在于获得敌人的感激:博拉基为我谱曲,人们在道旁酒馆里传唱。很快人人都知道是洛基将夏基诱入了身败名裂的死亡陷阱。我还没回神就已经名声在外,人人都把我的名字挂在嘴边。女人们爱它——尽管我承认自己应该更谨慎行事。

实际上,我已经忘了夏基还有个女儿斯卡蒂。她必定已经听说了事情的来龙去脉,因为差不多三个月后,她全副武装来到阿斯加德大门前,要求我们对她的父亲之死做出赔偿,还以开战威胁诸神。

我不得不说,她说得有理。在战场上杀死夏基是一码事,那是与一位准神祇相称的死法。可像鸡一样被宰杀、被炙烤——哎呀。当然了,曾经对我下过狠手的他落得这样的下场也是罪有应得,可冰巨人生性傲慢,必然被此事激怒。

奥丁当然本可以随便打发走斯卡蒂,但他不愿与冰巨人开战。在北地有一个友善的立足之地远比再树立一批敌人更有意义。于是他邀请她前来交谈,看看能否达成某种协议。

起初并不顺利。斯卡蒂不是被你们称为可亲的那一类人。她就是那种金发冰美人,一头短发,手臂上文着代表冰霜的如尼符文 Isa。她到来时浑身上下裹满毛皮,脚穿雪靴,手持如尼魔鞭——此鞭以数千条用魔力织成的闪亮丝线所造,镶有蕴含最残酷的如尼魔法的倒刺,在她手中蛇一般咝咝吐着芯子,四下游走。

我一直都不怎么喜欢蛇类。所以那条鞭子没让我对她产生任何好感。更别说她一进门就要求处决我。

"为什么是我啊?"我抗议道。

斯卡蒂恶毒地看向我。手中的鞭子嘶嘶作响。"我知道你是谁。你是洛基,恶作剧之神。人人都说这事是你一手安排的。你把我的父亲骗进圈套,侮辱了他的声名。"

"事情并不完全是这样的。"我说。

"真的?你在中庭世界四处传播这故事的时候可比现在诚实得多。"

"那是诗歌的艺术加工。"我说,"博拉基一直都在用这种手法。"

奥丁微笑道:"好了,女猎人。你应该知道道听途说不可尽信。且在这里住下吧——好好休息,畅饮我们的蜜酒——然后我们来商量该如何解决。"

斯卡蒂斜睨了我一眼。她的如尼魔鞭像闪电般噼啪作响。但她接过了一杯蜜酒。当我们全员坐下进餐时,她吃了整整六条鲤鱼,还有半桶盐渍鲱鱼。很明显悲恸并未影响她的胃口,尽管菜上了一道又一道,她却没有丝毫笑容。

虽然如此,我想她的态度还是稍微软化了些——老家伙为了展示尊重可谓不遗余力,让她坐在自己身边本该属于男人们的位置上,靠着托尔和巴尔德。如你所知,巴尔德很受欢迎,体格健美,皮肤光润,牙齿比脑细胞更多。女士们喜爱他那柔软的秀发,男人们喜欢他的运动神经,此外他还为人友善,不具任何威胁性。我自己从没感受到他的魅力,但即便如此我也必须承认那家伙在软化斯卡蒂一事上干得很不错。

她吃完鲤鱼和鲱鱼,又灌下大半桶蜜酒。我心想如果连蜜酒都不能软化她,那真是没辙了。女人们端来点心——蜂蜜蛋糕,

干无花果,大筐大筐的新鲜水果——博拉基也掏出鲁特琴,准备来点饭后娱乐,此时奥丁转向斯卡蒂说:

"我对你的父亲之死深感遗憾。我想送你些什么。"

她抓起一把无花果说:"你送什么都不能让他起死回生。也无法消除他过世时的耻辱。"

奥丁微笑道:"我时常发现黄金能盖过耻辱,如果分量充足。"我觉得他说这话时看向了芙蕾雅,但也许只是光线造成的错觉。

斯卡蒂摇头道:"黄金?我父亲的积蓄已经尽归我有。还有他那座空荡荡的城堡。黄金无法买到同伴,也不能让我像她们那样欢笑。"她嫉妒地看着桌子另一头的女神们,她们都美丽无忧,轻松快乐。

奥丁若有所思。"那就是你想要的吗?"

斯卡蒂朝着巴尔德眨了眨眼。"如果我有一位丈夫,那么也许我就会重新学会如何欢笑了。"

巴尔德明显慌乱起来。"丈夫?你说真的?"

斯卡蒂说:"没错,如果我能在阿萨神族诸人中选一位的话……"

奥丁沉思片刻。斯卡蒂又看向巴尔德。金童开始坐立不安了,我暗自偷笑。

"如何?"斯卡蒂说,"成交吗?"

奥丁颔首道："好吧。只要这样能终结你的敌意。"

斯卡蒂双眼一亮。"那么好。我要选——"

"我会让你随意挑选的，"他说，"但只有一个条件。我们会让所有合适人选站在屏风后，只露出双脚。然后你来选。你选中谁的脚，谁就是你的丈夫。同意吗？"

我盯着他。喂。说真的。他的脚？这是什么新的变态嗜好？

可斯卡蒂点头道："我同意。"

我猜她大概考虑过了如何依脚看人。抑或她根本完全没思考。我以前在别人的脸上见过这样的表情，感伤，温柔，傻了吧唧。哦，斯卡蒂爱上巴尔德了，好吧。斯卡蒂还真会挑。我不得不说我有一点点失望。我本来以为夏基之女必定非同常人。尽管我已经抛弃了与冰巨人结盟的想法，但让阿萨神族多一个盟友只会让事情更棘手。我不得不说：奥丁这一步走得非常稳妥。

如此这般，宴席过后，我们所有人都站到一面屏风后面，只露出赤脚，博拉基用他的鲁特琴弹奏着强力和弦，斯卡蒂慢步走过屏风，努力分辨出哪一双脚是巴尔德的。

最终她做了决定。"我选他。"她指着一双脚说。

拜托了。千万别是我，别是我啊。我想。

"你确定？"奥丁说。

斯卡蒂点头，屏风移开时，她冰山般的眼神开始化作似水柔情。接着她发现和自己面对面的,不是她预料中的巴尔德,而是渔夫涅尔德——正和天下所有渔夫一样,他的双脚白净而匀称。

"可我以为……"

我开始哈哈大笑。在我身旁站着的金童几乎和我一样如释重负。

"可我以为……"她又说了一遍。

诸神看着她灰心丧气,不禁忍俊不禁。

"我很抱歉。"奥丁说,"但规则就是如此。你选了涅尔德。对他好一点吧。"

斯卡蒂脸色一沉。"你在开玩笑吗?你看见我笑了吗?"她说。她又扬起那根如尼魔鞭,蛇一般盘起的鞭身散发着怒意。"我说过我想重拾欢笑。你承诺让我发笑。现在,要么有人来让我发笑,要么我就退而求其次。此时此地,近身肉搏。你们一起上,或者一对一。我无所谓。谁想上来打?"

奥丁看着我。"洛基。"

"啥,我?你想让我和她打?"

"当然不是了,傻瓜。就让她笑呗。"

这挑战难,难于上青天。幽默感这种东西要么有要么没有,据我观察,迄今为止没有任何迹象表明斯卡蒂有一丝半毫的幽默感。但欢笑能平息最凶猛之人,再说,我根本承受不了那根魔鞭的力量。于是我调遣全部智慧,准备上演一出单人喜剧。

附近有一只拴在木梁上的小白羊。我猜是伊瞳带进来的——她偏好喝山羊奶，几乎不吃比羊奶更有分量的食物。我解开皮带走上前，随身牵着那只小羊。

"来杯奶吗？"

这让托尔发出一声窃笑，但斯卡蒂不为所动。我看得出这是一位难伺候的主。

我装出天真纯洁的腔调。"女士，我可以解释的。"我说，"我正要把这只山羊带到市场……"

我猛地一扯皮带。山羊又扯了回去。

"看到她的脾气了吗？"我说，"典型的倔山羊。说什么她偏不做什么。我还有这一篮水果……"我从桌上拿起一只篮子，演示问题所在。我一把篮子放到山羊能碰到的地方，它就会努力去拿水果。这只山羊年幼活泼，我很难控制它。

我看向斯卡蒂。她还是没笑。我说：

"我需要把山羊拴起来——可是拴哪儿呢？"我假装四下张望。"哪里有一个，呃，凸出来的东西，呃，大概这么长……"我伸出食指和拇指，比了个六英寸的距离。

从来不知含蓄的托尔又偷笑出声。

我继续假装困惑。"可是拴在哪儿呢？"我在身上乱摸。口袋，马甲，皮带……

我顿住了。把视线向下又挪了一两寸。

身边的众人发出期待的大笑。

我继续表演。"所以——我把山羊牢牢地拴在了这个我能找到的唯一适合——咳咳!——的地方。"我展示那根皮带。小羊又拽了一下。

"哎哟喂!"

托尔的大脸乐得都涨红了。

"你能不能消停点!"我冲山羊尖叫,把皮带拽了回来。有些水果跌出篮子。山羊灵巧地跳着舞朝水果奔去,把我也拉了过去。

"哎哟!"又有一些水果掉了出来。我放声尖叫。"噢——喔!我的果儿!我的果儿啊!"

现在所有的神都在大笑了。就连冷若冰霜的斯卡蒂也忍俊不禁。结果证明唯一能让她发笑的就是在下我的蛋蛋和一只母山羊绑在一起的情景。

在这之后我只看见她笑过一次。另一次笑容出现在悲惨的情境中,至少对您谦卑的鄙人我而言如此。不过这是另一个故事了,就留到更黑暗、更阴冷的日子再讲吧。

于是女猎人就加入了我们的行列——不过为时不长。她想念极北的大雪,想念群狼的号叫,还有冰封的旷野。至于涅尔德,尽管他希望这段婚姻美满,又自觉无法远离阿斯加德和他那濒临唯一之海的宫殿,那里有波浪的声响,有群鸟的鸣叫,还有聚集在空中的柔软云朵。因此他们同意分居,但阿斯加德永远欢迎斯卡蒂。她偶尔会以动物的姿态来访,化身为一只老鹰,一头白狼或是有着冰蓝双眸的雪豹。

我对她的离去并不感到伤心。我的插科打诨又一次救了自己,但她的眼神有些不善。我怀疑她是那种容易记恨的人,这让我觉得我离她越远——离那根如尼魔鞭越远——我就能活得越开心。

结果当然证明我猜得没错——不过暂且按下不表。现在我可以说尽管欢笑是最佳良药,还是有人永远无法被治愈。斯卡蒂是其一,苏尔特大人是其二——混沌界中没有欢笑,只有苏尔特的黑暗堡垒中囚人们的绝望笑声。但我现在还没学到这一课。当然,我在这个充满欢笑、憎恨和复仇的世界中逗留得越久,回我的故乡去蒙受神恩的机会就越渺茫……

第四课

爱情

爱情很无聊。爱情中的人更是如此。

——《洛卡布雷那》

你可能觉得在上次侥幸过关过后,阿斯加德人应该在感情方面更加慎重了。但那一年空气中弥漫着爱情的芬芳,也许是因为伊瞳的归来,突然间好像所有神祇都开始考虑婚姻了。当然我倒是无所谓。婚姻通常意味着纷争,而纷争就是我的中间名。挑起已婚夫妇之间的矛盾可比引起健康的单身人士间的不和容易多了。

就以弗雷为例。把从洞底族那里得来的礼物慷慨赠予他之后

——而且还冒了相当大的风险——我指望他至少说声谢谢。可是没有,他把它们当成他理所应得的,这让我觉得或许该给他上堂课,教他知道感恩。

我已经低调了一阵子,试图让人们忘记我最近打下的名声。出名是件大好事,我想,但我的名气增长得太快,已经开始碍事了。我发现欺骗和诡计只有在秘密行动时最为有效,而这位新生的高调恶作剧之神则很难掩人耳目。中庭世界的人类是最糟糕的,总在我经过时指指点点,想把我拦下来讲笑话,还要我在护身符、武器和石块上签名。我发现唯一可以防止骚乱的做法就是乔装——戴一顶帽子,批一件斗篷,换一个形态——除了厌倦之外,改装也是让我秘密寻找对抗奥丁盟友的事业举步维艰的原因之一。

另外,我自己的树敌名单也日益见长。冰巨人仍在因为夏基之死责怪我。我不能指望他们的帮助——也不能指望他们的原谅,如果我被抓住的话。岩巨人和蛆虫们也是一样,混沌界自不用提。我决定直到不再那么声名狼藉之前都暂缓在外的行动,转而专注于更简单的任务,逐个破坏众神间的关系。我已经打了几场漂亮仗,但凭借的是见机行事,并非一整套完整的计划,而计划才能真正让我在这场游戏中遥遥领先。我利用新发现的关于弱点和情感的知识得出这样一个结论:尽管贪婪、恐惧和嫉妒都是强烈的刺激因素,还有一种情感比它们更强。爱情。

不能说我很懂爱情。我在物质界生活所学到的种种感情之中，爱情似乎是最无益，最痛苦，也是最复杂的。很明显，它的核心在于"给予"——难道"掠取"就不行吗？此外还有各类诸如诗歌、鲜花和鲁特琴曲之类的玩意儿，再加上亲吻和爱抚（大量的亲吻和爱抚），穿相似的衣服，无止无休地谈论当前爱慕的对象，逐渐丧失心智。据我所知，爱情只会让你变得虚弱而无聊。照这个理论看来，想必巴尔德一天到晚都在恋爱。他一脸同情地告诉我，爱情是生命中最伟大的喜悦之一。我猜他从没体验过复仇，三人行，或者西格恩的果酱馅饼。

那么转回正题，说说傲慢的弗雷，以及我是怎样利用爱情将他扳倒的。

现在，奥丁的力量足以看见九界每个角落，他为得到这种力量付出极大代价，而且不愿与人分享。这就是为何只有他能坐上阿斯加德的最高王座，他将密弥尔的头颅藏在那里，并以魔力限制他人进出，总是独自一人到那里思考和盘算策略。

弗雷无权坐上那个高位，很可能根本没有想过，如果不是我提醒了他的话。空中弥漫着婚姻和爱情的味道——伊瞳又回到博拉基身边了，他俩幸福的卿卿我我几乎令人窒息。此外巴尔德刚与南娜成婚，她天真懦弱，认为巴尔德是天才，对他唯命是从——我猜巴尔德跟斯卡蒂的那次相亲也从旁推了他一把。不论如何，弗雷百无聊赖（同时焦躁饥渴），孤独又落寞。阿斯加德的未婚女神的资源谈不上丰富,如果再去掉他妹妹和华纳神族中的诸多表亲,他可没有几个可挑的了。

于是轮到在下我出场,满怀同情,并暗示他奥丁在九界中侦察女人,玩得不亦乐乎。

"从王座那里,你能看见一切。"我越过一罐蜜酒对他说,"女人脱衣,洗澡,想看什么有什么。难怪奥丁一天到晚待在那儿。就像老家伙做春梦。"

"真的?"弗雷说,"卑鄙无耻啊。女人脱衣服——还有洗澡,你刚才说的?令人震惊。说真的,我很震惊。"

"我也一样。"我露齿一笑。

我们默默喝完蜜酒。

几天后,我看见弗雷坐在一个花园中,倾听博拉基弹鲁特琴,前所未有地消沉。

"遇到什么问题了?"我问。

"哦,一切都有问题。"

好吧,能让男人想听鲁特琴曲的事情只有一件。很明显他溜到奥丁的宝座上,在那里看到了他理想的女孩。他侦察她,看她脱衣,现在他陷入了狂热的情网。

随便吧。爱情很无聊。陷入爱情的人更是如此,当弗雷大声谈论那个姑娘时我不得不假装在听:说她的美貌宛如明星,说她的笑声犹若夜莺,以及各种说实话相当让人恶心的细节,直到他说如果不能亲自见到她本人就会死掉。

我努力保持严肃。"那么你为什么不出去找她呢?"

"没那么容易啊。"弗雷说,"如果我告诉奥丁,他肯定会问我是怎么找到她的。还有另一个问题……"

"还有啊?"我说。

"她是某个岩巨人的女儿。她的亲戚就是——"

"让我猜猜。给我们建了城墙的工人。哦,天啊。"我假装同情,"想得到他的祝福简直妄想。"

"我必须得到她。"弗雷说,"不能拥有她的话我就会死。"

唔,这话说得有点夸张了。没人死于性挫折。尽管如此,他看上去相当悲惨,这让我愈发开心了。

"我看看自己能做些什么,怎么样?"我说,然后出发去当一回媒人。

首先我去找了女孩的父亲。他名叫盖米尔,毛发浓密,像每个生了女儿的父亲一样闷闷不乐。女儿名叫吉尔达,我猜她长相随母亲,因为她芬芳而美丽,体态妖娆,添一分则多,减一分则少。

我戴上假胡须乔装前往,自称是弗雷的仆人斯奇尔尼尔,并告诉粗野的盖米尔说弗雷正狂热地爱着他女儿。果不其然,他让我表演一个不可能完成的动作①。但再三考虑之后,他明白了考虑接受这项提议对他更为有利。

我说,弗雷无可挑剔,为了让你们满意他能放弃一切。我向盖米尔指出这是他发迹的好机会。如果回绝,盖米尔和我都知道弗雷依然会带走吉尔达,他只会赔了女儿又折兵。

"这样吧。"我说,"你出个价。说吧。要什么都可以。"

有些人天生没有想象力。当我说"要什么都可以"的时候,我希望听到的答案可不仅仅是装满金子的猪皮囊,几头羊,还有一辈子用不完的粪肥。但岩巨人这个种族并不以老练世故著称,我觉得自己得指点一二。

我开始跟他讲弗雷的事,说他是华纳神族的首领。我强调他的英俊相貌,闪亮盔甲,他的黄金和财富。我谈到那艘名叫斯基德布拉德尼尔、能折叠成一个罗盘大小的船,还有金野猪古林布尔斯提,以及早年他在阿萨神族和华纳神族之战中使用的如尼宝剑。我着重强调那把剑,以金银雕镂,通身散发着魔力,那把如尼宝剑象征着他的力量,他的气概,他的权威……

"开个价吧,随便开。"我对吉尔达的父亲说,"不要害怕为自己争取利益。女儿的宝贵更胜黄金,更胜牛羊,更胜宝石。"

盖米尔眉头紧锁。"好吧。我要弗雷的如尼宝剑。前提是她

---

① 暗指"滚你的蛋去"。

也喜欢他。否则……"他耸耸肩。"先把话说在前面。我女儿可不是一般的任性。"

我以手掩盖笑容。"先生，你真是狮子大开口。不过，弗雷的确说过他愿意付出任何代价。"

现在该劝说女儿了，我想。应该不会太难。拍拍马屁，奉承几句，一些花俏礼物，再来几首诗……

我在女孩父亲的宫殿找到了她。她一头金发，目中无人——说真的，完全是弗雷喜欢的类型。碧蓝的双眼，奶油般的肌肤，一双大长腿。还有那副让弗雷这样的男人无法抗拒的神气，好像在说：跪下，渣滓，你知道我值得你这么做。

于是我使出浑身解数。我向她求爱，鲁特琴、鲜花、香水，都试过了。但吉尔达无动于衷。什么都引不起她的兴趣。黄金、礼物、奉承，甚至就连青春之果都不行。这女人是不可收买的。她好像见过弗雷一面，他真的不是她中意的类型。

好吧，我对此有同感。但我已经对弗雷说过我势在必得，此外我也有自己的打算。于是我回去找弗雷，告诉他那女孩基本上已经是他的人了，只缺一点书面工作。

"书面工作？"弗雷重复道。他正在学习鲁特琴，弹得相当烂。

"走走形式嘛。"我说，"那个男人需要在把女儿托付给你之前确认你的能力。另外，他开的价高得离谱。"

"哦,他要什么就给他什么,把这事结了吧!"弗雷说,"我都要疯了。"

我不置可否。"好吧。反正出了问题也是你的事。可一旦奥丁发现这事,你知道他肯定会发现的,我要你记住,把如尼宝剑送给未来老丈人完全是你自己的主意,我还表示反对了。"

"随便怎么都好。"弗雷说,"这是我的剑。奥丁可管不了。"

明白我说的了吧?爱情让我们变得虚弱。那把如尼宝剑是无价之宝。是如尼符文和魔力的完美结合,力量足以匹敌奥丁之矛,精准足以匹敌雷神之锤。当我告诉他盖米尔想要那把剑时弗雷几乎连眼睛都没眨,足以证明他被爱冲昏了头。

"只要没人会怪我就好。"我说,"你知道人们都是什么德行。"

弗雷不耐烦地挥了挥手。"你当我是三岁小孩啊?"他说,"我自己做的决定。现在把剑带去吧,得不到吉尔达就别回来。"

我还能怎么办?话已说了,承诺也已经做了,没人能否认我已经尽了最大努力劝说弗雷放弃这个冲动的决定,它引发的结果无论对诸神还是对弗雷自己都是灾难性的。那把剑就是他们的生命保障。我深信当世界末日到来之际,弗雷和其他人很快就会发现他们顶多只有弹弹琴等死的份儿了。不过这话以后再说。现在我所要做的只是用剑去赢得弗雷的女孩的心。

赢得她的心?这个词暗示要公平游戏。可我当然打算作弊咯。剥掉一只猫的皮、扼死一条蛇、赢得一个女孩的心，方法都不止一种。就连固执如斯的吉尔达也抵挡不住我的巧舌如簧。

奉承、诗歌和珠宝都已经失败过了，我转为采用最基本的威胁，警告她这样下去将有坏事发生；我大肆渲染一幅无望而令人信服的未来景象，届时吉尔达将孤身一人，被世人抛弃，因为拒绝了弗雷而被众人避之不及，芳华逐渐逝去，成日诅咒自己当年错失良机。我提醒她死亡将无比漫长，蛆虫将在她冰冷的皮肤下跳舞，所有同辈之人都会嘲笑她以处子之身迈入坟墓。

接着我又说偏见是如何蒙蔽她的双眼，让她看不到弗雷的魅力。我还说到因战争而四分五裂的部落，谈到一见钟情的浪漫，在整个中庭世界的所有山的所有洞里的所有姑娘之中，只有她虏获了他的心。她真的能完全不为所动吗？

我发现她的确完全不为所动，便又急着天花乱坠地描述弗雷在阿斯加德的宏伟宫殿，以及宫殿中规整的花园，绿雕，舞厅和装饰喷泉。

"真的？"吉尔达说，"有绿雕？"

真有意思，意志最坚决的女人也敌不过几排修剪整齐的树篱。

"千真万确。"我说，"外加一个玫瑰花园、草坪、温室、一些花园雕像、池塘，还有一整块用来摆放装饰和盆栽的区域。你将是九界中最精美的房屋的女主人，你的朋友都会嫉妒到眼睛发绿。"

所以她和弗雷结婚了，盖米尔也得了那把如尼宝剑。对弗雷来说是很不明智的投资，他在爱情的狂热冷却下来之后意识到他把最宝贵的武器送进了岩巨人的手里，但此时木已成舟。"结婚一下子，后悔一辈子"，内陆的老妇人都是这么说的，让我们承认吧，她们对此清楚得很。老妇人掌控一切，这是个公开的秘密。

奥丁当然气死了。但就算是他也很难就此事指责我。他独处的时间更多了，只有乌鸦和密弥尔的头颅陪伴。有时我听见他用低沉而急切的声音说话——尽管我只能胡乱猜测他到底是在对乌鸦说，对自己说还是对那颗脑袋说。至于我自己，我成功实施了又一次暗中破坏，感到心满意足——至少在某个消息如铁锤般砸中我之前……

第五课

婚姻

"婚姻枷锁"这个名字可不是白叫的。

——《洛卡布雷那》

没错,铁锤般令人震惊的消息。我本应知道奥丁会找到方法对付我,即使不是真的因为弗雷的遭遇而惩罚我,至少也要压制我一阵。这一次,我受到的攻击来自奥丁之妻芙丽歌,一位女巫。在弗雷和吉尔达的婚礼之后,她把意图说媒拉线的目光移到了我身上。

"洛基只是有点野罢了。"她说,"他需要一个好女人。"

我一开始尚未发觉其中的危险,也没有预见其灾难性的后果。当奥丁宣布要给我找个妻子时,我才意识到自己已经成了瓮中之鳖,才意识到从今以后想要在不引起我那热情新娘注意的情况下干点事将有多么难……

不出意料,他们选了西格恩。还能有谁?她打从一开始就看中我了。此外,她向芙丽歌倾吐了这个秘密,芙丽歌又告诉了奥丁。结果就是这样一场男人们无力抵抗的女性阴谋,我发现自己腹背受敌,身不由己。

我当然抗议了。但木已成舟。奥丁说得很清楚,他这件慷慨的礼物既不能退还,也没有商量的余地。

芙丽歌很是欣喜。对她来说,这就是野火为爱情所驯服。西格恩也很高兴,准备迎接下半辈子的幸福家庭生活。芙蕾雅不怎么开心——她失去了最喜欢的侍女,因为西格恩相貌平平,把她留在身边更能衬出芙蕾雅的美。至于您真诚的鄙人我,则被这突如其来的陷阱吓呆了,努力想弄清楚是怎么被困住的,又该怎么虎口逃生。

首先,在那之前我都完全不知道女人之间是如何交流的。一切都不再有隐私可言,我的个人习惯、想法、口味和所有不宜为外人所知的细节,只要是一位亲爱的妻子所能发现的东西,她都会拿去跟诸多密友分享。

我这算不知好歹吗?也许的确如此。可在其他方面都十分明智的芙丽歌完全没有理解我的天性,或者说,我的需求。跟西格恩在她那小家里共居一个月，四处都是印花棉布，门口植满玫瑰，吃西格恩自己做的蛋糕，听西格恩发表她对生活的观点，跟西格恩同床共枕（当然她熄了灯，并把所有的魅力都隐藏在几乎不可穿透的法兰绒睡裙之下），已经足以证明我一开始的观点。芙丽歌错了，我真正需要的是一个非常坏的女人。

所以我动身去寻找坏女人，告诉妻子说我需要空间，这不是她的错，错在我，还说自己只是需要寻找自我。我化作鸟儿一路飞到铁木树林，这片森林在依达平原上占地超过一百英里，一直延伸到唯一之海。

铁木树林是很好的藏身之所。幽暗如黑夜，有各种捕食者和魔物出没。他们大多拥有某种魔力，从混沌界那里窃取的边角余料，从其他世界物物交换而来，或是通过梦境带入这个世界。贡瑟罗河流经其中，河中满是蛇和幻象。那里很危险，但也近到足以有可能让我重返混沌界，于是我满心欣慰地走了过去。

我的旅程并不浪漫。在岩巨人那里时，我听说华纳神族的叛变女巫师古尔薇格·海伊德已经在铁木树林建立了大本营，伺机进攻阿斯加德。我在想如果我能联系上她，也许能联手合作——但铁木树林面积广大，四处是魔力和法术的痕迹，古尔薇格——假设她真的在这里的话——用了许多如尼魔法掩盖自己的踪迹，想找到她是不可能的。

但我的确遇到了其他人。铁木树林的女巫安格波妲。她疯狂、邪恶、危险，住在森林腹地，处于混沌界和秩序界的交会处。和我一样，她也离开了原初之火来探索新世界；和我一样，她也很享受肉身带来的新感觉；而且和所有恶魔一样，她很有魅力。黑皮肤，长发，每根手指和脚趾上都戴着指环，双瞳就像炙热的余烬，每一处皮肤、每一根神经都散发着性冲动，我在见到她之后才知道自己竟如此渴望这样的魅力。

我们在一起过了几个晚上，有时双双保持人形，有时也会化身为各种动物，在铁木树林中雀跃，狩猎，破坏，引出更多的混沌，直到精疲力竭。安吉①的口味逐渐倾向于暴力，我的每一寸皮肤都酸痛不堪。我不是在抱怨，我只是需要时间恢复。

于是我回到西格恩的怀抱，吃她做的菜，听她爱听的博拉基弹的琴曲，忍受她的关心和她对各类野生动物的奇怪喜好——这是西格恩最惹人讨厌的地方，也意味着她经常被森林小生物包围，鸟啊，浣熊啊，松鼠啊，各式各样——闹作一团，不给人清静。

"亲爱的，对我的小朋友们好一点嘛。"当我挥手拍打爬上窗帘的田鼠时，她就会这么说，"你又不知道哪天会不会需要这只小老鼠的帮忙。"

没错，大家，在谴责我的不忠之前，先看清楚西格恩是个什

---

① 安波格妲的昵称。

么样的人吧。总而言之，在安吉的帮助之下，我觉得自己应付得很不错。我的大半时间都在阿斯加德度过，当不堪忍受家庭生活时，就飞到铁木树林的情妇身边。我并非不知道一夫一妻制的概念，但不可否认的是，就像疼痛、鲁特琴和诗歌一样，我弄不懂它们的意义何在。

总的来说，我认为西格恩很能忍耐我的不忠。她当然也喜欢向朋友抱怨我的兽欲，但我不觉得她真的有那么惊讶。在西格恩的观念里，男人经常拈花惹草，但总是会回到他们忠贞的妻子身边，她们将通过烤蛋糕、护理伤口和抚摸发热的额头来表达她们的宽恕。不忠的报应将在日后到来，表现为睡觉时的头痛、讽刺挖苦，以及跟蛇打交道——没错，我很快就会提到这事，所以别以为我完全逃过了惩罚。奥丁在把我交给她时十分清楚自己在做什么。但那时我很乐在其中，自认为成功地调节了两种相反的天性。我一边忍受西格恩，一边享受安格波妲的陪伴，并成功地自我说服，认为与她在铁木树林中嬉戏也算是某种对老家伙的秘密反抗。

我知道的，我的注意力分散了。也许这就是奥丁打的主意吧。也许他就是想让我处于不间断的性疲劳状态中以防止我去搞恶作剧。

然而尽管安格波妲和我的关系一开始很是无忧无虑，我们的行为终于还是不可避免地……开花结果了。恶魔的后代通常都很……姑且用奇特这个词形容吧。这个特征在安吉身上体现得尤为显著。在我们偷情十二个月之后,她给我带来了三个孩子:一个名叫芬里斯的可爱小狼人;一个名叫赫尔的半人半尸的不死女孩;还有耶梦加得,一条巨蛇,也是导致我和安格波妲分手的导火线。

有问题吗。我无法忍受蛇类。但她喜欢把人逼到极限,我们吵架了——好吧,是她吵起来了。她说我要为自己的行为负责,指责我害怕承担责任,说感觉自己受到了侵犯和利用,最后叫我滚回老婆身边,说我明显一辈子都离不开那女人,还祝我跟她幸福到永远。于是我头也不回地重返阿斯加德,多多少少松了口气,把如何处置芬尼①、赫尔和耶梦加得的问题留给奥丁操心。

好吧,那条蛇是最容易处置的。等我们得出结论时,他已经长到只有唯一之海能够安全容纳的地步了。所以我们把他扔进海里,让他在海里靠吃鱼打发剩下的人生,他后来成长为尘世巨蟒,口衔蛇尾,盘踞在中庭世界之外,耐心等待诸神黄昏时的出场机会。

至于赫尔,那时她已经长大了,人人都避之不及。倒并非因为她天性邪恶,不过她也的确并不擅长交际。她能在两分钟让房间内的人走个精光;她的交谈频率处于最低状态;她走到哪,哪

---

① 芬里斯的昵称。

里就变得阴郁,聚会的气氛能瞬间变得如同暴风过境后般萧瑟。

即便如此,奥丁也看在我的分上容忍了她,至少一直忍到了她的青春期。那时她不但身为最触目惊心的青春痘患者实例,又身为与青春痘同样糟糕的怀春少女之典型,她爱上了阿斯加德最受欢迎的金童、英俊的巴尔德。事情到最后变得非常尴尬,以至于奥丁决定送给赫尔一个属于她自己的国度,靠近梦之河的冥界,然后开开心心地送她上了路。

这样的做法十分公平,因为她的兄弟已经是唯一之海的主人了。至于芬里斯,在接下来的十五年里他都在铁木树林中作威作福,肢解小动物,平日里四处滥杀无辜。当然后来人们不得不管制他,尽管起初他们还认为他不具威胁性。但赫尔很聪明,需要更慎重地处置。

奥丁把话说得好像她是为了诸神的利益前去执行一项重大任务,并赐予她专属的如尼符文——Naudr①,意为束缚者,还赐给她几乎无止境的力量——不过当然仅限于在她自己的国境之内。老家伙一直不惜一切代价躲避死亡,但就算是在全盛期,他也早已在为与死神结盟奠定基础了——为的是在无可避免的结局到来之时有空可钻。

至于安格波妲——好吧。她走她的阳关道,我过我的独木

---

① 意为束缚者、不幸、需求、死亡。

桥。我希望大家好聚好散，尽管你永远摸不准安吉的性子。西格恩的怀抱永远向我敞开，她永远能宽恕我的过错，但至于那些印花棉布、小动物、饭菜、唠唠叨叨、鲁特琴曲、熏香蜡烛、干花和搂搂抱抱，我要是留下来准会疯掉。于是我逃离家庭，回到阿斯加德的老住处。

不，我没有抛弃她——芙丽歌永远不会允许我这么做的——但我成功使她相信我需要私人空间。她那时毕竟已有身孕，全部精力都汇集在编织小鞋小帽上。我想这正是我开溜的大好时机——在那之后，儿子们又会占去她的注意力。

没错，儿子们。我的双胞胎儿子，瓦利和纳尔弗，继承了我的绿眼和脾气，西格恩猜测（事实证明她错了）他们会唤醒我的责任感。实际上恰好相反，其结果便是接下来的数年里我找尽一切借口频繁出行，尽最大努力离我亲爱的家人们越远越好。

我还能说什么？这是我的天性。再说我又有什么行为榜样？在混沌界有个不尽职的父亲，在上界有个不称职的母亲。很难称得上是美好的人生开端。尽管如此，如果我当年不那么做的话……

不。后悔是输家才干的事。事已至此，再妄想其他也徒然无益。难道我最后没有为此付出代价吗？也许是我活该吧。也许我应该——不过现在不说这些了。世界末日之后再放马后炮可简单得很。地府的黑堡里有的是这一类智慧。

身为人父的时光如白驹过隙,我未曾为孩子付出,也未被孩子铭记。如果我真的曾想象过如何和儿子们玩接球游戏,教他们飞行、变形,或传授他们诸如撒谎、欺骗或背叛之类的重要生存技巧,也只是很明智地想想就算了。但我注意到有什么东西发生了改变。我体内的某种东西发生了变化。心中那根纠结的铁荆棘突然之间不那么恼人了。我可以连续几周乃至几个月都不思考复仇之事。有一天,我短暂旅行归来,以鹰的形态飞进阿斯加德,看见七八岁大的儿子们正在城垛上玩耍。那一刻,我几乎感到……

没错。我几乎感到幸福。

我早就该知道有什么不对劲。直面问题吧,这不正常。但奥丁在这么多年的努力之后终于成功地腐化了我。不,这不是爱,当然不是了,但这是某种满足。突然之间,我不再孤身一人。突然之间,我有了亲人。突然之间,世界末日变得那么遥远,我远远望着我的儿子们,心想:也许这就是我一直缺失的东西。也许我终归是属于这里的……

第六课

伴娘

一些借来的，一些蓝色的[①]。

——《洛卡布雷那》

在那之后我度过了一段总体来说风平浪静的时光。并非我有所懈怠，而是因为彼时正值阿斯加德的盛夏季节，所有人都沉浸在阳光之下。我们正处于巅峰期，被整个中庭世界所崇敬。我们要什么有什么。黄金，武器，美酒，女人。奥丁和托尔备受欢迎

[①] 出自英国传统歌谣，列举新娘在婚礼上应该佩戴的幸运物品。全文为"一些旧的，一些新的，一些借来的，一些蓝色的"。

——当然金童也一样——但就连鄙人都能收到歌颂和贡品。冰巨人和岩巨人都与我们和睦相处，弗雷幸福地和他的新娘过日子，斯卡蒂正在拜访北境，这意味着没人会给这样的喜庆日子泼冷水。

有些东西，有些时候，是注定出岔子的。我们变得过于自鸣得意了。疑心和生存是一对同胞兄弟——失去其一，就会失去其二。

在某个醉酒之夜的第二天早晨，托尔在他空荡荡的宫殿中醒来，发现他的锤子没了。他起初以为是被希芙收拾起来了，然后又觉得是某人开玩笑藏起来了，但在所有人否认与此有关之后，鄙人我被叫了过去，还被指责偷了这把锤子，这时我们才意识到有麻烦了。

"见鬼了，我要你的锤子干吗？"我说。

托尔耸耸肩膀。"我不知道，我琢磨着——"

"你就别试图琢磨了。"我说，施出真实之眼的如尼符文Bjarkán。它昭显出一个被掩盖的魔法标记——我立刻认出了它的颜色。"这个标记属于索列姆，是冰巨人的首领之一。他肯定发现了闯进来的方法——他喜欢化身为鹰四处旅行——然后趁你睡觉时偷走了锤子。"我看向海姆达尔。"你当时去哪儿了？又喝醉了？老天啊，这里的治安哟……"

"说话注意点。"海姆达尔吼道，"小心我割掉你的舌头。"

我抬起一边眉毛。"来割呀。趁还能得意时尽管得意吧。因为一旦等到托尔丢失锤子的消息传播开来,我们就会被每个妄图挑战我们的大小头目团团包围了。"

四下鸦雀无声,每个人都知道我说的没错。

我转向芙蕾雅。"你的猎鹰斗篷拿来。"

她点了点头。就连她都清楚如果米奥尔尼尔丢失会发生什么。此事不仅仅关乎那把锤子,而更关乎公信力。奥丁的帝国一向吹嘘无人胆敢进犯,可我们的敌人犹如围绕篝火的狼群,虎视眈眈,一旦让它们嗅到血腥味,就会在我们发现之前杀到。

奥丁看着我披上斗篷。"跟索列姆谈谈。"他对我说,"弄清楚他想从我们这里得到什么。还有,洛基——可要小心点。"

我很惊讶。这是老家伙第一次对我的人身安全表示关心。我猜他知道为了寻回那把锤子必须借助我的技能。我承认我感到相当荣幸,奥丁信任我,我将向他展示我的能力。于是我飞到北境,发现老索列姆在庭院里为他的猎犬制造项圈,看上去心情不错。

我降落到他身旁,栖息在一根树枝上,刚好在他那双巨掌的可及范围之外。

"洛基。"他露出牙齿,"你今天看起来很开心啊。阿萨神族的人怎么样了?华纳神族呢?"

"不是很好。"我告诉他,"因为你偷走了托尔的锤子。"

索列姆咧开嘴大笑。"是吗?"他说。

"我知道你心里比我清楚,索列姆。"我说,"你真的想看到整个九界为了一把锤子开战吗?有麻烦的不只是阿斯加德,这你知道。你所做的事情可能会破坏秩序与混沌的平衡。到时候,在你开口说'请让我死吧'之前,苏尔特大人就会让你求生不得求死无门了。所以把托尔的锤子还给他,我们就都能保住性命,各回各家。你怎么说?"

他又笑了。"我不想要托尔的锤子。"

"这很好啊。那你想要什么?"

"我爱上某人了。"他说。

我咒骂了一声。"哦,老天爷啊。你也来这一套?"

"我把那把锤子埋在下界了。你绝不可能及时找到它的。"他说,"但是只要我能娶得欲念女神为妻,你就能马上把它找回来。你有九天时间交货。"

芙蕾雅!神啊。我早就该知道的。那个女人除了麻烦什么都不是。于是我以最快速度飞回阿斯加德——时间紧迫——发现雷神在他的宫殿中等得很不耐烦。

我脱掉芙蕾雅的羽毛斗篷,精疲力竭地准备降落。

"怎么样了?"托尔说。

"唔,来杯饮料应该不错。我已经飞了好几天了,你知道的。"

托尔抓住我的脖子。"事情怎么样了？"

"好吧。"我说，"我跟索列姆谈过了。他很乐意还回锤子，条件是我们同意把芙蕾雅嫁给他。"

托尔就此事思考了大约三秒钟，说："那好。我们去告诉她。"

我们召集所有神祇在奥丁的宫殿开会。"有好消息，还有稍微不那么好的消息。"我说，"好消息是，我说服索列姆交还米奥尔尼尔了。稍微有些棘手的消息是……"我朝芙蕾雅灿烂微笑。"在你用火焰把我放倒之前——"

"你最好别说出我认为你会说的那番话。"欲念之女神咬牙切齿地说。

"哎呀，别这样嘛。"我说，"索列姆本性不坏。而且看在众神分上，他还是国王呢。这又不是非要把你配给一个工人。好好想想呗。你会成为冰巨人的女王。你会有一顶钻石做的王冠，貂皮做的结婚礼服。"

她朝我露出一贯的表情。"不。我宁可开战。"

"拿什么跟人开战？提醒你一句，米奥尔尼尔在索列姆手里哦。"

"我不在乎。我不嫁给任何冰巨人。他们丑陋，粗野，个个闻起来都一股鱼腥味。"

"鱼腥味又怎么啦？"涅尔德说。

芙蕾雅一脸哀求看着奥丁。"你不会想要我这么做的。"她眼睫毛微颤。

但自从德瓦林和项链那桩事以来，奥丁远不如过去那样纵容芙蕾雅了。大多数时候他都不会流露出怒意，但我太了解他了，不可能判断错误。

"我们需要那把锤子，芙蕾雅。"他说。

"难道你就不需要我？"她开始哭泣，这是她一贯应对窘境的方式。这一次，似乎没人在乎了。芙蕾雅拭干眼泪。"我知道了。你宁可看我像个婊子一样被人卖掉。"

我掩嘴偷笑，但已经被她看见了。

奥丁从他的王座上与我四目相交。我知道他心里在想什么，也知道芙蕾雅在想什么。愤怒令她瑟瑟发抖。她开始化为腐朽的形态——正是贪婪自私的欲望的可怕化身——在疯狂释放的魔力中，她脖间的黄金项链四分五裂，所有的链条和宝石都散落在奥丁的王座四周。

"我的老天，这回可饱了眼福。"我又偷着乐了。

芙蕾雅痛苦地尖叫。"我恨你们所有人！"她说完跑了出去。

我说："我会把这话理解为拒绝的。"

诸神不安地交换眼神。

"我们还是得想办法对付索列姆。"我继续道，"他是冰巨人之王，居于要塞之中，由他的子民守护，身怀如尼魔法，对当地情况一清二楚——更别提托尔的神锤也在他手……"我停下来,等大家消化这些信息。"索列姆想要新娘。我们别无他选。我说咱们就送他一个吧。"

鸦雀无声。每个人都快快不乐。

弗雷说:"芙蕾雅不想嫁给他啊。"

"我当然已经知道她的想法了。"我说,"但我们总得给他某人。况且,只要头披新娘面纱,浑身戴满宝石,每个新娘看起来都差不多。"

"你以为你能糊弄他?"海姆达尔嗤笑道,"一等他发现受了愚弄,他立马就会割开那新娘的喉咙。"

"也可能她先把他的喉咙割了。"我说,"这完全取决于我们送谁去。"

所有人都看着我。我笑了笑,看向托尔。

"你最好没在想我以为你在想的事情。"他低声吼道。

"我在想的是及地的塔夫绸长裙和雪白的貂皮斗篷。还有一层又一层的裙子,好让你的屁股扭起来。再把你的头发盘在一顶可爱的小帽子下面……"

"没门。"托尔恶狠狠地说。

我无视他。"我们要修好芙蕾雅的项链。"我告诉他,"那是她的标志,索列姆会认准它。我们还会把托尔的脸藏在面纱之下,在不引起任何人怀疑的情况下直接把他送入索列姆的地盘。

然后,等索列姆拿出神锤……"

奥丁现在笑了。"行得通。"

"没门。"托尔重复道。

我说:"我会当你的伴娘的,托尔。别担心,我不会抢你的风头。你将是一位美艳动人的新娘子哦。"

托尔大吼。

"别担心洞房之夜。我肯定索列姆会很温柔的。我会告诉他这是你的第一次——"

他的拳头如果真的击中了我,那我肯定会被打得灰飞烟灭,只留下地板上的一块污渍。然而我轻轻松松地躲了过去,跳到一旁,脸上依然挂着笑容。

"我们没得选了。"我再次对他说,"要么就这么办,要么就输掉米奥尔尼尔。诸位,你们怎么说?"

他们一致同意。八天之后,雷神身穿芙蕾雅的礼服,浑身洒满她的香水,手毛腿毛脱得干干净净,指甲经过细心修饰,戴着芙蕾雅的项链和一副想杀人的愤怒表情(幸好掩盖在面纱之下)出发前往北境,鄙人我则伴其左右。

他的战车在身后留下狂怒的焦痕和坑洼,方圆数里内都清晰可见。这当然是托尔一贯的出行方式,纯粹主义者可能会批评此种行为,认为它对一个正赶赴自己的婚礼的淑女来说未免有点过于粗暴。从依达平原到北境冰川,一路上我都用一道宽阔的红色魔力带掩去他的气息，然而我对路面上的碰撞痕迹和托尔在宝石新娘面纱之下发出的咬牙切齿声也无能为力。

到达后，我向主人解释道："这是因为芙蕾雅急着赶来呢，索列姆大人。再说了，我们这些女车手啊……"我从侍女的头巾之下向他抛去一个微笑。我扮女人比托尔更像，因为没有胡须，也就没必要戴面纱。不管怎样，索列姆似乎接受了这样的解释，他托起我的下巴说：

"如果女主人有这位女仆一半漂亮的话，那我想我今晚可就赚到了。"

我咯咯娇笑。"呀，讨厌！走开啦！"

接着，我避开索列姆的毛手毛脚，将假新娘引往冰巨人的宴会厅，喜宴的准备已经做好了。大块大块的肉，整条整条的鲑鱼，馅饼，堆积如山的蛋糕和蜜饯。到处都点着蜡烛，让此地洋溢着节日的光彩。还有蜂蜜酒，取之不尽的蜂蜜酒，足以让整支军队烂醉如泥。

我能听见托尔咕咕哝哝，便轻声呵斥他："安静点行不行？让我负责说话。"

索列姆的人引我们入座，坐在索列姆左侧。我机智地让托尔避开了战士们的席位，把他安置在女宾之中。

索列姆坐得很近，但没有近到足以耍花招的地步。这个男人的手很不老实，我不希望托尔失控发火——至少在我们取回神锤之前,到了那时托尔就能随心所欲地大开杀戒了。

"吃点东西吧,我的女士。"我戳戳托尔的肋骨,小声说。然后又扭头跟索列姆说:"她有点害羞。我很肯定等她开吃后就会放松下来的。"

呃,我们的托尔总是有超乎寻常的好胃口。这一次他超越了自我,吃下了一整头烤牛,七条鲑鱼,以及所有的小点心——糖果,蛋糕,饼干,蜜饯——那都是为女宾准备的。我试图警告他,但托尔和食物就是拆不散的亲哥俩。在那之后他又开始猛灌蜜酒,在我还没来得及提醒之前就有整整三大牛角杯蜜酒进了他的肚子。

索列姆诧异地望着他。"她还真喜欢吃呢,不是吗?她是怎么保持身材的?"

我咯咯笑着,扑闪扑闪地眨着睫毛。"哦,索列姆大人,但我的女主人自从有幸承蒙您求婚以来就不吃不喝,整整八天都在严格地节食,她太担心穿不下新娘礼服啦。"

索列姆满怀怜爱地微笑。"啊,可怜。"他说,"她无须为我节食。体积越大,缓冲越强——现在就别害羞啦……"他扑向芙蕾雅,探头窥向了她的面纱之下。

所看见的情景令他心神不宁起来。

"芙蕾雅的双眼……"他结结巴巴地说。

"怎么了?"我轻拍他的胳膊,冲他微笑。

"她的双眼如此凶神恶煞——就好像燃烧的火焰!"

"哦,可是我的女主人已经失眠整整八天了。"我解释道,"她是如此期盼新婚之夜——和您共度的花烛夜啊,我的大人。"

"喔。"索列姆说。

我笑了。"她听说了您的很多事,我的大人。您的非凡精力,您的英俊相貌,您的雄伟尺寸……"

"真的?"索列姆说。

"千真万确。"我悄声道,"看看她望你的眼神吧。她简直迫不及待到身子都在乱扭了。"

"速速取来神锤!"索列姆说,"我现在就要完婚!"

不出几分钟,仆人们就把神锤送进宴会厅。与此同时,托尔满心不耐地等待,整场宴席中都一直在望着假新娘的索列姆的妹妹过来坐到了我们旁边,她盯着托尔手上的戒指。它们当然是芙蕾雅的所有物——其美丽也自不待言。

"你在这里需要有个朋友照应。"她说,"把你手上的指环送给我,我就会指点指点你。"

托尔一言不发,但我能分辨出他已经到了忍耐的边缘。我把索列姆的妹妹从他身边拉开,向她保证婚礼结束后她想要几个戒指都行。

"我想我们应该让芙蕾雅独处。"我瞥了眼托尔,好让他安心,"她非常怕羞又容易紧张,你知道的。咱们就尊重她的矜持吧。"

神锤终于被取进屋来,随之而来的是你可以想象得到的无聊仪式。演讲,干杯,我几乎能直接感觉到托尔的怒火到了爆发的临界点。

"现在,"索列姆已经喝得醉醺醺的了,"我们一致认为芙蕾雅做了正确的决定。米奥尔尼尔是一件强大的武器,但我俩心里都清楚,还有另一把锤子比它更强大。我听说她都等不及要试试看啦。"他跌跌撞撞走向芙蕾雅,朝她抛了个媚眼,把锤子放在她腿上。

托尔立刻作出反应。他站起身来,抓住锤子,扯下身上的变装。露出真面目后,他显得凶神恶煞,红胡子根根直立,浑身肌肉隆隆鼓起,双眼冒着愤怒的火光。我退到一边以免挡他的道,这是托尔暴跳如雷时你唯一该做的事。

一时间电闪雷鸣。那把锤子展现了它的致命威力。"一些借来的,一些蓝色的。"——好吧,我猜他们借来了锤子,而且欢乐的人群很快就要变成蓝灰色的尸体了。

五分钟之内,索列姆的大厅就堆满了尸体。不得不承认他很厉害——脑子不怎么样,但却是一台会走路的杀戮机器。男人、女人、仆人、狗。一切都毙命于米奥尔尼尔之下。当杀戮欲望终于平息之后,我们一起返回阿斯加德,一路上都不发一言,直到城墙出现在视野之内。

芙蕾雅在那里等我们归来。托尔将她的项链还给了她。

博拉基手持鲁特琴站在一旁。他说:"索列姆怎么样?"

"死了。"托尔说。

"那些亲戚们呢?"

"也死了。"托尔说。

"那么我猜你拿回了你的锤子。我会编出一首绝佳的歌谣的。"他说,"或是祝曲。你觉得合唱怎么样?用古典唱法?"

托尔把目光移到博拉基身上。他伸出巨掌,拿起那把鲁特琴,咔嚓一下扭断了琴头。

"如果我听到关于此事的任何一个音符,"他轻柔地说,"任何一首曲子,诗歌,甚至包括打油诗……"他没继续说下去,把鲁特琴丢到地上。琴发出小小的令人心痛的碎裂声。"实际上,如果你敢多说一句话,我就把你绷到彩虹桥上,用你的肠子做一把吉他。说得够清楚了吗?"

博拉基双眼圆瞪,点了点头。

这便是人们最后一次胆敢提及此事。

第七课

名声

宰掉你的崇拜者永远都不是建立公众形象的最有效方式。

——《洛卡布雷那》

在那之后,鄙人突然之间几乎受人欢迎起来了。我一直声名狼藉,但现在我的名气仿如野火燎原般遍传中庭世界。人们喜欢那个故事——托尔披着新娘面纱,在下我扮作他的伴娘——尽管博拉基严守命令没有多嘴多舌,可这个故事还是一传十十传百,变得广为人知了。

托尔一直很受欢迎。高大强壮,性格宽厚,智力等同于你家养的普通拉布拉多犬,他是一个人类可以在全心崇拜的同时又不会感到被其智慧所威胁的人。我恰恰与之相反:四肢简单,头脑却要命地发达,人类一直不信任我。

然而索列姆一事后,情况有所变化。我们现在是一对搭档了。人们总在路上拦住我们,要求我们讲述他们最喜欢的轶事。他的肌肉和我的头脑突然成了一个成功的组合,我不得不承认我个人对于再现二人最近的胜利传奇感到有些压力。

不。我没有忘记自己有多么憎恨诸神。但成为受欢迎的群体一员感觉很是新鲜,不管怎样,我相当乐在其中。我依然蔑视他们,现在却沾了他们的光,产生了意想不到的吸引力,得到了名人的光环。以往总是对我紧锁的大门现在突然全都敞开了。完全不认识的人也会送我礼物。女人对我以身相许——还会得到她们的丈夫的祝福。我发现现在无论犯下怎样的坏事都能脱罪,换作以往肯定是要被问责的。比如醉酒,欺骗他人,恶意破坏,偷窃,可怕的恶作剧——每当真相大白于世,人们总是摇摇头笑着说:"哦,典型的洛基作风。"实际上我在占他们便宜后他们还显得受宠若惊。

这种出人意料的容忍甚至延伸到了阿斯加德。在那里,我突然发现自己的行为受到的白眼也没有过去那么多了。人们对我的装神弄鬼一笑而过,而不再觉得受到了冒犯。托尔向人讲述我剪掉希芙头发一事,仿佛他一开始就觉得这事很好笑,一边发出隆隆的笑声，一边拍我的背。博拉基重写了伊瞳和苹果之歌，以让我的形象从叛徒变为受害者。就连我与安吉的那段情和我们那些野兽后裔也只加强了我身为性感大情圣的名声。与此同时，我的双胞胎儿子成长得飞快——现在已经酷似他们的父亲了，长着一头红发和奇特的双眼。不是说我就此变得更有父爱，不过这样能逗得西格恩开心，除了我在诸神中的地位提升之外，就属这事最好了。

不过海姆达尔从未软化对我的态度，而在阿斯加德频繁进出、在山里长住后又在阿斯加德短暂停留的斯卡蒂有时会用那双蓝金色的眼睛冷酷地看我，我能感觉到她正在思考我在她父亲的死亡过程中扮演了什么角色。我也许曾逗她笑过那么一回，但她依然冷酷如山脉之心，致命如杀人鲸，我在有斯卡蒂出没的地方总是尽量保持低调。

奥丁对我近来大受欢迎之事似乎并不感到吃惊。我这位大哥早已通晓名誉一物，知道它有多么反复无常，又有多么转瞬即逝。也许我为声名所迷才是他更喜闻乐见的。其实现在回头想想，我猜奥丁会不会就是那个四下传播我的功绩的人。他的一对乌鸦胡基和穆宁每天清晨都会飞去各大世界散布谣言和新闻，而奥丁自己则远离世人，唯有密弥尔的头颅为伴。也许我早就该问问自己那颗脑袋一直都在跟他讲什么，而他又为什么如此专注于各类传闻故事，但我承认自己新染上的这毛病——追名逐利——

占去了我太多心神，使我失去了重心。索列姆一事是我的重大突破，我终于打进超级联赛。我开始相信以自己为主角的神话，相信自己理应得到特殊对待，相信自己可以无法无天。骄傲这项与神最为相衬的缺点将我完全玩弄于股掌之间，那时幸福的我对等待在眼前的堕落尚且一无所知……

事情发生之时，托尔和我正在中庭世界旅行。我发现若想维持声誉的话，四处旅行是必不可少的手段。托尔热爱旅行，而我最快乐之时莫过于远离妻子关心之时。我们乘托尔的战车出了阿斯加德，绕过铁木树林一路向东，观察岩巨人的动向，接着绕过北境，确保冰巨人安分守己。随后我们变装通过内陆地带，沿途倾听人类讲述有关我们的传说，再散布一些新的故事。

在内陆的第一个晚上，托尔坚持要抽样检查当地的友好度。他坚决认为我们应该扮作人类拜访某间茅舍，以了解我们在此地区草根阶级当中实际的支持率。我倒是更想找一家不错的酒馆，酒足饭饱，高枕无忧——也许还会有几个姑娘替我暖床——可托尔听不进去，最终挑了一间沼泽边上的茅草屋顶的农舍。

那屋子看起来很可怕，我说不要。"如果不能住在最好的地方，那出名又有什么意义？"

"哎，来嘛。"托尔说，"这帮农民可谓是九大世界的盐，不可或缺。再说，想象一下他们发现我们的身份时会说什么吧。他们会津津乐道上几十年的。"

于是我们敲门，请求分享房屋女主人正在准备的餐点。搭讪方法有点俗套，这我知道，但管事的是托尔，在他的脑中诸神就应该这么做。我们自称为亚瑟和乐基——托尔每次用这个假名时都会朝我猛眨眼，我敢肯定还没等我们坐下吃饭就会被认出来的。

结果事情并不如我所料。这些人是山里来的乡巴佬，看不穿我们的伪装。我开始不耐烦了。可托尔继续碰我、朝我使眼色，那时夜幕已经降临，我终于认了命，准备在这个不甚奢华的地方过夜，全神思考怎样最大化利用这简陋的条件。

晚餐并不丰富，只有某种炖肉。床也只是稻草席。可这家人显得相当和善——一对中年夫妇，一个十几岁的儿子提亚尔菲，以及一个漂亮女儿萝诗克瓦，于是托尔突发奇想，要为这少得可怜的肉增添些分量。

托尔有一对山羊，是他从路上捡来的。他被自己的慷慨大方冲晕了头，把两只羊送给了这家人，但警告他们一根羊骨也不得损坏——你可以把它看作一次对服从度的考验。托尔很在乎别人是否尊敬他。我猜如果你重达三百磅的话，你也有这个资格在乎。

我们的东道主们因为这件羊肉礼物而万分感动。父母二人震惊到说不出话，而孩子们则不停问各种问题。我们是从哪来的？我们很有钱吗？我们有没有见过唯一之海？那个名叫提亚尔菲的少年对托尔格外好奇,女儿萝诗克瓦则垂眼偷看我。

好吧,如果你喜欢这一类事,那我们过得可谓和乐融融。我们吃饭,睡觉,早上托尔从前一夜的盛宴残余中收集起所有骨头,准备做一顿面包伴骨髓当早餐。然而检查那些骨头时,他发现有根腿骨被折断了,于是知道某人没有遵守他的指令。

"我是怎么跟你们说的?"他显出真身后说道。

提亚尔菲瞪大双眼。"哇哦。喔,哇哦。你是托尔。"他说。

"我知道。"托尔说。

"我就知道!"提亚尔菲说,"我是说,托尔。操纵雷电之人。雷神。"

"没错。"托尔说,"如果你还记得我跟你们——"

"哦,哇哦。"提亚尔菲说,"我喜欢你的传说。那次你扮成新娘——"

"别提那件事啦!"萝诗克瓦打断他。

"哦,好吧,那么那一次你从冰巨人手中救下伊瞳,然后——"

"实际上,那是我做的。"我说。

萝诗克瓦小鹿般的眼睛瞪圆了。"哇,天哪,你是洛基。你绝对是阿斯加德诸神中我最喜欢的一位。提亚尔菲,你这个笨蛋,这是洛基哦。活生生的恶作剧之神。托尔和洛基,在我们家里,我们还完全没怀疑过!"

"随便吧。"托尔还在生气,"你们没有遵守我格外关照过的命令。你们全都要为此付出生命代价。"

我指出杀死他的忠实崇拜者很难提升他的公众形象。那时全家人都开始诚惶诚恐地鞠躬作揖,就好像从没见过名人似的。说实在的让我挺反感,可托尔似乎为之所动。

"好吧。好吧,这事就算了吧。"

提亚尔菲和萝诗克瓦高兴地跳了起来。萝诗克瓦掏出一个粉色的小笔记本和一根碳棒,请我在上面签名。提亚尔菲想触摸托尔的胳膊,看看它们是否有看上去那般结实。

"那么,你们是怎么成为神的?"孩子们的父亲问,"有没有什么可以传授的秘诀?还是你们天生就有这资格?因为我儿子老是在说他总有一天要当神,我不知道当神也是门事业。又不像种庄稼。"

托尔向他保证当神的确是门事业。

"那你训不训练弟子呢?"提亚尔菲问,"还是说,嗯,你们会招收新成员?"

托尔告诉他姑且算是两者皆有。

"你是怎么想出那些主意的?"孩子们的母亲问我,"你的那些聪明计划,我不知道你是怎么想出来的。它们就这样突然蹦进你的脑袋吗?"

我微微一笑,告诉她的确如此。

父母二人都显得十分动容。"萝诗克瓦虽然身为一个女孩，却聪明得很。"母亲怜爱地说，"她的小脑瓜里满是各种鬼点子，我都不知道它们是打哪儿来的。而我的提亚尔菲能跑得像风一样快。我从没见过跑得比他更快的人。你们觉不觉得也许他们有——你知道的——潜质？"

我能看出事情变味了。我刚开口准备说没时间培养新人才，就看见托尔的表情，不由得暗骂了一句。托尔并不经常想出什么点子，想出好点子的时候就更少了，可他一旦有了什么主意，想要改变它几乎是不可能的。现在我敢说托尔有了个主意：他双眼一亮，满面通红，胡子根根竖起。

"你可想都别想啊。"我说。

"别这样嘛，洛基。他们多可爱。我觉得我想收下他们。"

"绝对不行。"我说，"我是说，你想拿他们怎么办？"

"提亚尔菲可以搬运我的武器。"托尔说，"萝诗克瓦能为我们做饭洗衣。别扫兴，洛基。他们只是小孩子。再说了，他们把我们当成一切。"

我指出他收养的上两个孩子已然成了羊肉汤。托尔放声大笑。

"这话说得真够洛基。"他大声道，"相信我，收下他们会很有意思的。"

这就是为什么我俩得到了一对追随者。提亚尔菲是托尔的头号崇拜者，萝诗克瓦则是鄙人的第一支持者。但如今想来，我想你也会同意把他们带入未知之境并非明智之举。崇拜者就像名誉自身一样反复无常，当我们允许他们靠得太近时，也就有了暴露致命弱点的危机。崇拜者知道你的弱点后，敌人也会跟着知道。然后我们就会全军覆没。

第八课

午夜日光

太阳永不落下之地,即是一切都有可能之地。

——《洛卡布雷那》

我们仍然在无主之地中漫游。浓雾侵过沼泽,尽管这个时节里北境的太阳几乎永不落下,天气依然冰冷刺骨,惨淡凄凉。我个人已经开始怀念我的炉灶和西格恩的家常菜,可托尔急于在他那满怀期待的新追随者面前好好表现一番,就连我也不愿在露几手之前就打道回府。

于是我们四人走过最后一片冰原,来到一道海湾之前,我们能看见海对面的森林和令人目眩的连绵雪山。

这就是乌特加德①——极北之地。我们早就听说过它的大名，尽管据我们所知，就连奥丁也没有真正到过那里。我们听说那里一年之中有六个月都不见太阳，万物冰封，唯有北极光在墨蓝的寒夜中起舞。夏天很短，还不到三个月，但在这段时间里，混沌统治一切：太阳永不落下，怪物四下横行，草木肆意疯长，据传说所言，此时万事皆有可能发生。

我听在耳里，觉得最好离那地方远点，可提亚尔菲和萝诗克瓦正眨着星星般闪亮的眼睛看着我们，我们能感受到他们的期待——他们的爱意——就像一道枷锁沉沉压在背上。

我猜我们都昏了头。我不知道除此之外还能怎么解释。我们沉醉于盛名之中，甘愿冒最愚蠢的危险也不愿让崇拜者失望。我们在岸边发现一条旧船，已经褪成骨头般的白色，但依然完好。我们把托尔的战车留下，决定跨海进入那片极昼之地。

海峡几乎没有结冰。不到二十四小时我们就在一片宽阔的白色海滩上了岸，海岸上竖立着浮木和死去多时的动物尸骨。

我们把船拖到涨潮线，接着收拾行装直奔内陆而去。群山依然像我们从海峡另一端看去时一样遥远，大半土地都是森林，黑暗、茂密，散发松树的香气，满是我们前所未见的动植物。这里的树是那么高大挺拔，几乎能和世界树媲美；黑松鼠在树干上上

---

① 意为"外域"。

下奔跑；铅灰色的蘑菇几乎有人那么高。这地方奇怪而令人不安。越往深处走，我越感到心神不宁。在深处有东西在看着我们。我能从灵魂深处感到它的存在。

"怕狼吗？"托尔笑了起来，"这笑话够好笑的。魔狼之父被他的亲戚吓到了。"我指出芬里斯一旦食欲大发，并不会单单因为我是他父亲就不一口把我吞下肚。再说，如果在这个外域连蘑菇都能长这么高，那么狼人和——老天保佑——蛇，又能长到多大呢？

"蛇？"提亚尔菲说，"你觉得这里有蛇？"

我耸耸肩。"谁知道？有这个可能。"

提亚尔菲颤抖起来。"我讨厌蛇。尤其是那些当你游泳时藏在芦苇丛里的青蛇。还有躺在路边上，让人几乎看不见的褐色蛇。还有那些挂在树上的巨大的……"

就在这时，我意识到自己好像找了个比海尼尔更烦人的旅伴。我打算用如尼魔法 Naudr 封住他的嘴，但他可是托尔的头牌崇拜者，我担心雷神会反对我封了他的天字第一号粉丝的嘴。于是我们继续穿越森林，鄙人感觉越来越心神不安，提亚尔菲也在片刻不停地欢快谈论着蛇。

这时下雨了。是那种没完没了的瓢泼大雨。雨水淌过我们的脊背，压塌我们的头发，让林中充满腐木和酸臭而潮湿的土壤味道。我已经饿了，但路好像没个尽头，我还没有走投无路到吃松鼠的地步。

"我累了。"萝诗克瓦说（我能从她那充满信任的表情中看出她指望我解决这个问题），"差不多该是扎营的时间了吧？"

我环顾四周，不知道我们到底走了多久。我依然能看见树丛间洒下的日光，现在是极昼，我猜实际上应该已经很晚了。我不想睡在森林里，但似乎已别无选择。这里没有居住者的迹象：没有住所，连樵夫小屋都不见一个。我们沿着狭窄的小道继续行走，最终来到一片林间空地，其间有一栋建筑。这栋建筑十分古怪，不成形状，不能算有大厅，又不能算作洞穴，无门无窗，不知是不是入口的部分宽到几乎和地面到天花板的高度一样。不过它面积不小。尽管这房子看起来并不友善，好歹也能为我们遮风挡雨。

"今晚就睡这儿吧。"我提议道，"看起来完全是座空屋。"

孩子们怀疑地看着我。也许他们指望他们的神明提供更好的住处，但我们已经走了好几个小时了，我又冷又累。这个洞穴——这栋建筑，不管它是什么玩意，至少都能让我们干干爽爽住到早晨。

我们睡了一个小时左右就被一声巨响吵醒。不祥的轰隆声随之而来，地面像暴风雨中的一叶小舟般晃动……

"地震了！"托尔说。

"太棒了。"我说。

提亚尔菲和萝诗克瓦死死抓住对方,两人都面色苍白,浑身发抖。我奔向洞穴入口,隐隐以为会有落石,但几乎就在那一刻,巨响停止了,地面也不再晃动。很快,一切又恢复了平静。如果这真是地震,那它也已经结束了。

外面的雨完全没有减弱的势头。

我们为是否离开这里而争吵。再来一次地震我们可能就会被困在这座神秘的建筑之内。但从另一方面来说,在森林里过夜很难说会有好下场。

"我不觉得外面比这里更安全。"托尔说,"森林里可能有狼和更可怕的东西。要我说,我们就在这儿过夜。万一有什么上门袭击,我们也应该能抵抗。听说这一带有怪物哦。"

"现在他倒跟我说起这话来了。"我小声嘟囔。

所以我们退到房内,在半明半暗之中,我们发现有一个倾斜的浅洞。那里面更温暖,也更安全。如果真要打起来,至少不会腹背受敌。我们在里面睡下,但睡得很不踏实;夜里外面响起过两次沉闷的号叫声。也有可能是睡着的托尔在放屁,但总体来说我很怀疑这个猜测。

我把斗篷盖过头顶,试图忽略那奇怪的声音,但大约四小时过后,一个疲倦不堪的恶作剧之神终于忍无可忍,蹑手蹑脚走到洞口,想看究竟发生了什么事。

我首先看见的是一双和普通的花园小屋差不多大的脚。观察表明它们属于一个睡觉的人,一个体积壮观的巨人,正在睡梦中打鼾。

我告诉了托尔。"难怪刚才又是巨响又是地震。看起来你不是唯一一个在睡梦中既会放屁又会像猪一样打鼾的家伙。"

托尔自己出去确认。我谨慎地保持距离跟在后面。托尔靠近时,那巨人睁开一只眼睛(大如谷仓门,灰如淡水牡蛎)说:"你好啊,小家伙。"

"你是谁?"托尔不太高兴被人以"小"字相称。

"斯克里米尔。"巨人回答。他的声音深沉如大海。他靠近了些,看着我俩。"如果我没弄错的话,你是阿萨族的托尔。而你则是洛基,恶作剧之神。"

我不得不承认正是我本人。

他笑了。"我听说过那些故事了。但我以为现实中你的个子会更大哩。有人看到我的手套了吗?"他站起身四下张望。"啊,找到了!"那时我才意识到我们过夜的那个房子是斯克里米尔的手套,硕大无朋的以皮革缝制的连指手套,拇指则有另一个独立空间。那里正是我们睡觉的地方——难怪满是羊骚味,四壁的材质也很奇怪,非石非木,也不是任何我认识的建筑材料。

提亚尔菲和萝诗克瓦已经从手套开口处出来了,战战兢兢地望着斯克里米尔。他戴上手套,背起行李,站起身来,准备上路。

然后他似乎想到了什么。"如果你们想见我的族人，我们的据点离这里不远。乌特加德。我可以给你们带路。"

我们思考了片刻。之前我已经说过，乌特加德早已名声在外。据传有一座堡垒深埋在冻土层之下，用以对抗阿斯加德，其统治者是一位魔法和如尼文大师。还没人深入到如此遥远的北方以证明这些传闻的真实性，但如果它们有一两分真实性的话，我和托尔只身前往此地应该并非明智之举。

可提亚尔菲和萝诗克瓦正看着我们，于是——我还能说什么？

"成啊。"托尔说。

"我会尽可能领你们走得更远些。"斯克里米尔说，"我的目的地不是回乌特加德，不过我能告诉你们怎么走到城门。跟我走，我会驮运你们的装备。"

于是我们把包袱交给了他，包括我们最后的食物、干衣服和一切补给品。然后我们随斯克里米尔前行——或者至少说我们试图跟随他。这大家伙走得实在太快了，他步子那么大，很快就把我们抛在了后面。就连年轻力壮的提亚尔菲都需要全力奔跑才能勉强跟上他的步伐，而且很快就精疲力尽。

但斯克里米尔的去向并不难追踪。我们远远地就能听见他前进的声响，看见他经过森林时沿途留下的痕迹：一整行倒下的树木。我们整个白天都跟随他的踪迹前进，随时间推移愈发饥肠辘辘急躁不安,终于在一片古老的橡树林下追上了他。他正坐在自己的铺盖卷上,吃下最后一口超大分量的晚餐。

托尔大步流星走到他面前,面色不善。

斯克里米尔向他露出巨大的微笑。"哦,你来了,阿萨族的托尔。我刚准备睡下呢。在户外走了整整一天,我可累坏了。"

"我们的晚饭怎么办?"托尔咆哮道。

"请自便。"斯克里米尔说,"食物在我的包裹里。我要去睡了。"他把自己裹进被窝卷,很快鼾声如雷。

但巨人包裹上打的结看似十分复杂。托尔与之较量一番却无果,于是他转向在下我。

"喂,你来试试。你擅长打结。"

可就连我也打不开这个袋子。它的结打得太紧,又太光滑。我把袋子交给提亚尔菲和萝诗克瓦,心想他们的细小手指或许更灵活,但还是失败了。

"斯克里米尔是故意的。"托尔说,"他从一开始就在贬低我们。他想小看我们。"

我不置可否。"怎么说呢,对一个和山一般大小的家伙来说,这么做可不难。"

雷神拿起他的神锤。"他们个子越大,摔得就越惨。"他说完便投出米奥尔尼尔,砸在斯克里米尔的脑袋上。

斯克里米尔醒了。"那是什么?有片叶子落在我头上了么?"

他翻了个身,"托尔,是你吗?你吃过饭了吗?"

雷神震惊到只能张大嘴干瞪眼。

"吃完就去睡觉吧。"斯克里米尔说,"明天早晨见。"

不出两分钟,他就再次睡了过去,鼾声活像一支家猪大军。我们剩下的这几个人面面相觑,耸耸肩膀,准备饿着肚子上床睡觉。

这种感觉比我之前设想的更难受。即使是在树荫之中,那奇异的光线依然令人不安。到了午夜,太阳依然在树顶红彤彤地照耀。这让我难以成眠,此外托尔的肚子还在咕咕直叫,声音几乎和斯克里米尔的鼾声一样响亮。我馋得要命,但心知不可能请求斯克里米尔帮忙解开那个背包。首先,这么做的话托尔会羞辱万分,先杀我再自杀。其次,提亚尔菲和萝诗克瓦在一边看着呢,他们对我们怀有很高的期待。所以我就饿着肚子干躺着,毫无睡意,思考自己为何明明在阿斯加德有个老婆,却跑到这里瞎闹。没错,我都被逼到这个份上了,都差点开始思念西格恩了。

最后托尔坐起身来。我可以分辨出他试图秘密行动,但这真不是他的长项。我透过眯起的眼睛看着他走到斯克里米尔身边。他手持米奥尔尼尔,我能看出他准备下杀手。在他的头号粉丝面前杀死那个巨人——这一拙劣企图一定已经萦绕在他心里多时。他再一次举起锤子用力挥下,发出一声令人恶心的撞击声……

斯克里米尔醒了。"那是什么?"他说,"我敢肯定有根小树枝落在我头上了。是你吗？阿萨族的托尔？你为什么醒着？已经到早上了？"

托尔明显已经丧失杀意。"没什么。"他说。"继续睡吧。"

于是巨人又翻了个身，和之前一样鼾声震天地酣然入睡了。

接下来托尔等了更久的时间，但我知道他没有睡着。托尔不是那种擅长隐藏敌意的人，从他的喃喃自语、咬牙切齿、肚子的咕噜声和其他野兽般的声响中我察觉到他十分受挫。最终他又起身，手持米奥尔尼尔，大步走到斯克里米尔身边，在巨人的眉心落下震天动地的一击，令林中群鸟四下飞散，树木倒塌，邻近的整个村庄都因冲击而震动。

斯克里米尔坐起身来。"到早上了？"他问。

托尔明显在颤抖。

"那棵树上一定有鸟儿筑巢。"斯克里米尔说着，站了起来，"我敢肯定我感觉到了有什么东西滴到了我脸上。不过无所谓。我很高兴看到你已经起来了。该继续我们的旅程了。你吃过早饭了吗？"

托尔只发出一声怒骂。

"那我们出发吧。我家不远了。但是有句话要说在前头。我的族人并不习惯陌生人的到来，他们可不会善待傲慢的客人。你们这些神可能自以为是阿斯加德的顶尖人物，可在这外域，你们只是些不入流的小可爱。乌特加德·洛基和他的子民无法忍受任何愚蠢的行为。"

"乌特加德·洛基?"我惊讶地说。

"他是外域的王。怎么?你以为你是九界里唯一的恶作剧之神?"

随后他起身准备出发。他之前的好脾气似乎已经消失无踪,今天早上显得莫名其妙地乖戾。

"我要向北走,走到山那边。"他说,"如果我是你们,就掉头直奔老家了。我不觉得你们在乌特加德人之中能有多大作为。但如果你们执意前往——那好。从这往东走,你们就会找到那座城市,不出一天的路程。"他扛起包裹(我们的全部家当依然在里面),又开始穿越树林。

"哇哦。我已经开始想念他啦。"我说,"简直等不及拜会他的家人了。"我转向来时的方向。"该走这边吧,我猜。明天早上就能抵达海边。"

"我们要往回走?"提亚尔菲问托尔,"在他那样贬低你之后?"

我试图向他解释勇敢不是有勇无谋。那里的满城居民都是像斯克里米尔一样不为雷神之锤所动的巨人,其统治者又将诸神视为不入流的小可爱——这正好是我的危险黑名单上列在前排的事项。

但是托尔的目光冰冷如刀。"我们要去那座城市。"他说,

"我要会会那个恶作剧之神的巨人王。而且你也要跟我一起来。"

"我吗?"

"就是你。"

这就是为什么我们一路向东,走向乌特加德和我们的覆灭。

第九课

外 域

个头越大,摔得越狠?这话你跟山说去。

——《洛卡布雷那》

我们在正午时分离开森林,头顶着这片明亮得诡异的天空,逐渐接近一座光秃秃的山脉,其间有三个古怪的山谷——全都四四方方,其中有一个格外深——看上去就像缺了颗牙齿。在山脉之后就是平原,还有斯克里米尔向我们保证过的要塞乌特加德,是我们曾见过的最宏大的堡垒,城墙之高能与阿斯加德媲美。我们接近城堡,敲响巨大的铁门,但无人应声。

"不知为何我之前还期待能受到更热烈的欢迎呢。"托尔说。

"什么欢迎？杀猪宰牛？"我说，"仔细想想的话，烤牛肉应该不错……"

提亚尔菲和萝诗克瓦瞪着又大又圆的眼睛看着我。

"你觉得我们能进去？"男孩问。

我们透过宏伟的厅堂上的铁栏，看见乌特加德令人眼花缭乱的尖顶。托尔用拳头猛敲大门，喊人来开门，最后使出浑身力气砰砰猛捶，却还是徒然。没人听见我们的叫门声，城门一如既往地毫无反应。

"好吧，我们不能使蛮力进城。"我说，"但尺寸不代表一切。"我从门上的铁栏杆之间钻了进去，示意大家也照做。两个小孩轻轻松松跟在我身后，但更高更壮的托尔不得不扳开两道熟铁铸成的栏杆后方能踏足城内。

他走向最大的那座厅堂，这是一座以巨大白色岩石块凿成的建筑，门以一整条橡木树干制成，外包铁皮。门是开着的，我们向内望去，看见一群巨人：有男有女，有老有少，或坐在庞大的桌子四周，或斜倚在长椅上，或在别处喝酒作乐。他们的盾牌整齐地摆放在大厅四周，光亮的表面反射着无数蜡烛的火光。

有一个巨人独自坐在比其他人更高的位置上。

"那一定是乌特加德·洛基。"我说。

我们走了进去。巨人们过了好一会儿才发现我们的存在。他们开始微笑。

微笑又变成大笑。托尔狠狠咬紧牙关。"有什么好笑的?"他问。

巨人们只笑得更开心了。托尔咬牙切齿,无视他们的存在,直接穿过大厅,走到乌特加德·洛基的王座之前。

"你好,乌特加德·洛基……"他开口道。

"我知道你是谁。"国王说,"新闻在外域传播得很快。我猜你就是托尔,操纵雷电之人。你知道吗,我以为你会更高大点呢?"

托尔发出咕咕哝哝的声音。

"不过,尺寸不代表一切。"国王接着说,"也许你有我们尚不知晓的能力。我们并不经常允许外人留在城里,除非他们身怀绝技。你和你的朋友们都有些什么绝活?给我们露两手吧。"

我那时已经完全饿疯了。斯克里米尔拿走了我们大部分食物,路上除了几把云莓外什么吃的都没有。我意识到自己最后一顿像样的饭其实还是好几天前那道炖山羊肉。

"好吧。"我说,"我有一门本事。我敢打赌我比这个大厅里任何人都吃得更快。"巨人王看了看我。"你这样想吗?"他说。

"我当然能试试。"

我琢磨着这个方法好歹能让我吃上点东西。

于是巨人们将装满烤肉的长食盘抬到桌上。闻起来太棒了,我差点无法抑制飞扑上去的欲望。

"洛奇！"巨人王指着一个坐在大厅后面的巨人说，"你来接受这项挑战如何？"

我看向洛奇，一时间觉得他很眼熟。也许是因为他身上魔力的颜色，从中能匆匆瞥见混沌界的景象。

然后我耸耸肩膀。那又如何？我想。他个子不算很大。我敢肯定我能赢他。

乌特加德·洛基让我们坐在食盘两端。比赛的总体思路是我们以最快速度吃食盘里的肉，等到全部吃完后看谁扫荡的面积更大。

好的，开了个好头。提亚尔菲和萝诗克瓦在一旁为我加油。我埋头尽全力大吃起来。我从没像现在这样饿过，而洛奇——不管他叫什么——应该每顿饭都按时吃了才是。

等吃到盘子中央和那家伙相遇时我才第一次抬起头，比赛一时间看起来胜负难分。然后乌特加德·洛基指出尽管我把骨头上的肉全都吃了，可洛奇连骨头也吃得干干净净——包括大半个盘子。

"干得不错，输家。"洛奇说完懒散地回到他的桌旁。

提亚尔菲和萝诗克瓦垂头丧气。

我看了乌特加德·洛基一眼。我真的不喜欢这家伙。并不单单因为他的做派，或因为他和我分享同一个名字，也因为他身上有些东西不对劲；他的魔力的颜色不正常。我试图用如尼魔法

Bjarkán 来看清他，但大厅里充满来自巨人那些锃亮盾牌的反光，让我看不真切。我只清楚知道一件事——他很狡猾。狡猾，或许还很危险。

巨人王看着提亚尔菲。"你看起来像个人类。"他说，"你有没有什么能让我们乐一乐的特技？"

"我擅长跑步。"提亚尔菲说，"在家乡的时候，我还从没输过。"

乌特加德·洛基似乎将信将疑。"那好。"他最后说。"那就比赛跑步吧！我们会让你和年轻的胡吉较量。"他朝一直在旁观看的年轻巨人之一挥了挥手。"我们到外面去看看谁能胜出。"

乌特加德·洛基的厅堂背后有一道长而宽阔的草地。"我们就在这里运动。"国王说，"让我们来看看这年轻人表现如何吧。"

比赛分为三个阶段。第一回合时提亚尔菲跑得不错，但胡吉首先赶到比赛终点，还来得及回头欢迎提亚尔菲。

"还算不错。"乌特加德·洛基说，"现在你看过胡吉是怎么跑的了，也许下一回合你能更努力。"

第二回合时，提亚尔菲跑得更快了。我能看见他拼尽全力的表情，他的双脚几乎不沾地面。然而胡吉跑得更快；这一次他到达终点后还来得及朝向这边冲来的提亚尔菲挥手。

乌特加德·洛基露出微笑。"对人类来说还算不差。但我觉得你如果想与胡吉比肩，还得再加把劲儿。"

提亚尔菲为第三回合做好准备。这一次,不管是如何做到的,我想他甚至跑得更快了。但胡吉依然比他更快——快如一道幻影——在提亚尔菲才跑到半路时就到达了终点。

"很有勇气的尝试。"胡吉对提亚尔菲说,"但我想我们都清楚谁才是赢家。"

一直在旁咬紧牙关观看的托尔此时大跨步走向乌特加德·洛基,没有比我更清楚这些迹象的人了:雷神正在逐渐失去耐心。

"哦,是你啊,阿萨族的托尔。"国王说,"你有什么能拿出来展示的能力吗?我听说过各种各样天马行空的故事,但看过你同伴的表现之后,我有些倾向于忘掉那些故事了。在人类中间四处招摇、用胡吹牛皮打动他们可是很容易的。可一旦让你和真正的男人比试呢……"

托尔咆哮道:"我会在酒桌上把你们全放倒。"

巨人王挑了挑眉。"比赛喝酒?真的吗?"他说,"我事先说清楚,我们乌特加德人可都是酒豪。冬天一到,黑暗无光,除了喝酒也没别的事好做了。"

"拿酒来,"托尔说,"会让你看清楚的。阿斯加德没人能喝得过我,就连诸神之父本人都不行。"

"那好吧。"乌特加德·洛基说。我们跟他回到大厅,一个仆人将一个工艺精巧的头盖骨角杯呈至他的桌上。"我的子民中的大多数人都喜欢用这只专为正式场合准备的酒杯喝酒。我们最厉害的酒豪能一口气喝干它。剩下的大部分人也都能分两口喝完。让我们看看你的本事，小托尔。"

托尔的脸已经涨得通红了。他不习惯被嘲弄，更接受不了拿他的身材开玩笑。我看了看那只角杯。它很长，但乌特加德·洛基还没见过托尔喝酒。我想也许这一次他低估了神的实力。

托尔深吸了一口气，把酒杯送至嘴边。然后他开始豪饮，大口大口灌下杯中的酒。我觉得闻起来像某种啤酒，度数不高，有一点点咸味。我敢肯定这杯酒对雷神来说根本算不了什么。可当托尔放下酒杯，边大口喘气边看向杯内，杯中的酒几乎没有减少。

"别在意。"巨人王说，"对你这样一个如此娇小的人来说能喝这么多已经很了不起了。再试一次吧。分两次应该可以喝完。就连这里的妇女儿童都能三口饮尽呢。"

托尔没说什么，再次举起酒杯。我能感觉到他身上散发出的怒意。他脖颈上的肌肉不住起伏，他一直喝到面红耳赤……

可他终于放下角杯后，在我看来，杯中啤酒大概只减少了约莫一寸。

托尔像发怒的狗一样左右摆头。

"好吧，如果这就是阿斯加德的酒徒之冠，"乌特加德·洛基嘴边挂着一丝微笑说，"我真想知道你们是怎么过了这么久的安生日子的。你们的敌人想必非常好骗，轻易就相信一切有关你们的力量的谣传。"

"我的力量!"托尔说,"随便你来测。你们这里有什么重物吗?"乌特加德·洛基似乎被逗乐了。"我不知道我是否应该鼓励你用这样的方式让自己出丑。但我们的一些年轻人会玩一种叫'抬猫猫'的游戏。也许你可以试试。我通常不会建议你这种身材的人……"他假惺惺地笑了笑,"但也许你会出乎我们的意料呢。"

他敲出一种奇怪的声音,一只猫从桌底钻了出来。它是只相当大的猫,毛色漆黑,生着一双困倦的黄眼。

"我该怎么做?"托尔说。

"这还用问吗,当然是把它从地上举起来了。别觉得心灵受伤,这可是只大猫,你的体格又偏小。"

托尔大吼一声,叉开双腿,用双手抓住那只猫,然后把它的身体高高举到半空中——可那猫拱起脊背,发出咕噜咕噜的喉音,后腿还牢牢站在地上。托尔试图抓得更牢,可那只猫柔若无骨,滚来滚去,不停蠕动,托尔的运气也并没有转好。最终,托尔干脆拦腰抓住猫,一边使劲一边骂骂咧咧,把它高举过头,最大程度地伸长双臂……

那猫不叫了,收起了一只踩在地上的爪子。

巨人们发出嘲讽的掌声。提亚尔菲以手掩面。托尔愤怒地转向乌特加德·洛基。"我要和你摔跤。"他说,"不玩花招,不玩猫，不玩游戏。我要和你摔跤。"

"谁，我吗？"乌特加德·洛基说，"哦，得了吧。我想事到如今你也该学会放谦虚一点了吧。这间屋子里没人会同意和你这样的小个子摔跤的。这对你不公平——对我们来说也不光彩。"

"你不敢跟我打。"托尔说。

"完全不是这回事。"巨人王说，"但我可能会伤到你。这样吧——我的老保姆有时也喜欢摔跤。她可比看上去更强壮，也经常跟孩子们比画。"他抬高嗓门道："埃丽！过来！"

一个老态龙钟的老女人走进大厅。白发苍苍，佝偻着腰，双眼明亮，脸上除了皱纹还是皱纹。托尔紧咬牙关的模样令人不忍直视。可那老太婆一听说他要找人摔跤就嘿嘿笑了起来。"好啊！"她丢掉拐杖，"自从我家老家伙死后我还从没这么靠近过男人哩。让我瞧瞧你是不是绣花枕头吧，大男孩！"她说完就扑向雷神。

"我呢？"萝诗克瓦小声道，她一直专注地看着事情发展。

"我就没有上去比试的机会吗？"

"别傻了。女孩子不和人比试。"提亚尔菲还在喘着粗气，"女孩就该乖乖坐在一边看，也许还该给她们的兄弟端杯水来？"

萝诗克瓦狠狠踹了他的胫骨一脚。

"哎哟！"

这还是那天我第一次发笑。

与此同时，托尔和埃丽在激烈地缠斗。起初托尔没使全力，害怕伤到那老太婆。但很快他意识到她不像外表那么赢弱。这具佝偻而苍老的身体远非看上去那么不堪一击，他试图把她摔出去时，她迅速扎稳脚跟，哈哈大笑，用瘦骨嶙峋的手指击打他所有最敏感的弱点部位，逼他不得不转攻为防，以免自己被扔了出去。

突然，那老太婆身体一扭，锁住托尔的双臂，迅速欺到他身后。托尔试图摆脱束缚，可他已经失去了平衡；他单膝跪倒在地。

巨人们咆哮起来。

托尔脸红脖子粗。

提亚尔菲看着萝诗克瓦，我能感觉到他们的幻灭。原来神也不过是凡人——这样可怕的时刻几乎令人为之心碎。我自己也因失败而脸面无光，在我们的年轻朋友的眼里，我们再也不会是当初那两个神祇了，只是两个一败涂地的二流英雄。

该死的，这真伤人。我开始发现名声并非完全意味着美女和免费啤酒。它也是伴随着期待而来的诅咒——以及发现自己不如预期时的苦涩。也许这就是我一直质疑父亲这个角色的原因，也许我早已本能地知道，如果在自己的孩子脸上看见这样的幻灭神色，我将会有多么伤心。

"够了。"乌特加德·洛基说，"我们已经测试过客人的极限。

现在是时候好好放松——时间已经不早。我们都累了。"那天晚上剩余的时间里我们一直在吃吃喝喝,聆听国王的侍从们演奏的音乐。谢天谢地,乌特加德没有鲁特琴,但他们有许多重型吉他,弹着无止无休的繁复独奏曲。大获全胜的乌特加德·洛基现在的态度之和善正如他之前的态度之无礼,他为我们提供最好的肉和他桌上最佳的座位。我们不怎么享受——托尔和我羞耻难当,而提亚尔菲和萝诗克瓦则为精神上的失望所苦——但巨人王煞费苦心地尽力确保我们在剩下的时间里舒适愉快。我们盖着毛皮睡在柔软的床上,到早上起床时,主人已经在向我们问候了。他再一次好酒好肉招待我们,尽管其余族人依然在大厅的地面上呼呼大睡,随后他陪我们出门,回到山岭处。

"我就送你们到这儿了。"他终于停下来对我们说。离开乌特加德的一路上,我们都全然没有聊天的兴致。托尔还在为自己的失败而生气,萝诗克瓦闷闷不乐,因为没人让她也露两手,提亚尔菲还只能一瘸一拐地走路。直面现实吧,我们都被羞辱了,我们都想努力忘记这段经历,忘得越快越好。

"所以,你们觉得我的城市如何?"乌特加德面带笑容说,"你们觉得自己给我和我的族人留下了什么样的印象?"

托尔无精打采地摇头。"我想我们对自己的表现都心知肚明。"

乌特加德·洛基又笑了。"听我说。"他说,"阿萨族的托尔啊，如果我早就知道你有多么强壮，阿斯加德诸神的力量又是怎样凌驾于我的族人之上，我是绝不会让你走进这座城市方圆百里之内的。你知道你差点就要了我们所有人的命吗？"

"我不明白。"托尔困惑地说。

可我开始猜到真相了。这个城市充满魔力。那个大厅里的魔力纷杂到令人无法辨别的地步。我想这是一个用烟雾和镜子耍的花招，法力强大的如尼大师以自己的魔力增强了迷惑的效果。至于那位巨人王？斯克里米尔曾告诉我们他是一个恶作剧之王，一个甚至能与恶作剧之神本人媲美的恶作剧之王。

"我想我明白了。"我告诉他，"你就是斯克里米尔，对不对？"

乌特加德·洛基向我露出微笑。"没错。我正是斯克里米尔。那时我见你们远道而来，便想探明你们的身份，了解你们将对我们产生怎样的威胁。还记得那个放了食物的口袋吗？我用代表束缚者的如尼符文Naudr把它扎紧，所以你们才打不开。后来托尔在试图用他那把漂亮锤子——顺便说一句，那可是件好武器，但使用方法才更重要——砸烂我的头盖骨时，他也许自以为砸中了我，但实际上他瞄准的是山脊——那座有着三个方形山谷的山。那些山谷其实是托尔的锤子砸出来的。"

托尔不是那种很快就能消化信息的人。他仔细琢磨了一会儿巨人说的话，然后皱眉道："然后呢？"

"我的手下洛奇，那个在大胃王比赛中击败洛基的人，"乌特加德·洛基朝我眨眨眼，"他其实是元素形态的野火，因此才看起来很眼熟——也因此才能连食物带盘子一股脑吃下。提亚尔菲的速度之快简直让我难以置信，但他的对手是胡吉①，也就是思想的速度。至于你呢，阿萨族的托尔……"他再次转向慢慢开始脸红的托尔，"那只你从中饮下海量美酒的角杯——其实是一个通往唯一之海的漏斗，所以等你们回去时就能亲眼见证海潮退了多远。而那只猫便是首尾相连着盘旋在世界之外的尘世巨蟒，你把它抬得那么高，差一点就将它拽出海面了。至于我那老保姆埃丽②……"乌特加德·洛基摇摇头。"那是衰老的化身，而她也只逼得你单膝跪地。"他没有继续说下去，目光依次扫过我们几人。"所以，"他说，"该说再见了。你们永远也不会再见到我或我的城市了。我会用魔力永久隐藏我们的行踪。你们的人就算找上一千年也绝不会找到我们。让我们记住这次教训，好吗？人不犯我，我不犯人，这就是我想说的。"

眼下托尔的脸已经憋成了紫色。他抓住米奥尔尼尔高举过头。但还没等他砸下，乌特加德的恶作剧之神已经变形消失了，唯留一丝似有似无的焦味和通往地下深处的痕迹。我们转身看向

---

① 胡吉 Hugi 在古斯堪的纳维亚语中意为"思想"。
② 埃丽 Elli 在古斯堪的纳维亚语中意为"衰老"。

乌特加德，只看见曾经矗立着那座微光闪烁的城市的地方——那些城墙，那些门扉，那些闪亮的尖顶——都已经消失得无影无踪，只剩下草地和平原，目之所及之处内毫无文明的痕迹。

"哇。"提亚尔菲说，"这真是——哇哦。等我回去把这事告诉老家的人。"我看着他。"如果我是你，我就把这个故事留给自己珍藏。"

托尔大叫："这事还没完。"

我耸耸肩。一切都结束了，他自己也清楚。

"认命吧。"我说，"我们都被耍了。你再计较下去，这故事可就要传遍中庭世界了。回家吧。如果有人问起，就当我们根本没来过这里。"

于是我们回到阿斯加德，假装什么也没发生。途中我们把提亚尔菲和萝诗克瓦送回他们父母的住处——那时我们都已经受够了出名、尝够了欢呼和期待的滋味——然后驾车穿过偏僻小道，扮作人类，保持低调。

我们谁也没有向人提起这段在极昼之地的旅行，尽管有时当我看着奥丁时，我很想知道他心里知道的是不是比嘴上说的多。不论如何，这个故事传遍中庭世界的每个角落，其受欢迎度几可与托尔嫁给索列姆的故事相比。没过多久每个人就都知道恶作剧之神是怎样栽在了自己的拿手好戏上。有人大笑，有人嘲讽，有人施与同情。有人则对我的失败耿耿于怀，好像我是故意让他们失望似的。

托尔的名声倒是更胜以往了，我觉得。毕竟智慧从来都不是他的强项，可我在智慧方面的名誉永远不会恢复如初。我已经自证并非完人——对神来说永远不是件好事——我挣来的那些不够真诚的敬意很快就出现了污点。毫无疑问，全都是托尔的错。是他非要带上提亚尔菲和萝诗克瓦的；是他决定去极昼之地的；也是他命令我们去乌特加德的。

就像这样，肥皂泡破灭了。那种可怕的满足感消失了。我的美名再一次转变为恶名。那团纠缠的铁棘再一次钻进了我的心，每当看见自己的两个双胞胎儿子，就如同看到了他们对我有多么失望。那便是一切的起因。他们眼中的那种神色。也正因为此，随着时间流逝，我逐渐意识到了自己那受伤的嘴唇，受伤的灵魂，受伤的名誉。

我一直都是能言善道之人。如今，我的言语不知所踪。我化身为鹰度过了太长时间；我睡得太少；我喝得太多。从始至终，两个不起眼的词都一直像奥丁的乌鸦般在我脑中彼此追逐。

两个词语，一个目标。

扳倒托尔。

第十课

父 亲

一鸟在手,鸟屎我有。①

——《洛卡布雷那》

当然这可不容易。托尔几乎是不可战胜的。就算没了米奥尔尼尔,没了他的防火手套,没了他的力量腰带,他依然是号不容小觑的人物。我可没说要动用蛮力;托尔常犯的毛病是过于信任,这正是我准备加以利用的地方。

第一步是设下圈套,引他上钩。比我预想的要难——倒不是

---

① 改自谚语"一鸟在手,胜过二鸟在林"。

因为托尔树敌不多,实际上,九界遍布欲图加害于他之人——而是因为没人相信我竟会背叛他。我们的名气已经招致一些过分渲染我们二人友情的传闻,此外,恶作剧之神的美名也使得我不论去拉拢谁都会被对方立刻(同时也是不公平地)认为我不可信赖。

不,直截了当的拉拢已经行不通了。我的手腕必须更巧妙些。劝说目标人物,让他把我的想法当成他自己的。

放长线,钓大鱼,就是这么回事。

于是我化身为鹰拜访冰巨人。自从索列姆死后这还是我第一次来到那个国度,目标是索列姆的继任者,一个名叫盖尔罗德的暴君。我早已对他有所耳闻,知道他野心勃勃,知道他自以为很聪明,知道他喜欢带鹰狩猎,用来捕捉训练用的鸟儿的手段也不同寻常。我还知道他憎恨托尔,因为托尔碰巧杀了他的一个亲戚,这使他成为我的计划的理想目标。

尽管如此,在夏基和索列姆的死亡之后,再没有哪个冰巨人的首领会对交易心存幻想。不,我必须想法接近盖尔罗德,让他自以为占了上风——我也知道这不是什么美妙的前景,但你得先付出才有收获。于是我飞到盖尔罗德的帐篷,他本人正在训鹰。我落在附近一根树枝上,静观其变。

这个陷阱很简单,但也很有效。有猎人在我栖息的这根树枝上涂了某种胶水。当我准备飞走时,发现双脚黏在了树枝上,在能做出反应之前就被抓进了笼子。真是莫大的耻辱啊。

当然在这段令人不快的过程中,我由始至终都维持鹰的形态,又咬又叫,不停拍打翅膀。盖尔罗德看到我时,敏锐而贪婪的双眼不由得一亮。

"这只很有精神。我要亲自训练它。给它系上脚带,再喂点剩饭。有它辅佐,我会是个出色的猎人。"

我瞪着他。他似乎觉得很有趣。我不喜欢被关在笼子里,也不喜欢被绑上脚带,但盖尔罗德周身萦绕着魔力,我知道他早就识破了我的身份。他唤来他的女儿们,两个貌不惊人的女孩,一个叫格嘉普,一个叫格蕾普,两人齐刷刷盯着被关在笼子里的鄙人。

"这只鹰很有意思。"盖尔罗德说,"看看他的眼睛。"

我闭上眼假装睡觉。

"你是谁?"盖尔罗德说,"报上名来。"

我当然沉默以对。

他试图施展咒语探寻我的名字——真名一旦被人知晓,你就会为此人所制,如果我是只寻常的鸟,这魔法便可证明我的清白。

但尽管我的姓名没有暴露,我有能力抵御这魔法的事实也足以让盖尔罗德察觉真相了。

于是他打开笼子,紧紧扼住我的咽喉。我挣扎着试图咬他,但盖尔罗德熟谙驯鹰之道。

"我知道你不是寻常的鸟。"他说,"告诉我你姓甚名谁,不然有你好受的。"

我猜如果他怀疑自己被耍了的话我会遭更多的罪。于是我继续装傻,什么也没说。

"好啊。"盖尔罗德说,"我可等得起。一周后我们再看你感觉如何。"于是他打开一个巨大的铁箱,把拼命挣扎的我强塞了进去。我无法变形;之前耗费太多魔力隐藏行踪躲过捕食者,现在法力已所剩无几。我等他们来释放我,但随着时间推移,我发现盖尔罗德的威胁是来真的。他准备把我在这里关上一周,让我饥肠辘辘、因缺氧而头晕眼花,除非我同意合作。

这就像夏基一事重演,只不过这一次是我主动选择了这样的命运。我现在的处境完全在自己的计划之中,但几天的囚禁生活过后,我开始思考自己的方案是不是太胡来了。我当然需要让盖尔罗德相信他真的击垮了我,可问题是我不知道自己还能不能撑到最后。

日子一天天过去,折磨丝毫没有减轻。我又饿又渴。七天过后,盖尔罗德打开铁箱,又掐住我的脖子把我拎了出去。

"怎样?你准备自报家门了吗?"

我贪婪地大口呼吸空气。感觉真好,但我警醒地察觉到被关了七天之后我变得有多么虚弱。再来这套的话我可真的没力气继续了。然而我坚持扮作鹰，因为我知道如果他开始起疑，我就只能任由他摆布。

"很好。你这态度又给你赚了一周的禁闭。"他说完又把我关进铁箱。

现在我没办法再从容对待牢狱之灾了。像鄙人这般自由不羁的灵魂是绝不该遭到囚禁的。我再一次汗水淋漓，饥饿难当，听着从外面传来的沉闷的声音。七天过后，我的绑架者再一次打开了铁箱。

"怎么样？你有什么想说的吗？"他说。

我被突如其来的阳光闪花了眼，急不可耐地大口大口呼吸空气。现在我已极端虚弱，饥渴感折磨着肚腹，羽毛已经破损蒙尘。

"我数到三。"盖尔罗德说，"再不说就再关你一周。一、二——"

"饶命啊！"我说完化为人身。我不需要再装腔作势扮可怜了，现在的我真的很凄惨。一丝不挂，饥肠辘辘，跪在地上，喉咙干到几乎不能说话。"饶命，求求你了。"我重复道。

盖尔罗德瞪大了黑眼。"我认得你。"他慢慢说道，"你是那只狡猾的黄鼠狼洛基。"

我试图起身，但做不到。更别说变形了。"你不会想要我的。"我告诉他，"我一文不名。看看我这副鬼样子。没人会花钱赎我，大家甚至都不会发现我失踪了。放我走吧，我保证你会得到回报。你想要什么我都能找到。"

盖尔罗德斟酌片刻。"什么都行？"

"我发誓。"我说，"金钱，女人，力量——复仇——只要你想要的我都会给你。"

盖尔罗德陷入了更深的思索。"我选复仇，怎么样？"

"当然可以。"我掩饰自己的笑容，"我向你保证。"

"那好。"盖尔罗德说，"那就是复仇了。我要你把托尔带到我的大厅来，不得携带他的神锤米奥尔尼尔。"

我看着他，带着一脸苦苦哀求，内心却在偷笑。"可托尔是我的朋友啊。"我抗议道。"你已经保证过了。"盖尔罗德说。

"我知道。可为什么偏要是托尔呢？"

"托尔杀了我的亲戚赫朗格尼尔[①]。我要他血债血偿。"

没错，我就知道。我就是这么神机妙算。盖尔罗德已经上了钩，我还给自己洗脱了嫌疑。这样一来万一事情有变，我的计划暴露，盖尔罗德和他的女儿也会宣称我是受尽折磨后才被迫同意的。

于是我们协商一致，我会送来手无寸铁并且毫无戒心的托

[①] 北欧神话中的冰巨人之一，头、心脏和盾牌均以岩石制成。要求和奥丁赛马，败落后恼羞成怒，最后为托尔所杀。

尔。然后盖尔罗德的女儿们满足了我的需求,喂我进食,替我穿衣,给了我一张床。到了早上,尽管我身体又累又痛,心里却在窃喜,就这样飞回了阿斯加德。

说服托尔伴我出行可没有你想的那么容易。我提议拜访一个朋友,冰巨人盖尔罗德,他还有两个可爱的女儿。时值夏日,这就意味着那里有很多好玩的,可以痛快地钓鱼,山谷里也没有积雪。希芙当然不会同意了,我说,但如果你把锤子留在家里,也不驾你的战车,那我们就能在希芙察觉我俩开溜之前回来。希芙近来脾气火暴,因为托尔和一个来自山区的女战士雅恩莎萨眉来眼去。尽管托尔深深憎恶岩巨人,却也对他们那些一头黑发、身材苗条、强壮而热血的女人情有独钟(这也是他多年来树敌众多的原因之一),而希芙从来不是忍气吞声的主,每次托尔一四处闲逛她就会骂他。所以我们对外宣称要去钓鱼,然后偷偷溜过彩虹桥,托尔神色仓惶做贼心虚,在下我则纯洁无辜如新生婴儿。我的确没有错啊,你好好想想就知道了;如果托尔忠于他的妻子的话,我的计划根本就无法施行。我告诉自己,如此一来,如果雷神在冒险途中受伤,那也不是我的过错,而是他自作自受。此乃托尔这类人往往会忽略的惩恶扬善之精神,所以我一直没向他提及(以后也没有)。

与往常一样,海姆达尔目送我们离开。我当然宁愿他没看见我们,但什么都逃不过这位守门人的毒辣眼光。我们进入中庭世界，一路沿小道前进，横跨岩巨人的国境，接近一座离极北之地已不远的山峰时，我们停下来在一个山口稍作休息，奥丁的一个老朋友碰巧住在那里。她叫格丽德，孤身一人住在荒野小屋之中，是那种热爱户外和运动的类型，喜欢狩猎钓鱼，留短发，穿便鞋。她的食量和酒量几乎与托尔一样大，身佩奥丁送给她的那条力量腰带，能给一头熊来个过肩摔。她也有一对蕴含如尼魔法的防火手套，很像我费了老半天工夫才说服托尔留在家里的那一双。

遇到她简直就是命中遭劫。你也许都快要怀疑是奥丁那老家伙看见托尔和我溜出阿斯加德，才派她来监视他的儿子，同时确保他不会惹上麻烦。奥丁会不会已经怀疑我了？这个想法并没有让我感到安慰。不过现在再改变计划已经太迟了。我们接受她留客人过夜的好意，跟她回到位于松林边上的小屋。在那里，她招待我们吃刚抓的鱼，又在壁炉边铺了两张床。她还要给我们啤酒和蜂蜜酒，但我没有灌黄汤的兴致。事情真的不太对劲。我的神经一直在警铃大作，好不容易才睡着，却睡得既不安稳也不舒服。不久后我就被耳语声从梦境中惊醒。

我闭着眼睛聆听。格丽德和托尔还醒着。我已经开始惴惴不安，又听见他们提到盖尔罗德的名字，于是意识到自己有麻烦了。我继续假装睡着，一两分钟过后，托尔走到我躺着的地方，一动不动地站了很久。我继续紧闭双眼；不过一会儿，他上了床，很快鼾声大作。

第二天早晨我们再次出发，我专注地观察托尔，试图查明他到底知道了多少。我带着愈发强烈的不适感看到格丽德把自己的力量腰带和铁手套借给托尔。我想问他原因，但苦于找不到不至于引起怀疑的问法。有两只乌鸦飞过我们行经的峡谷上方，我怀疑那是胡基和穆宁，不禁又开始寻思奥丁是不是在监视我们。

奥丁为何要这么做？

好吧——奥丁可不是凭借诚实和坦率才爬到今天的位置的。他把我纳入麾下的时候就已经知道我那反复无常的天性，尽管他还信守当时的承诺，保持对我的友好和保护，但从来没有真正信任过我。实际上，我觉得他谁也不信任——甚至连他的亲生儿子托尔也不例外——如今想来，这个事实解释了很多后来发生的事。

但那鸟让我很不安。此外，我知道盖尔罗德和他的女儿已经在远远注视我的到来了，如果他们看见那两只乌鸦，或者怀疑我出卖了他们，那我可就要遭大罪了。

我们进一步北上，穿过希恩达菲尔山，很快接近了维穆尔河①。那时这条河很宽，水流湍急，在下了一个月的雨后水位高涨。岩礁和卵石更是雪上加霜；似乎还嫌不够乱，盖尔罗德那个

---

① 从不竭之泉赫瓦格密尔发源的十二条河流中最大的一条。

长着一张愚蠢松饼脸的女儿格嘉普正站在河对岸施展水之魔法Logr，让水位上涨到更加骇人听闻的地步，洪流载着污物和残骸滚滚而来，威胁着要把我俩双双冲走。

可恶。那两只乌鸦一定警告他们了。我一直知道盖尔罗德很神经质。他没有固守原来的计划，而是决定在我们到达他的据点之前就干掉我们。河水继续上涨——格嘉普一直在施咒——我脚下的河岸开始崩塌了。

"洛基，这个丑婆娘是谁？"托尔大喊，声音盖过了洪流的巨响，"是你认识的人吗？"

我明智地决定不告诉托尔河对岸那位小姐就是我之前跟他提过的美人，在河水将我俩卷走时拼命抓住他的腰带。格嘉普在河水冲走我们时哈哈大笑，我们一路上被礁石和浮木的碎片撞得皮开肉绽。

托尔抓住一根伸出河床的枯树，把我俩拉了上去，好不容易才爬上河对岸。格嘉普飞快逃走，嘴里骂骂咧咧的。我们拖着湿冷肮脏的身体继续向盖尔罗德的大厅前进。

"所以，这个叫盖尔罗德的，"托尔边走边问道，"你跟他交情如何？"

"不是特别好。"我谨慎地说，"但我上一次来这片地区时他热情招待过我。"

"真的？"托尔说。

"那还有假。"我说,"整整两周,我连指头都不用抬一根。如果不是我坚持,他还想留我再住一周呢。"

托尔似乎从这话中得到了慰藉,夜幕降临时我们抵达了盖尔罗德的住处。我暗中提防,但没有发现危险逼近的迹象。与此相反,一个仆人出来迎接我们,并把我们带到住宿处。在冬季,冰巨人用冰块造他们的家;夏天则住在盖有动物皮的木架帐篷里,尽管盖尔罗德拥有一座相当宽敞的临湖大厅。我们的帐篷很大,里面摆着一把椅子,一盏灯和两张铺有麋鹿皮和鹿皮的床。

我出门在泉水中沐浴,托尔则坐在椅子上,准备上床休息。十分钟之后,我回到帐中,发现盖尔罗德的女儿们正鲁莽地准备袭击睡着的托尔。一个把一根细止血带缠到他的脖子上,另一个则准备在她的姐妹结果他时用力按住他。

犯大错了,女孩们,你们犯大错了。你们本应该信任洛基的。只有一件事是万万不可对托尔做的,那就是打扰他的小憩时间(也许还有搅乱希芙的头发)。

我刚一进门,托尔就坐了起来,一手抓住一个女孩。格嘉普和格蕾普都像乌鸦似的嘎嘎直叫,试图变形,但却被格丽德借给托尔的手套死死抓住,只有挣扎的份儿。

我像没事人一样走了过去。

"哦。似乎你已经见到格嘉普和格蕾普了啊。"我说。

"这是在闹什么鬼?"雷神吼道,"这两丑婆娘想勒死我!"

我迅速解开那段绳子。

"托尔,你这可不够有骑士精神了。主人家的两个可爱女儿是想要给你来一次放松按摩,用——呃——冰巨人族众所周知的传统按摩绳。"

托尔发出爆炸式的怒吼。"可爱女儿?"

我必须承认这话说过了头。我指出尽管格蕾普长着一张松饼脸,身材却着实不错,再说,觉得浓密体毛性感的可是大有人在。托尔凑近去看格嘉普。"这不是之前那个想把我俩淹死的巫婆吗?"他用极具穿透力的声音悄悄地说。

"哦,不。我可不觉得。"我说,"之前那个丑多了。"然后我对这两位美人说:"也许我们最好在继续承蒙款待之前先见见你们的父亲?我敢说他很想欢迎我们的到来。"

我看向托尔,他不情不愿地松开了抓住那两巫婆的手,现在正站在那一脸迷茫,好像被自己的力量吓到了。格丽德的腰带也许有一份功劳,但就算没了它,托尔也强得惊人,尽管他自己时常不自知。光是看到他那双戴着铁手套的手,我心里就愈发难受,刚要提议走人算了的时候,盖尔罗德的仆人再次走进帐篷,宣称他的主人已经准备妥当。

"真的?"我说。

"哦,是的。"仆人说,"主人认为你们也许想在晚餐之前玩几把游戏。"

"晚餐?"托尔说。

"游戏?"我说。

我的心头掠过一丝不安,会让盖尔罗德沉迷的游戏十有八九不是我会喜欢的类型。但"晚餐"这个词对托尔的效果就像给猫扔了鱼一样,还没等我表达我的反对,他的一只脚就已经跨出门框了。

我跟了上去——我还能怎么做——进入盖尔罗德的房间时,我们看见在长方形大厅两侧熊熊燃烧的不是寻常的火焰,而是一整排熔炉。房间里已经很闷热了,光线艳红而诡谲。实际上这正好是我喜欢的感觉,但托尔被烟熏得眯起了眼。

我只能在大厅深处看见盖尔罗德的身影,他拿着一对铁匠钳,我们刚一进门,他就从熔炉中夹起什么东西,直接扔到我俩面前。那是一个烧成暗红色的大铁球,我迅速化身为野火侧身躲开。但托尔用两只巨大的手套接住那铁球,以可怕的力量把它扔了回去。它砸中盖尔罗德的腹部,击碎他的肋骨,一直穿过他的身体,把他身后的墙也砸得粉碎。

如果这是一场游戏,我非常肯定阿萨神族队已经胜出,但你知道托尔这个人,只要火气一上来,什么都拦不住他。他把盖尔罗德的大厅砸得粉碎,留下一地的尸块。然后他走到屋外,继续大肆破坏,等最恐怖的部分结束,我看见他浑身浴血,带着一丝含混的困惑看着眼前这幅屠杀过后的惨景,无疑是想起了我之前描述的碧草蓝天、好客的主人和两个可爱女儿。

我决定不要留在此地怀古伤今。我化身为老鹰，飞回阿斯加德，决心在与托尔再次会面之前过一段健康的人生。他被惹怒时的脾气极为吓人，但却很少记恨在心。一两周过后，他就会忘记我们这场小小冒险的细节，待到那时，我这身臭皮囊就又保住了。

然而冰巨人则是另外一码事。我知道我在那天的事情中所扮演的角色，尽管自认清白无辜，但我在那片地区的活路也已经封死了。我很快就要无处可藏了——我需要避难所。而且空气中有某种东西在告诉我那一刻即将来临……

第十一课

赎金

血浓于水。而黄金——黄金能偿还一切。

——《洛卡布雷那》

我之前告诉过你九界已经毁灭。当然这并非完全属实。九界从不真正覆灭,只有将其占为己有的人才会迎来他们的末日。秩序与混沌也永无终结,但力量的平衡在不断变化,这就是为什么奥丁总是睡不安生,从未放松警惕。

迄今为止,我们的社会运转良好。和平已经持续了数十年,只有依然觊觎奥丁宝座的冰巨人和岩巨人偶尔发动攻击。古尔薇格·海伊德已经转入地下,混沌似乎在沉睡之中。秩序的统治十分稳固，在我们面前的唯有一望无际的蓝天。

当然了，奥丁总是会有脆弱不安的时候。这老家伙在许多方面都很乖张，总是相信人心最坏的部分，永远疑神疑鬼，始终保持警惕，绝不泄露任何秘密。结束和托尔的旅行回到阿斯加德后，我发现奥丁在我们离开的期间一直窝在他的乌鸦巢里，交谈对象只有他的鸟和放在魔法摇篮里的密弥尔的脑袋。

为什么如此迷恋一个没有身体的脑袋？好吧，穿越冥府而回的经历让我对此能做出一定解释。有时它能产生预知未来的力量——尽管你也知道我挂在嘴边的那句话"切勿相信预言书"。但情有可原的是，密弥尔对自己被带回阳世还被常年保存在冰冷刺骨的泉水中一事心存怨怼，因此尽管奥丁能让它讲话，它也很少心甘情愿地开口。所以他才与它同眠，对秘密的泉水窃窃私语，追踪水面上的如尼符文，试图在黑暗中看清自己的方向……

没人知道预言书第一次传达预言的时间。是奥丁强迫它开口，还是密弥尔主动为之？再也没人知道确切情形，除了老家伙自己和密弥尔的头颅，如果它还活着的话。但那三十六节诗改变了我们的世界，让我们的日月无光，让奥丁的乌鸦飞到世界树遥远的树根和枝丫处搜寻——搜寻什么呢？理解？拯救？

死亡？

当然我对此并不介怀。据我所知，众神已经过了太久的好日子了。但我自己的位置并不稳当，我也不急着去死，不管是死在阿萨神族手上,还是死在混沌的怀抱中。如果众神之父一直在监视我(我越来越坚信这一点),那我就要知道原因。我是说,他一直清楚我的本性,会觉得我有什么罪呢?

因此,在扳倒托尔的企图受挫之后,我开始对付奥丁。如果能说服他离开阿斯加德一阵子,我也许就能找出我俩渐行渐远的个中缘由。他一直都很享受我俩结伴出游,于是我提议到内陆的山谷间走一走,去打打猎,钓钓鱼。

我叫上了海尼尔跟我们同行——他这人是很讨厌,但至少对我没有私怨,这在诸神之间可是独一无二的。此外,在阿斯加德早年的日子里,我们三人经常结伴打猎,我希望奥丁感怀于我们友谊仍在的那段日子,向我吐露秘密——或者至少说漏嘴。

出乎我意料的是,老家伙也认为他需要出门走走。我觉得他看上去很疲惫,帽子下的长发也比以往更灰。不过他似乎很高兴能离开阿斯加德,穿着他最破旧的衣服,扛着年代久远的背袋,假装自己只是个寻常旅人,走遍天下兜售他的货物。我想也许这就是他要的一切,假装自己平凡无奇。但这就是身为神祇最大的问题所在——你已经忘记了身为凡人的诀窍。

于是我们穿过彩虹桥踏上旅程——我向海姆达尔欢快地挥了挥手,他咬牙切齿地看着我,如果表情能杀人,那么他那副表情会让我不是当场死亡就是身负重伤。我们徒步向北境前进,进入我们过去的狩猎场,此时正值夏日,果物丰盛待人采摘,有很多游戏可以玩。我们发现了斯特龙德河，它在群山间冲刷出了一道沟壑。我们顺着瀑布峡谷走进一片阴暗的森林。我们化身为三个凡人，手无寸铁，周身不带魔力的痕迹。我承认把阿斯加德远远抛在脑后让人很开心，远离紧张局势和勾心斗角的政治，用弹弓和一兜石子打猎，睡在星空下的毯子上。扮作其他人也让人很开心。然而这依然只是一出戏。奥丁和我都心知肚明。这只是一出戏剧，一场幻梦，在梦中他和我能够彼此信任，由此产生的结局也完全不同。于是我们打猎，唱歌，放声大笑，夸张地谈论过去的好日子，一边紧盯着对方，一边在心中猜测屠刀将何时落下。

我们沿河前行，夜晚将至时我单凭弹弓和一块石子就捕获了我们的晚餐：一只坐在岸边的水獭，正在吃它自己抓的鲑鱼。我捡起死水獭和那只鲑鱼（几乎和水獭一样大），和另外两人会合，提议停下来扎营。

"我们有更好的选择。"奥丁说，"不远处有一个小农场。我们可以跟他们分享食物，换来一张干燥的床。"

典型的奥丁做派。别问我为什么，他就是喜欢人类。他会找尽一切借口去跟他们交谈，假装是他们其中一员。

我看了看自己的猎物，耸了耸肩。"好吧。那我们去看看你的人类朋友们怎么说吧？"

唔，我们敲响了农舍的门。那农民叫赫瑞德玛，他相当殷勤地欢迎我们，直到我们提到晚餐，他看见那只水獭。他的眼神瞬间变冷,不发一言就走进了小屋。

"他干吗不高兴?"我问。

奥丁耸肩道:"我不知道。咱们去看看。"

我们跟随赫瑞德玛进了屋。他的两个儿子坐在火边。两人分别叫法菲尼尔和奥金,态度也不比他们的父亲更友好。他们在我们坐到火边时几乎没有说话,而是沉默地瞪着我们。我完全不以为意,如果不是奥丁如此渴望在他们屋中过夜的话,我想我宁可睡在河边。但奥丁和海尼尔似乎并没有意识到我们不太受欢迎的事实。

最终,我做了晚餐。似乎没人想动手。我们的三个主人一定是素食主义者,因为他们几乎没有碰鱼肉,连看都不看那只水獭,但我心想那好吧,你们不吃我们吃。最后我解开自己的铺盖,在火边睡下。

奥丁和海尼尔也躺下了。我们陷入深沉无梦的睡眠——直到大约四个钟头之后,有人把我扇醒,我发现自己和朋友们的手脚被捆住,赫瑞德玛和他那两个儿子死死瞪着我们。

"这是怎么回事?"奥丁问。

我试图化为野火,但发现捆住我的不只是绳子,还有如尼魔法。这农夫和两个儿子不像外表那么纯朴,如果我们在接受他们的款待前先检查他们是否有魔力就好了。

赫瑞德玛龇出一口黄牙。"是谁杀了我儿子?"他说。

"你儿子?我们可没有杀人……"

他给我看他手里那张水獭皮。

"哎呀。"我说,"那是你儿子?"

"没错,他叫奥特尔①。"赫瑞德玛说,"他喜欢在白天打猎。他经常变形成那副样子。到了晚上,他会把捕捉到的猎物带给我和两个兄弟。"

好吧,我想说。诸神在上啊,谁会在狩猎季节打扮成一顿午餐的样子在树林里到处乱窜?而且明明用渔网可以捉到更多的鲑鱼,干吗要变成水獭去抓?这只水獭生前肯定不太聪明。我刚要向赫瑞德玛指出这一点时就看到了他的脸色,立马改了主意。

"我说,我很抱歉。"我开口说,"显而易见,我当时不知道他是谁。如果我知道,你觉得我们还会来这儿吗?"

赫瑞德玛拔刀冷笑。"尽管说吧。水獭还是死了。现在你要为所作所为付出代价。血债血偿。"

血债血偿。又来这套。

"真的非要流血不可吗?"我说,"你想要多少钱?我会筹到的。"

赫瑞德玛眯起眼睛。"赎金吗?我先警告你,几个小钱可打发不了我。"

---

① 奥特尔意为水獭。

"随便多少。"我说,"我发誓。"

赫瑞德玛和他的儿子们一番商议。最后他又开口了。"好吧。我同意了。如果你能给我带来能够完全塞满我手里这张海獭皮、再整个把它埋起来的纯金,我就还你和你朋友自由。否则……"他将刀刃划过拇指肚,笑了。刀锋划过,发出令人不快的声音。

"我知道了。"我说,"放我走就行。你可以把我这两位朋友留下当人质。"

海尼尔听到此言很是震惊,但奥丁则一脸高深莫测。我猜他正试图估算有多大几率我会光顾着保自己的命,丢下他俩勇敢面对恶果。

我对他说:"你可以相信我的。我会以最快速度回来。"赫瑞德玛解除困住我的如尼魔法之后,我变成鹰飞去寻找能赎我一条命的黄金。

我知道。我知道你心里在想什么。干吗费劲找什么赎金?这明明是我结果他的好机会,命中阿斯加德的心脏部位,完成我渴望了如此之久的报复大业……

停下,先别想了。听我细细分析。

如果赫瑞德玛杀了老家伙,整个九界都将有所耳闻。托尔很快就会为他报仇。届时我就完全无法回避我对他的死亡负有责任这一事实。他们会追杀我到天涯海角。他们会屠杀我的两个儿子,只为确保他们不会心存报复之意长大。当他们逮到我时——

必然如此——毫无疑问会将我折磨至死。

所以现在你知道我为什么不会按你预料的那般行事了。尽管我深恨老家伙,但他依然是我的保护者。没了他我便孑然一身,立马就会被赶出阿斯加德,比剩菜变馊的速度还快。不,我需要奥丁站在我这边。我需要他对我心存感激。还有什么能比冒着自身的危险拯救他的性命更能达成这一目的呢?如果我事前知道赫瑞德玛在魔法上的造诣,肯定不会那么快踏进他的贼窝。但我早已听说过他和他对黄金的胃口,而且我很肯定这么多黄金足以补偿水獭的噩耗。

没错。我就承认吧。从头到尾都是我的计划。我需要奥丁感激我。尽管他智慧过人,行动却非常好把握——他对人类情有独钟,热爱那些小山谷小树林。人人都有弱点,他的弱点就在于这种多愁善感;鄙人费不了多大工夫就能把他引到指定地点,同时还让他以为是他自己的主意。

剩下的就好办了。一把石头能打下比你想象的更多的东西。一只水獭,一个人——就连一座城堡都能在一块精准发射的石头之下覆灭。现在我所要做的就是找到足够的纯金赎回我的友人,以及我自己。

那么——我该上哪儿找金子去呢?

起初我考虑去地底世界。洞底族总能提供各式各类数量充足的黄金,但这个时候我感觉到伊瓦尔迪和他的兄弟们可能不太情愿。与此相反,我奔向唯一之海。风暴之神埃吉尔和他的妻子澜住在海浪之下的洞穴里。

我浑身滴水一丝不挂地来到埃吉尔府中。倒不是说他们会在意,海底世界的住民不讲究什么礼仪。澜是溺死者的女神,她和埃吉尔一起统治深海,而海神涅尔德则掌管海浪,使渔民不会为之所害。

埃吉尔的宫殿像一个洞穴,闪烁着点点磷光,镶嵌着海底宝石和珍珠光泽的贝壳,水滴不断落下。澜坐在一个以整片贝壳雕成的王座上,苍白如海水泡沫,用牡蛎般的眼睛望着我。

我走到她的王座前行礼。

"奥丁身陷危险。"我说,"我有一个计划,但需要得到你的帮助。拜托了,你能借我那张溺死者之网吗?"

那张网是澜珍藏的宝物。它牢不可破,以魔法缝合,她用它来搅动海底,翻弄海潮,溺死那些过于深入她的王国的水手。她把它交给我——态度很勉强。

"你要用来捕捞什么?"

"黄金。"我说。

渔网已经到手,我离开山洞前去探索海底世界。我发现自己来到一个洞穴,洞中有一根发光的垂直柱状物,一直深入到地下世界。我撒下渔网。我碰巧知道洞底族在地下世界有一些表亲,其中有个名叫安德瓦利的家伙喜欢发掘富含各种矿藏的海底。有了澜这张魔法网，我没花多长时间就找到了安德瓦利的所在，把他网住拖了出来，完全由我摆布。

他当然使出了变形魔法。我用如尼符文看见我的网中有一只巨大的梭子鱼，不停冲撞拍打，龇出尖牙。

我施下一个小法术——真名一旦被人知晓，你就会为此人所制——借助他的真名迫使他恢复真身。不出几秒钟，这个小家伙就坐在洞底，在层层叠叠的渔网中抽噎。

"你在这儿干什么？你来找什么？"

他的声音显得既委屈又害怕。我并不感到惊讶，安德瓦利这一族的人比伊瓦尔德一伙人温顺得多，体形也更小，更像是在冬季战争结束后前来侵扰海底世界和下界的小妖精。

"我要你的黄金。"我告诉他，"没错，我知道你在这里挖到宝了。给我纯金，大块大块的纯金，不然我就像拧抹布一样拧你。"

要让他同意得花一点力气。但我也可以很有说服力，在澜的溺死者之网的帮助下，我成功说服了他。他一边继续哭哭啼啼一边把我带到他的秘密铁匠铺，我在那里把他的黄金装进几个皮口袋里。等我完工后，整间屋子里被席卷一空——除了安德瓦利手指上的一个小戒指，我见他试图把它藏起来。

"那个我也要。给我。"我说。

安德瓦利又是哭泣又是抗议，但我不为所动。我把戒指也放进口袋。"它被诅咒了。"安德瓦利阴沉地说,"你已经没有机会活着享受你的赃物了。厄运将伴随你到天涯海角。"

我嘻嘻一笑。"那就更妙了。"我说,"因为我不准备留给自己享用。"然后我收拾起装金子的口袋,步行走回内陆。

"你还真是优哉游哉。"当我回到赫瑞德玛的住所时,奥丁说。两位囚人依然被牢牢绑着,他们看上去衣冠不整,又累又饿。我心里想这可会是个精彩故事,因为海尼尔肯定会四处传播;还有澜也会把这事告诉埃吉尔和所有亲信。他们会说洛基是怎样勇返虎穴赎回他的朋友们……

我笑了。"骑兵回来喽。我想你看看这些就会知道这笔赎金完全可以弥补奥特尔的损失。"

赫瑞德玛为人质松绑,他的儿子们则清点黄金。他们把金子塞进奥特尔的皮,又把它们满满地堆在四处喷溅的血肉上,像一车堆起来的草莓。奥丁一边揉着酸痛的手腕,一边无言地看着他们。我猜他和我一样愤怒于这段被抓住被羞辱的经历,但他什么也没说,唯有用独眼静静注视他们。

到最后,那张皮囊从头到脚都盖满了黄金,只有一根胡须的部分露在外面——"没有更多金子了。"奥丁说。

"那我就让你用血肉补偿吧。"赫瑞德玛再次拔出匕首。

"等等,这儿有呢。"我掏出那个从安德瓦利手上抢来的戒指。当然我本想把它塞给奥丁,但眼下是火烧眉毛的紧急事态。

"这个该够了吧,你说呢?"我弯腰把这枚十足真金的戒指盖在那根胡须上。

"差不多了。"奥丁说。

我冲他笑。"你在怀疑我吗?"

"不。完全没有。"

如此这般,主人家万分不情愿地放我们三人走了。当我跨过门槛时,我回头看看他。

"顺带一提,安德瓦利在我从他那里抢来的戒指上施了诅咒。我希望你尽情享受。敢拿我的兄弟当人质,他活该有这样的下场。"

奥丁斜睨我一眼。"你还真是充满惊喜,不是吗?"他说。我耸耸肩。"你只要记住我救了你的命就好了。你知道自己可以指望我的。"

他露出微笑。"我就知道我能指望你。"他说。

有那么一刻,我几乎相信我们谁也没在说谎。

很有趣,我们说过的话总是会回来反咬一口,就像曾不小心喂过一次的狂犬一般。尽管我们那时还不知道,但我们的夏日时光已经为时不多了。季节开始变换,阴影逐渐伸长,太阳逐渐落下。玫瑰色的光线蒙蔽人的双眼;它洒在你身周的人的脸上,让他们显得友好可亲。然而实情并非如此。十分钟之后,太阳就要完全落下,无情的时代即将到来……

卷三 · 日落

尘世之子啊，我已窥见你们的命运。

我已听见战斗的声音。

奥丁的战士即将策马向前，

冲向那无情落下的阴影。

——《预言者之书》

第一课

死亡

死者知道一切,但又管它们去死呢。

——《洛卡布雷那》

如此这般,一切结束了。众神的黄金时代就这样逝去,像随风而逝的苹果花瓣。我不想假装很懂爱情,但这正是伟大爱情的结局,并非死于激情的火焰,而是死于哀叹的静寂。我和我兄弟奥丁的情谊也不是在激烈的战斗中落幕,而是终结于谎言、礼貌的微笑,和效忠的誓言。

这老家伙从没有告诉过我他是怎么知道的。但他知道一切。我所有上不了台面的背叛:我怎样陷害托尔,怎样让弗雷丢掉那把如尼宝剑,他都一清二楚。如果没有把从安德瓦利那里抢来的戒指交出去,我可能还会以为是那个矮人的诅咒造成了我运气的急转直下。但我早已把那个戒指当作奥特尔的赔偿金的一部分留给赫瑞德玛了。不,这事另有原因。更令人不安的原因。我能从他看我的神色中看出他的失望和痛苦,然而他没有对任何人倾吐——没有告诉我,也没有告诉任何神祇。

我更希望他简单粗暴地惩罚我。这种事我能应付得来。秩序掌管的世界自有它的规矩,所以我学习它们,再破坏它们。我已经在奥丁的世界生活了很久,懂得这里的规矩,即使并不认同。但奥丁似乎并不打算惩罚我,这让我相当不舒服。

别搞错了。我没后悔。奥丁那种陈腐的感伤情绪还没有传染给我。也不要相信那些鬼扯的故事,说什么我真的很关心他,说什么我们那悲剧性的友谊已经变作某种上演了数个世纪的受难剧。你就相信我吧,我可不关心他。听到了吗?但我的确感到没有把握。我感觉锤子即将落下,自己却无处可逃。我需要知道奥丁在想什么。我需要知道他在打什么主意。于是我求助于上天——以及胡基和穆宁,奥丁的鸟儿。

它们当然非同寻常。它们是奥丁的乌鸦,训练有素,能将老家伙的想法传递到九界任何地方。它们是他的力量的一部分;是他的灵魂和思想的化身①。在它们的帮助下，奥丁能看到世界的每个角落。但这也意味着他永远不得安宁。如果说有谁想得最多，此人必然是那老家伙，时刻警惕着，无时不刻不在九界中巡查所有对他的帝国有威胁的人物的蛛丝马迹。这让他变得孤立。这让他与其他阿萨神族分隔开来。这样的命运很适合他，但我知道他很孤独。力量已经让他付出了代价，而知识又在剥夺他剩下的东西。他渴求的是完美的智慧，可智慧一旦过于完美，幻觉就会不复存在，包括友谊、爱情和忠诚这样的感情。

好好想想吧。如果你可以窥探所有人的生活，如何还能指望跟他们做朋友？如果你可以预知未来，如何还能享受当下？最重要的是，如果你知道死亡就在不远处等待，如何还能投身于爱情之中？

它们首先带领我前去的地方便是死亡。或者更确切地说，赫尔，死之境。不是一个我经常光顾的国度，尽管它的统治者是我的女儿，而且也不是那种能让我最大程度施展看家本领的地方。但那就是两只乌鸦的目的地，也是在那里我发现了它们的行踪——我穿过铁木树林，潜入地下，大半路程都在徒步穿越下界，对他们直接在世界之间穿行自如的方法丝毫没有头绪——直到几天后，我来到了尘土飞扬的赫尔平原。

---

① 古斯堪的纳维亚语中，胡基意为思想，穆宁意为记忆或精神。

不是九界里我最喜欢的地儿。赫尔的国度冰冷荒凉。这里的尺度、规模、地形都不受固定规则所约束，它向四面八方不断延伸，在无色的天穹下，是一片由砂与骨组成的无色荒漠。没有植物能在此生长，没有动物能在此生存——就连赫尔本人也是半人半尸。来到这里的人不是已死，将死，就是已彻底绝望。我告诉自己女儿一定会同意见我——但这里是她的国度，如果她乐意，可以让我随她的喜好等上几周，几月，或直到沙漠将我吞噬，使我成为死者中的一员，化为齑粉，消散在这片奇异的地底天空下无止无休地刮着的风中。

我发现我的女儿一边在沙地上画圈一边等我。她比我最后一次见她时长大不少，尽管悲哀的是她没有什么长进。她从小时候起就一直喜怒无常，倔牛脾气，而现在她通过一只完好的眼睛（另一只则完全枯死，盖在一小撮白头发之下）斜睨着我。

"哎呀，这不是亲爱的老爹吗。"她说，"真高兴见你来这儿。"

我坐在她身旁的一块岩石上。死境的干燥热风将这些已死的灵魂带入一种半梦半醒的状态。我能感觉到他们受到活人温暖气息的吸引，蜂拥而至。这感觉可不舒服。我默默提醒自己以后尽可能避开这块地儿。

"我想我应该问声好。"我说，"你的工作怎么样了？"

赫尔扬起一边眉毛。

"很顺利?"

"好吧——父亲。你已经见到这个地方了。你觉得如何?"

"这里……很有意思。"

她轻蔑地哼了一声。"你真这么想? 坐在这里,日复一日,年复一年,周围除了死人还是死人,这都能叫有意思? 那你把什么事叫作'令人激动'?"

"好啦,这是工作。"我告诉她,"工作不以令人激动为目的。一般来说,刚开始时都不会有趣。"

"你是说以后会有所好转?"

我不置可否。

"我不这么认为。"她说,"所以你来这里有什么意图?"

"我心碎了。"我说,"是什么让你觉得我除了想见你之外还别有目的?"

"因为你从没来看过我。"赫尔说,"也因为奥丁的鸟儿几小时前来过这里。我猜你是想知道它们到访的原因。"

我笑了。"我的脑子可能曾经闪过这个念头吧。"

她将活着的半边身体转向另一边,强迫我接受她枯死的半边脸带来的巨大视觉冲击。赫尔眼眶里那只闪着微光的眼睛蕴含着可怕而阴郁的感情。弯弯曲曲缠在她纤腰上的如尼绳索让我不安地想起斯卡蒂的如尼长鞭。

"你们无人能对死亡免疫。"她用刺耳的声音告诉我,"奥丁对这一点再清楚不过了。黑暗最终会带走每个人。英雄，恶棍，甚至神祇——总有一天你也会归为尘土。就连奥丁也一样。"她拨弄着那根绳索。"总有一天死亡也会将他带走，世间将再无他的痕迹，阿斯加德的痕迹，以及你的痕迹。"

她的话变得越来越像无病呻吟了。我如是告诉她。

赫尔向我露出只有一半的扭曲笑容。

"巴尔德一直在做梦。"她说。

"做什么梦？"

"梦见我。"她说。

"哦。"我开始明白了。自从她第一次见到巴尔德以来就一直疯狂迷恋他。

美丽的巴尔德，勇敢的巴尔德，阿斯加德的金童巴尔德。好吧，人各有所好，但不可否认的是他总能捕获某类女人的心。斯卡蒂是其一，赫尔则是其二。但斯卡蒂早已接受了巴尔德永远不会属于她的事实，我猜赫尔依然希望有一天巴尔德能站在她身旁。

当然了，除非他死了才会这样——但正如赫尔所说，人必有一死。

"所以，金童一直在做噩梦？"我笑对赫尔的表情，"他总是很敏感。但这和奥丁有什么关系……"

"芙丽歌也一直在做梦。"赫尔说，"她预见到了巴尔德的死亡。她想知道怎样才能保护他。所以奥丁才会派他的鸟前来。"

"然后呢?"

她用枯死的眼球看了我一眼。"是奥丁赐予了我身份。"她说,"他让我成为死境之主。我对自己的角色十分认真,不能网开一面。就算我很想如此也一样。"她补充道,嘴角挂着若有若无的微笑,在那张半死半活的脸上真是显得恶心极了。

"但为什么巴尔德会死?"我说,"他不和人战斗,也不玩危险的运动。他极少离开阿斯加德。他唯一的风险就是被自己的装腔作势噎死。所以告诉我,干吗要这么担心?"

赫尔耸了耸半边肩膀。"我不知道。"

当然了,死境和梦境相隔很近。它们的领土互相交叉,这就是为什么我们时常梦见死者。他们也会在模糊晦暗的梦境里梦见我们。有时他们能告诉我们一些事情,未来之事。

她又开始在沙地上画画了。这次画的不是圆圈,而是一个小小的心形,里面写了附有 Hagall 符文的"赫尔"和附有符文 Bjarkán 的"巴尔德"。坦白说我觉得这够恶心的,但还是挤出同情的表情。

"你有多想得到他?"我说。

她抬起头来。"我愿意做任何事。"

"任何事?"

那只没有生命的眼睛又盯在我身上。"任何事。"我的女儿说。

"那好。"我带着一丝微笑说,"我一有机会就会帮你的。但不要告诉任何人。这么一来你就欠我一个人情了。同意吗?"她把有生命的那只手伸了过来。

"同意。"

这就是死境女王答应帮我的整个过程。我无法预知什么时候能兑现她的承诺,但我能感觉到季节交替,心里清楚,和松鼠拉塔斯托克一样,鄙人我也该为过冬做准备了。毫无疑问,万物终有一死。关键词在于"最终"。如果我能用某种手段重塑事件以符合自己的计划……

好吧。这不正是奥丁本人用伊米尔的尸体重塑世界时的所作所为吗?这不正是所有神祇以形态各异的手段在做的事情吗?为了能生存下去。

第二课

骗局

真对不住,我天性如此。

——《洛卡布雷那》

奥丁的鸟儿的下一个停靠点是铁木树林,我的第二个怪物孩子在这里引发着野生动物们的广泛关注。自从芬里斯的母亲和我那次不友好的分手后我还从没见过他。现在他不再是只幼崽,而是凶猛的成年野兽了。尽管他继承我的天赋,可以化身为人,但他偏爱狼的形态,所以奥丁才会派乌鸦前来查看他可能引发的危险。

我完全不为此感到困扰(我从来就不太亲近安吉的后代),

只除了这件事的处理方式,奥丁完全不知会一声就背着我暗中行事。而现在,一接到乌鸦带回的有关我儿子的消息,奥丁就立刻宣称这只狼是极大的威胁,并呼吁对他进行压制。

"压制?"我说,"就像耶梦加得被压制那样吗?还是你们想出了更一劳永逸的解决方法?"

奥丁依然面无表情。我继续道:"我是说,都过了这么久了,你才突然觉得我儿子是极大的威胁?对谁有威胁?他除了在铁木树林里四处奔跑、抓抓松鼠外,还做过些什么?让我们面对现实吧,少几只松鼠世界也照常运转……"

没人提及巴尔德的梦,但其中的联系是显而易见的。巴尔德是个大婴儿,备受宠溺和过度保护,奥丁这次提出要求时,我察觉到了巴尔德之母在此事中的影响力。

"我需要亲眼见到那只魔狼。"他说,"我需要知道他站在哪一边。"他用最冷酷的眼神盯着我。"兄弟,我希望你不要妨碍这件事。"

"我?妨碍?当然不会了。但我希望你告诉我这都是为了什么。"

"以后再说。"奥丁说,"把狼带来就好。"

于是我承诺会把儿子带回阿斯加德接受审核。我琢磨着如果帮了奥丁这个忙,他也许会信任我——如果事情有变,我这边也有个帮手。再说,我已经很久未见芬里斯了,和老家伙一样,我也想知道他现在到底变得有多强壮,以及他和他母亲对我有多少忠诚可言(如果真的有的话)。所以我化作老鹰飞到铁木树林。刚一落地,我就发现安格波妲已经在等我了,她一如既往地迷人。芬里斯则以狼的形态站在她身旁,跟母亲一比简直天上地下。

"我早就该知道你在附近。"我化为人形后,她说,"你和奥丁永远那么形影不离。我一看到他的鸟就知道你也不会太远。"

这真不公平。我把之前对赫尔说的话又重复了一遍,声明我想见最亲最爱的人时不需要任何自私自利的理由。

"难道相信我真心想见你们就这么难吗?"我说,"你们是我的一生挚爱啊,你们知道的。亲爱的小芬里斯哟……"它一声大吼。"你怎么能觉得我会置身事外?"

安吉扬起一边眉毛,一枚绿宝石眉钉闪闪发光。"别跟我来这套。十五年了,你才决定担起父亲的责任?"她愤怒地望着我,"你到底想要什么?"

"好吧,除了显而易见的原因外……"我低头看看自己一丝不挂的状态,"我想要几件衣服。除非你觉得——"

安吉吼道:"别在孩子面前瞎说,亲爱的。"

我又瞥了一眼芬里斯。我记忆里的他还相当可爱——一种流着口水的可爱。现在他完全变得凶神恶煞,丝毫不惹人喜欢。十几岁的狼人总是脏乱差的典型：多毛，难闻，只会发出单音节。如果你仔细想想，这倒也不是完全不像人类，只不过绝大多数人类的青少年无法徒手把你的脑袋扯下来塞进屁股中间做成三明治而已。

"那么，现在你都对什么感兴趣啊？"我不怎么热情地问他。

芬里斯又开始咆哮，露出满口尖牙。它的牙齿颇多，呼吸带着明显的恶臭。

"基本上只对吞食各种东西感兴趣。"安吉说，"虽然他也很喜欢杀死各种东西。"

"他能自己说话吗？"我说。

她对那头狼露出宠溺的微笑。"你知道这个年龄的孩子都是什么样。芬尼，乖，向你父亲问好。"

那只狼人用野兽的方式耸耸肩，变作一个患有严重痤疮、连手心都长满浓密毛发的年轻人，和之前的形象只有细微的区别。他的睾丸酮素的臭味就和他那油腻头发一样难闻。

"随便吧。"芬尼说，"你好，老爸。"

我强作欢颜。"这样好多了。让我们把你打扮得像样点。如果你想要像你的哥哥和姐姐那样继承一份产业，咱们就必须说服众神相信你不只是个青春期的邋遢鬼。"

"你说啥，遗产？"狼的黄眼怀疑地闪烁不定。我能看出他并不蠢，他可能外表不佳，但那双眼睛中有智慧的光芒。现在我不能确定他的智慧是否有助于我的事业。我向他露出最欢快的笑容,开始游说。

"你看,耶梦加得得到了唯一之海。"我说,"而赫尔得到了冥界。只有你也得到自己的土地和统治权才算公平。但首先你得让奥丁决定你应该得到什么样的领土。"

"铁木树林。"芬里斯不假思索地说。

"嗯,铁木树林无疑是有可能的。"我说,"但你有没有考虑过——"

"铁木树林。"芬里斯重复道。

"我懂了。你想要铁木树林。"我说,向安吉咧嘴一笑,"那好,我想我们能争取到。但首先,你得跟我走,并且发誓效忠于阿斯加德。"

"什么?"芬里斯说,"狼从不宣誓。狼只会四处闲逛和……唔,吞掉各种东西。"

"好吧,这一次不一样。我想让你变得体面些。你现在像是洞穴巨魔鞋底的脏东西似的,我不会让你以这种形象在阿斯加德登场。首先剪个头发——然后也许再换换衣服?"

这次推销并不容易。但到最后,在芬尼亲爱的母亲的帮助下,我成功地让他变得——就算不能称得上人模人样,至少也离人类不远了。我不指望他虏获诸神的心,但我想也许他们看到芬里斯后会明白他不是他们想象中的野兽,或许会放这孩子一马。

不幸的是，事实并非如此。公平地说，年轻的芬尼正在经历叛逆期，其特点表现为抱怨，汗臭，粗俗语言，半夜在自己房间大声放音乐，用笨拙粗鲁的方式接近一切异性生物。

就连一开始声称他"很可爱"的伊瞳也因为他对她和侍女们说下流话而抱怨连连。但有一天某个玩笑（正好是针对巴尔德的）开过头了，芙丽歌的母性本能发作，跑到奥丁那里要求必须控制这只狼人。

其实也不是什么大事，真的。年轻人的恶作剧而已，涉及巴尔德的午餐，几只地蜈蚣和瓷式扭伤①，但芙丽歌把整件事看得很严重，声称她的孩子遭到了袭击，如果奥丁不采取行动，她就会让托尔代为出面调停。

这么一来奥丁就别无选择了。狼人的行为已经越界，如果奥丁能跟我说清楚，那我会完全理解。但他没有。他什么也没说，什么也没做，在我毫不知情的情况下就带领托尔、提尔及其余众人向我俩采取了行动。

我早就应该知道他在策划着什么。他跟我说，去例行检查冰巨人的动向吧，有传闻说有新崛起的领主可能会采取鲁莽行动。岩巨人也不安分，纷纷聚集在山麓地区，也许我能找出他们迁移

---

① 用双手抓住某人手臂分别向相反方向扭动后形成的瘀伤。

的原因。还有传闻说耶梦加得正在把船只沉入世界尽头,远方也传来消息说古尔薇格·海伊德正在铁木树林中复活死者。满满一张任务清单,足以让我至少离开一周——我当时还很高兴能有这样的休息时间,让我可以远离父亲的职责。

在我离开的期间,诸神准备处置芬里斯。

首先,奥丁去洞底族那里让伊瓦尔迪之子为他锻造了一对魔法锁链。然后他们为芬尼开了一个欢迎会,等他泥醉后,奥丁提议做几个测试,看看他的力量有多强。年轻气盛的芬尼完全没看出其中有鬼。美酒、吵闹的音乐和衣着暴露的女性侍者早已攻破了他的心防。他相当轻松地扯断了那两条洞底族打造的粗重锁链,诸神假装钦佩,但最后他面对的是一条由著名的德瓦林本人铸造的不起眼的钢制细绳,上面嵌有无数如尼魔法和咒文,几乎牢不可破。

如果我当时在场,就可以警告众神我的儿子尽管狂野粗鲁,但并非傻瓜。他那精密的第六感告诉他这是一场骗局,于是在同意进行第三次测试之前,他要求奥丁证明自己没有不良居心。

"怎么证明?"奥丁说。

"你们其中一人要把手放进我的嘴里。"魔狼露齿一笑说,"这样一来,如果事态恶化,我也能有讨价还价的资本。"

众神相互交换眼色。最后勇敢的提尔站起身来。我承认他很勇敢,但也有点脑子进水。

"我来吧。"他说,把右手送进狼口。

当然了,如果我当时在场,这一切根本就不会发生,但他们太聪明了——他们自以为能独力应对那样的局面,结果就是,束缚之符文 Naudr 咬住了芬尼,芬尼也咬住了嘴里的东西,提尔失去了一只手。

奥丁没有表现出丝毫后悔。他已经计算过其中风险,认为增加阿斯加德安全性的好处大过损失。提尔给自己找了一只用如尼符文和魔法做成的假手,类似意念武器,在战场上等需要之时就能召唤出来。其余的时间里他学习用左手进行一切日常活动,还必须忍受大量愚蠢的笑话。他从来都不善言辞,因此我们也从未听说他对成为奥丁的牺牲品一事的真实想法。但我总喜欢想象,漫漫长夜里,其余众神都睡得正香,唯有自己的残肢疯狂发痒,此时大概就连勇敢的提尔也会忍不住质疑自己的忠诚意义何在。

他们把魔狼关在下界中一个极深的洞里。等我回到家,发现众神都把他们的惨败归咎于我,还彼此窃窃私语说我对把芬尼带进阿斯加德一事负有责任,并用难听话、冷眼和一切充满敌意的举动问候鄙人。

"怎么了,不给我来杯接风酒吗?"我之前一连飞了十二个小时,到家时已很疲惫。

"哟,看看谁回来了。"海姆达尔说,"最近又生了几只怪物吗?"

我没有把他的话放在心上，但当弗雷对我不理不睬，博拉基把酒杯扔到地上，托尔一见我就大吼，不经常来访的斯卡蒂也一边抚摸如尼魔鞭一边对我微笑时，我才发现事情不对劲。

"奥丁在哪里？"我说。

"在他的宫中。他不想被打扰。"芙丽歌说。她那通常很坦率的神情里夹杂着矛盾的情绪。

就连通常第一个欢迎我的西格恩也显得很冷淡。"不这么做不行。"当我找到她时（我在长途飞行后饥肠辘辘，想吃上十几块果酱馅饼），她这样说。"你那只讨厌的狼人儿子对我们的孩子影响太坏了。"

呃，是的。我不得不承认这话没错。瓦利和纳尔弗跟芬里斯年纪相仿，喜欢跟他一起游玩。也许是因为他有坏男孩的魅力，也许是因为他会跟他们讲述铁木树林的故事。不论原因为何，我都留意到他们开始模仿他，任由头发长过眼睛，学习如何露出狼一般的微笑。

"哦，他们很快就会打起精神来的。"西格恩说完，终于告诉我为了阿斯加德的利益，他们囚禁了魔狼。"你也一样，"她俏皮地笑着说，"等你吃完我给你烤的这些可爱的果酱馅饼后就不会再难过啦。"

可是我突然不饿了。我心中的那根铁棘绷紧到了一触即断的程度。

他们背着我干出这种事。这才是真正伤害我的地方。他们断定我不可信任,打发给我一个愚蠢的差事,然后在自己的计划出错后又把恶果说成是我的责任。

"好啦,别发火,亲爱的。你知道那个叫安吉的不是好东西。你最不想要的事情就是任由一只人狼野种四处闲逛制造麻烦,不断提醒你对自己妻子和真正的家人犯下的错误。"

我真正的家人。好一个笑话。随托尔去乌特加德的那次旅程让我的儿子认为我是个大草包。芬尼遭到囚禁则加深了这种印象,现在在他们眼里,我成了这样的一个人:残暴的家长制社会的一分子;无法理解叛逆期青少年的需求。

去跟他们打招呼的时候,我更确信了这一点。他们当然比最后一次见面时长大了不少,尽管两人明显都不像芬尼那么粗野没教养(对我有利),但也养成了狼人的某些习惯:无精打采,嘟嘟囔囔,无声地睥睨众生。

"那么,你们还好吗?"

占主导地位的大儿子纳尔弗透过长长的刘海看着我。他的眼睛和头发都像我,魔法气息狂野而叛逆——看到他,简直就像看到刚离开混沌踏入九界中的我自己。

瓦利更加温和友好,假设在跟我独处时也许会说些什么,但在纳尔弗面前,他只能羞愧地盯着地面。

"不说两句欢迎的话吗?"我说。

纳尔弗耸耸肩说:"你好,爸爸。"

"我听说芬里斯的事了。"

"那又如何?"

"我之前不知道发生了什么。"我说,"奥丁从没有告诉我。"

被奥丁当傻瓜一样耍只会让我在儿子们心目中的地位更低,我意识到这一点时已经太迟了。我的声音听起来虚弱而惭愧,这让我前所未有地愤怒。我为什么会觉得自己需要在儿子面前为自己辩护?我从什么时候开始关心他们的想法了?

纳尔弗又耸了耸肩。"那又如何?"

瓦利羞涩地看了我一眼。"你打算怎么办呢?"他说。

我想了想。"我不知道。"

亲自让芬尼恢复自由——如果我真能做得到——并不能提高我在阿斯加德的地位。

纳尔弗早就看清了这一点。"他什么也不会做的,傻瓜。"他说,"怎么,想惹老家伙生气吗?"

嗯,他说得有理,我想。我已经失去了一个在阿斯加德事态恶化时可以帮助我的支持者。面对一个有魔狼相助的人,就连托尔恐怕都会迟疑着不敢动手。

"别以为我是怕他。"我说,"但有时最好不要一遇到挑衅就气急败坏。如果我也落得被锁在芬里斯身边的下场,那对他也没什么好处。"

纳尔弗又用那样的表情看着我。你知道那种表情——好像在说：你想说什么就说什么吧，老家伙，但我懂得比你多，随你说什么。

没错。我对那种表情非常了解。在特定场合下，就连我自己也经常露出这样的表情。也正因为此，在所有身为人类的经验中，做父亲无疑是最令人沮丧和最无意义的事情——因为如果孩子们根本不会听你的血泪之谈，那么所谓经验教训又有什么意义？

于是我回去当阿斯加德的官方替罪羊。坏事发生都必然是我的错：从提尔失去一只胳膊到博拉基的新诗不合格律，再到西格恩的蛋糕没有膨胀，再到冰巨人在铁木树林中聚集的事实。我就是交响乐中出错的音符；是婚礼蛋糕上的蟑螂；是把手伸进蜂蜜罐的熊；是饼干罐里的刀片。我从来没有属于阿斯加德，但我也从未如此清晰地认识到众神有多么厌恶我，多么恨我，多么希望我滚蛋。包括我的儿子。甚至包括奥丁。

没错，奥丁。从我身上得了他想要的，那老家伙终于褪去了他的伪装。他对我的冷淡日益加剧；他的鸟儿如影随形地跟踪在我左右。在伤心的同时，我也很困惑：尤其是因为奥丁依然没有提过巴尔德和他的预知梦。这让我思考眼前的一切是不是并不单单针对我，而与更大的图谋有关。这让我思考芬里斯是否是他们的首要目标。但我最想知道的是要到何时才会有人提出这样一个建议：如果想让九界更加和平，那么我也同样应该被锁链捆住……

第三课

蛋糕

大多数问题都可以通过蛋糕来解决。

——《洛卡布雷那》

在那之后,事态每况愈下。尽管芬尼已被除去,芙丽歌对巴尔德的关切依然到了近乎得强迫症的程度。就连金童打个喷嚏,她都大惊小怪得快把屋顶掀掉。她花费大量时间评估风险;防备松动的石板以免巴尔德被栏杆绊倒;拔去所有含毒的园林植物,好像巴尔德会突然跑去啃花圃似的;狐疑地直勾勾盯着运动器材;编织背心以防巴尔德感冒。

她到最后终于打破沉默,出发去游说九大世界里的一切事物,寻找并排除每个生物的潜在威胁——熊、蜜蜂、荆棘——让它们以真名起誓绝不伤害金童巴尔德。

"为什么?"我问她,"有什么意义呢?你觉得他会遇上什么事?"

这位女巫仅仅摇了摇头。"我不知道。但有一片阴影正笼罩着我们。那不仅仅是巴尔德的梦,或是我的梦,甚至也不是那个预言——"

"什么预言?"我尖锐地问。

她扭过头去。"哦,没什么。"

但当一个女人说"没什么"时,你总能打赌必然有事发生。密弥尔的头颅便是先知。他做了某个预言吗?如果真的如此,为什么奥丁向我隐瞒不提,却一五一十告诉芙丽歌了呢?

我还记得他们对付魔狼的手段,决定加大调查的规模。显然,从奥丁的举动来看,此事不仅仅只和巴尔德的一两个噩梦有关。但那么快就再离开阿斯加德会进一步削弱我的立场。

我将西格恩的信念"大多数问题都可以通过蛋糕解决"牢记在心,于是切了一片她烤的水果蛋糕,跑到彩虹桥上等着。

胡基和穆宁就像它们的所有同类一样喜爱又甜又黏糊的东西。我想,一把垃圾食品和一些耐心,会让我省下很多飞来飞去的工夫。

果不其然,我没等上多久,那两只鸟就飞下来落在桥上。个头更大的那只——胡基，我想——怀着期待大摇大摆地走来走去。

"你们去哪了？"我问它们。

"嘎。嘎。"胡基说，一边拍打翅膀一边看着我。

"蛋糕。"穆宁说，它个头更小，头上有一根白羽毛。它说话比它兄弟的发音更为清晰，两只金色眼眸闪闪发亮。

"别急，迟早要给你们的。"我告诉他们，"只要告诉我你们一直在哪里窥探。"

"世、界、之树。嘎。"更大的那只鸟蹦到我肩上。

"嘎。蛋糕。"小一些的鸟说，我给它喂了些西格恩做的蛋糕——对我来说太油腻了，裹了许多葡萄干和糖。

"世界之树怎么了？"我说，"怎么突然对它感兴趣了？"

"蛋糕。"穆宁固执地说。

"只要你把预言告诉我！"我握住那块蛋糕不放，"只要告诉我，你俩就都有蛋糕吃。"

"嘎。蛋糕。"胡基说。

穆宁啄它的翅膀。一时间这两只鸟打来打去，拍打它们参差不齐的翅膀，愤怒地嘎嘎大叫。然后小的那只夺路而逃，落到我的肩上。

"这样好多了，"我说，"现在把你知道的都告诉我吧。"

穆宁又嘎嘎叫了几声。我能感觉到它试图说话，但近在眼前的蛋糕和它兄弟那炯炯有神的眼睛似乎让它很难集中注意力。

"我知道。有一棵巨大的白蜡树。"它说,"它的名字叫世——世——世——"

"嘎。"胡基叫道,落在我的另一边肩上。

"是是,我知道它的名字,谢了。"我说,"所以呢?它怎么了?"

胡基啄了一口我手上的蛋糕。我把它掉到了栏杆上。两只鸟都落到上面,一边扑打翅膀一边打闹。

"那个预言,谢谢。"我严厉地说。

"蛋糕!站着!"胡基塞了满满一嘴蛋糕说。

"什么?蛋糕站着?这什么意思?"

"世界之树,站立的地方,真馋。"穆宁纠正道,它的嘴里也满是水果蛋糕。

"世界之树?它站立的地方会震颤?为什么?"

"蛋糕。"

"哦,诸神在上啊!"

但我那时已经没有蛋糕了,鸟儿们也就失去了兴致。它们啄起最后的碎葡萄干后就拍拍翅膀飞走了,飞向奥丁的宫殿的一路上依然争吵不休。

尽管如此,它们给了我思想的食粮。世界之树的震颤就意味着所有世界都将为之震颤。就算它并不是一棵树,听到它深陷危机的消息还是令鄙人感到很不妙。这就是密弥尔的头颅预言的事件吗？世界之树伊格德拉希尔所立之处将发生地震。这就是众神之父神经兮兮的原因吗？

好吧，我想，我要去找出原因。海姆达尔肯定已经发现我在彩虹桥上喂鸟，深知他那热爱窥伺和打小报告的个性，我知道我可以指望他把这个消息报告给上级。愤怒时的奥丁会不经意地透露出更多信息。在那之前我所要做的不过是扮作无辜，等待暴风雨的降临。

至少我估对了一件事。众神之父正神经过敏。他一听到我的所作所为，就把我拖到面前好好教训了一番——他现出狂怒之神的真身：电光、尖矛、闪光的独眼，等等。

"监视我，啊？"他说，"想要进入我的脑海？再有下回，管你是不是我兄弟，我都要把你揍到分不清东南西北。我不会让托尔或海姆达尔替我行刑，我会亲自动手，绝不手软。我说的够清楚了吗？"

"就像密弥尔的泉水一样清澈。"我说，这可不是耍嘴皮的时候。

他用灰色的独眼看着我。"我是说真的，恶作剧之神。你都听到了些什么？"

"没什么。没什么重要的内容。"我说，"只有一些有关树的事儿。"

"树?"

"好吧,世界之树。"我说。

灰眼眯缝起来。现在它看起来像利刃在他脸上划出的一道伤痕。

"有事情要发生,是不是?"我说,"先知做了预言吗?"

他向我微笑,不是愉快的那种。"别管什么先知。知识不能带来幸福。至于世界之树,把它忘了吧。掉几片叶子并不代表它正在枯萎。"

树叶?

神啊,我真恨老家伙在我面前装神秘。我想起鸟说过的话。世界之树伊格德拉希尔的生长之处将发生震颤。唔,这也许能解释为何会有落叶。另一方面来看,从修辞的角度来说,我们都是世界之树上的树叶。我不喜欢这个说法。

"好吧。"我说,"没有别的问题了。"(实际上,他已经回答了我所有的问题)

他看起来轻松了些许。他又变回通常的形态,又变得苍白衰老。

"你看上去很累。"我告诉他。

"我最近没怎么睡觉。"

"唔,如果你需要找人谈谈……"我开口道。

他又用那只邪恶的眼睛瞪我。

"好吧。"我说,"我明白了。"

"明白就好。"

第四课

命运

人越是逃避命运,越容易与之相会。

——《洛卡布雷那》

我尽力了。我真的尽力了。但我实在放心不下。那些关于伊格德拉希尔的对话,先知,预知梦……都让我焦虑不安。我需要知道真相。某天夜里,我的神经绷得太紧,几乎让我熊熊燃烧,于是我偷偷走到奥丁存放密弥尔的头颅的那口泉边,探头看向水中。

没错,我知道这么做很危险。但我感到无助。阿萨神族对我冷酷无情;奥丁也拒绝信任我。我从未像现在这样渴求一个朋友。

我没有得到朋友,却得到了一个告密者。

密弥尔从他那散发如尼光芒的摇篮里看向我。我承认它让我害怕。时隔多年,这颗有生命的头颅已经钙化成石头,但脸部依然可以活动,表现出愉悦和模糊的鄙夷。

"哈!我就知道你会来。"它说。

"你知道?"

"当然了。我是一位先知。"

我对这个沉在水里的脑袋皱眉。我知道他的名声,但完全不了解他本人。我现在觉得自己对他原本形态的好感不会比现在更多。

他不以为然地看着我。

"所以你就是恶作剧之神咯。"他说,"我知道你早晚会来这里。如果被奥丁发现,你就完蛋了,这是当然的。你会被他一脚踹到阿斯加德的尽头再弹回来。他会把你摔下彩虹桥,看着你弹来弹去。"

"如果你告诉他,那他的确会这么做。"我带着微笑说,"你会告诉他吗?"

先知周身的气场变亮了。"跟我说说我有什么理由不告诉他。"

"因为你恨他。"我继续说,"因为他打从一开始就在利用你,欺骗你，就像欺骗我一样。还因为你准备告诉我某些事情。"

"是吗？"先知说。

"不是吗？"我说完又笑了。

先知的气场又亮了一些。

"知识也可以是非常危险的东西，恶作剧之神。"它告诉我，"你真的想知道怎样的未来正在等着你？"

"我喜欢未雨绸缪。"我说，"说吧。你知道你想这样做。"

这就是我私下得知预言者之书的经过。倒不是说它最后帮了我大忙，预言往往是不完整的，先知们又习惯于告诉你一些只有在危机过后才能完全理解的事情。

当然现在这些都已经是众所周知的事情了——诸神黄昏，以及其后之事。长久以来它都广为人知，以至于已经很难忆起当初第一次听到它时的感觉了；那些细致入微的描述，那场可怕的战争将要颠覆众神和他们的堡垒，以崭新的文字重写他们的故事。

最终的清算即将到来。

地狱的住民即将到来。

死神即将降临世间，这条黑暗之龙，

将以他的阴影之翼覆盖九界。

黑暗之龙。苏尔特。哦，废话。太过关心眼前的未来会让我错失更宏大的景象。苏尔特意味着混沌；混沌意味着诸神黄昏，秩序的死亡。这就是世界之树正在落叶的原因，季节变化时自然会这样。我告诉过你这一切都是一个比喻，但其中的真相已然足够清晰：时候已到，奥丁的世界将被清除，万物俱灭，唯留混沌统治一切；此后又有新的秩序伺机而动……

话说得很诗意，但身为混沌界的叛徒，我能想象出苏尔特抓住我时会发生什么，等待我的不会是宽恕。至于众神呢，看起来似乎我要选择的那一方注定失败。这说明什么？我应该出逃吗？我能对逃离这场屠杀心存希望吗？

"那时我会怎么样？"

"耐心点。"密弥尔说，"我还没讲到好的那部分呢。"

"还有好的部分？"

"哦，没错。"

于是我默默倾听密弥尔的泉水中传出的耳语。我感觉到一种逐渐加剧的寒冷像死亡一样攀上自己的脊背，然后意识到这是恐惧——一种我从未体会过的恐惧。"奥丁真会那么做？对我？"我说。"啊，没错。"先知答道，"你为何要质疑？他以前就这么做过。他也许有那么一两次会感到后悔，但那也阻止不了他在需要替罪羊时把你推出去。面对事实吧，恶作剧之神，你只有孤单一人。你在这里一直是孤单一人。奥丁从来不把你当作朋友，就像他对我的态度一样。至于其他人……"先知周身的气场似乎像是正在大笑一般。"你已经知道他们是怎么看你的了。他们憎恨你，鄙视你。奥丁一发话，他们就会像恶狼扑食一样向你扑来。看看他们是怎么对待芬里斯的，看看他们是怎么处置耶梦加得的。你知道你被正式宣判为不受欢迎之人也只是个时间问题罢了。

"我怎么知道你在说真话？"

"先知从不说谎。"它说。

"好吧，那我们该怎样阻止它发生？"它的气场又增强了。"你们做不到的。"它说。

"但肯定会有——"

"你们做不到的。"它重复道，"现在你已经知道它的存在了。洛基，这就是命运。我知道它很无情。但命运总是习惯在你躲避它时找到你。有时候甚至在你狂奔逃离它之时来到你的面前。"

"这是预言吗？"我说。

"你觉得呢？"头颅说。

于是我蹑手蹑脚回到自己床上，但睡意迟迟不来。我告诉自己我不相信命运，或预言，或幻梦，但那个先知的话语依然困扰着我。我能逃脱苏尔特的报复吗？我能用某种方法躲过老家伙的背叛吗？

最后我陷入断断续续的睡眠，梦见了蛇。你知道我讨厌蛇。到了早上我出门工作，收集所有可能收集到的零碎新闻和信息。

储存坚果，以备寒冬，就像松鼠拉塔斯托克那样。那就是我在收集的东西。人总要为末日做好准备，如果密弥尔的话是真的，那么我们就是在走向末日。现在还没有出现征兆。阿斯加德正处于金秋时节，中庭世界正处于和平时期，冰巨人和岩巨人都很安分。没有敌人，没有军队，已经六个月都没有华纳神族的叛徒跨入阿斯加德方圆百里之内了，托尔也由于缺乏实战而变得肥胖迟缓。没有任何事情（除了奥丁的冷漠和芙丽歌的母爱焦虑）暗示将有坏事来临。但就快来了。我知道它就快来了。知道这件事就已经改变了一切。

密弥尔说得没错。知识是危险的。我的脑子里只有先知对我说过的话，那些如今我只希望当初从没听过的话。这就是那老家伙的感受吗？这就是为什么他如此孤独吗？我感觉到也许这就是原因所在，如果我向他坦白的话……

但我怎么能产生那样的想法呢？我明知道自己干过什么事。不，我唯一的机会就是想法使预言者之书改变方向，或者至少让我自己逃过一劫。

但这么做也是徒劳无功的，密弥尔说。我已经听到预言了。

如果我从没听过它呢？这样会不会就能躲过它了？一想到那预言我就头痛欲裂，我猜这也许就是密弥尔的目的。所以……

难道先知对鄙人有什么不满吗？为什么我是它向诸神的报复计划中不可或缺的一部分？当年奥丁派他去刺探华纳神族时我甚

至都还没来阿斯加德呢。在所有神灵之中,我无疑最不可能是他发泄仇恨的对象吧?

后来我意识到:它并非针对我。而是因为我是奥丁的结义兄弟。奥丁在乎我,需要我,这就是密弥尔陷害我的理由。没错,他陷害了我——它的行为给我上了我这辈子最重要的一课:

永远不要相信任何人:朋友、陌生人、爱人、兄弟、妻子。但最重要的是,务必铭记在心:永远不要相信先知。

第五课

名字

真名一旦为人所知,灵魂就会为此人所制。

——《洛卡布雷那》

那些说什么"闲言碎语①伤不了你"的人,不是醉了,就是傻了。毫无疑问,一切词语都有力量,但名字是力量最强的,正因为如此诸神才拥有为数众多的名字。为某个存在命名,也即是在制服它,我在被奥丁从混沌之中唤出的那一天起就学到了这件事。我曾是野火的化身,自由而纯洁。现在我成了恶作剧之神,

---

① 该词原意为"名字"。

成了炉灶之火，成了他命名并驯服的玩物。

然而，我再也不是了。从先知那里听到的事改变了我看待世界的视角。它令我胆小多疑。它令我失去了快乐的感觉。好吧，我告诉自己是时候了，该开始好好利用迄今为止我所收集的资源了，那些零碎信息，还有那些送出去的人情，它们都将是为我抵御诸神黄昏的小小武器。

诸多人情中最重要的无疑是我卖给赫尔的那一份，当时我向她保证会以某种方式将金童巴尔德送入她充满爱意的怀抱。

正因为如此，此时此刻我才在振翼飞行，跟随在芙丽歌身后，她继续执行那项伟大任务，命名并驯服九界内的一切有可能会危及她儿子的事物：岩石、树木、野生动物。在我看来母爱似乎可以无穷无尽地彷徨不安又温柔入骨，在任何地方都能发现危险，每一点火星、每一块碎片都能引起她的警觉。

唔，很明显我的母亲可不是这样。但芙丽歌绝不会停下脚步，除非世间一切——这可是字面意义上的世间的一切——有可能威胁到她儿子的东西都变得无害。

"我命名你为橡木，橡实之子，并命你和你的子民服从于我。"

"我命名你为铁，大地之子，并命你和你的子民服从于我。"

"我命名你为狼，狼之子，并命你和你的子民服从于我。"

如此这般，整个动物界、植物界、矿物界……这是九界有史以来最长的摇篮曲,一曲献给母爱的赞美歌,几乎足以打动我的心。我说的是几乎。我没有心。好吧,根据史书,我有一长串难听的名字——"谎言之父"还只是其中之一,说的就好像那老家伙没有在我还是一颗小小火花时就开始满口胡言一样。那是你们的历史,人类。内容既不公平,也不真实,而且大部分内容都是根本没到过现场的人所写。

"我命名你为马蜂,天空之女,并命你和你的子民服从于我。"

"我命名你为蝎子,沙漠之女,并命你和你的子民服从于我。"

"我命名你为蜘蛛,蛛丝之女……"

继续。继续。一直继续。语言就是搭建起世界的砖块,语言、如尼符文和名字无不如此。而其中有一个特别的名字——先知曾向我透露的名字——与我的处境有某种特殊联系。如果用正确的方法利用那个名字,也许甚至能战胜不可战胜之物。

我以鹰的伪装一直跟踪她数周乃至数月。她已经累了,脑子不太灵活了。她手心的那棵半枯萎的植物是如此弱小无助……

"我命名你为……"

那是什么?那难道是……

槲寄生?

我努力回想预言者之书的原文。

我看见盲目者
挥舞着槲寄生一枝。
这，便是那支剧毒的标枪
它杀死了阿斯加德最受宠爱的人子。

一开始，我以为这节诗只是在故弄玄虚。一根槲寄生哪有什么危险，有关盲人的部分应该也只是某种隐喻。但看见芙丽歌手捧那根槲寄生枝，在困顿中拼命回想它的名字，我突然来了灵感。

我变成一个可怜的人类老太婆，谨慎地掩饰起周身的气场，慢慢走近芙丽歌，然后咧开无牙的嘴向她微笑问候。

"你在做什么呀，亲爱的？"我说。

芙丽歌解释了她的使命。

"你想命名并驯服世间的一切？那可是项大工程啊。"我说，"不过，我觉得也有很多东西根本不会构成威胁。比如说那个枯萎的小东西吧……"我指了指槲寄生。"它怎么可能伤害任何人？连它都有名字，这才让我吃惊呢。"然后我带着一丝微笑转过身去，留下颦眉注视我离去的芙丽歌和那根槲寄生。

那时，一条蛇从碎石后爬了出来。芙丽歌看见它，知道这蛇有毒，于是扔掉了槲寄生，开始口诵咒文：

"我命名你为蝰蛇,尘土之女……"

大家,这就是我等待的东西。一点小错就能让我有机可乘。等到芙丽歌转身,我用爪子抓起那根槲寄生,迅速变身飞回阿斯加德。我不能保证巴尔德的命运将如何,但如果事情按计划进行,那么这棵弱小而微不足道的植物将为我换来冥府的通行证。

我私下研究那棵槲寄生。它看起来不怎么厉害,但辅以一点加工,也许就能成为一件合适的武器。我把它晒干,用火焰增强它的力量。不附带任何如尼符文,不足以使人追查到我;但足以造出一个锋利的尖端。然后我把它造成一支矛,静候时机到来。

数月之后,芙丽歌才结束世界巡回之旅回到阿斯加德。那段时间里她一直在命名并驯服她遇到的所有东西:昆虫、金属、动物、鸟、石头、小妖精、魔怪、巨魔。冰巨人向她做出了保证,岩巨人和中庭世界的人族也一样。这充分证明了所有人都对金童怀有异常的喜爱,甚至连我们的仇敌都保证在他们的监督下,绝不会有人伤害到他。

剩下的就只有诸神自己了。当然了,芙丽歌只跑来找鄙人。其余人都不在怀疑之列,她让我清清楚楚看到这一点,却还要徒劳地取得我的好感。

"我为什么要发誓呢?"我对她说,"托尔就不用发誓。"

"托尔是巴尔德的兄弟。"芙丽歌说。

"那又怎样,难道他不危险吗?"

芙丽歌叹气道。"我不认为他存在威胁。"

"那我就有咯?我可真伤心啊,女巫。你这是在说你不信任我。"

女巫摆出一脸同情。"如果你向我们证明你心存善意,我们就能更信任你,洛基。比如说,你可以发誓对巴尔德忠诚不贰。"

"哦是吗?我对奥丁的效忠宣誓对你们来说就完全没意义?"我说,"我没有给你们任何仇恨和鄙视我的理由,可你却恨我,是不是?如果我不发誓又如何?你要利用我的真名?那就祝你好运了,女巫。我的名字可真不少。我怀疑你知不知道全部,而我也不准备告诉你。"

有人要发动眼泪攻势了。"洛基,求你了……"

"那就把其他人也带来。"我说,"让他们和我发一样的誓。让他们全都暴露真名。看看他们会不会喜欢被人这样恣意命名和羞辱。在那之后,你怎么说我就怎么做。"

她红着眼圈气鼓鼓地走了。她当然不能这样要求他们了。面对如此羞辱的测试,我都能想象出海姆达尔会有什么表情——以及弗雷、托尔、奥丁。她跑到奥丁那里抱怨,但我的义兄站在我这一边。

"洛基是我们的一员。"他说,"你不能像对待外人一样对待他。我知道他可能有点野——"

"有点野?他就是野火本身。"

"我知道。但他对我们很忠心。"

"你可以逼他发誓的。"她说。

"不。"

"但预言说——"

"我说了不。"

最后女巫放弃了。她回去呼朋引伴办了一次宴会,以巴尔德的名义,有美食、美酒和宴会游戏。当然我不在受邀之列。我拒绝发誓一事已经使我确凿无疑地成为不受欢迎之人。奥丁也没有出席,我猜他只是不太喜欢宴会。但总的来说其他所有人都去了,一同庆祝金童成为了近乎无敌之人。

大家开怀畅饮,很快就有人想要测试芙丽歌的保护措施。金童先是扭捏作态一番,随后从椅子上站起身来——当然没穿上衣,为了让姑娘们赞叹——一边扬扬得意地笑着,一边接受众神们接二连三投来的石头、小刀,最后是剑和长矛,没有任何东西能对他造成半点伤害。

有些东西只是从巴尔德的身体上反弹开来,还有一些就像沐浴在魔法之光中的肥皂泡一样消失无踪。就连已被芙丽歌驯化的神锤米奥尔尼尔都拒绝发挥威力。众神们纷纷大笑。说实在的,看着真恶心。

然而趁混乱之际，我成功地混了进来，没被人看见。现在我站在阴影之中，一边观察一边等待参与的机会。

别误会我了。我对巴尔德没什么私怨。除了他的长相，他的装腔作势，他的受欢迎度和他对女人那无法解释的奇怪吸引力之外，我没有什么特别的不满——但他是奥丁的小儿子，在与密弥尔交谈之后，我开始对我的朋友兼兄弟燃起一股熊熊的恨意。此外，赫尔想要巴尔德——而我知道怎样满足她的要求，同时明显对自己也有好处，如果我能够圆满完成的话。剩下的唯一问题就是怎么做。

别这样看我。我还以为你懂了呢。我这是在整个阿斯加德的敌意面前为自己的生存而战。先知已经向我展示了我的未来，这是我唯一可能摆脱它的机会了。我还能怎么办？一方是巴尔德，让我们承认吧，他拥有一切；另一方是鄙人，除了与生俱来的狡猾之外一无所有。这很难说是一场公平较量，但我知道如果我侥幸胜出，金童也会得到所有的同情。我并不肯定自己能赢，但无论如何得尽力而为，不是吗？

眼下宴会表演已经到达高潮，就连一些女神也开始彼此竞争，看谁能找到最多的东西去砸巴尔德。水果似乎是最受欢迎的选择，但无论她们有多努力尝试，那些水果也只让他稍微变黏糊了一点。有几个女神想去帮他舔干净，却被南娜制止了，她是他的妻子，早已习惯了每天应付狂热粉丝。

在那一小群人边上,我看到一个人影远远坐着。是金童的瞎眼兄弟霍德尔,显得相当忧伤。我不怪他。巴尔德是灿烂春日,他就是阴郁寒冬,一直都不受欢迎,而如此自豪于另一个儿子的芙丽歌从未能掩饰她对巴尔德这个矮小又残疾的兄弟的失望之情。

我靠近了些,依然站在阴影里。霍德尔察觉到了我的接近,转动那双盲眼朝我的方向看来。没人注意到我,也没人关心霍德尔,笑声和吵闹声令他困惑,也没人想到要告诉他发生了什么。

"怎么样啊?"我说,"感觉被人丢在一边了吗?也想朝那边的完美先生丢一个番茄吗?"

霍德尔笑了。"唔,也许吧。"他说。

"没问题。"我告诉他,"给,把这支矛拿去吧。我会告诉你瞄准哪里。预备——扔!"

我一边说,一边把尖端嵌有那棵槲寄生的矛交给他。我看着他瞄准巴尔德,然后……

正中红心!

众神静了下来。

"我打中他了吗?"霍德尔东张西望,"嘿,大家都去哪儿了?"

实际上,唯一离开的人就是见势不妙后明智地选择开溜的鄙人。但那支槲寄生矛已经精准地击中了目标。巴尔德倒下了。

四下无声。

起初他们以为他是在装死。等他们发现真相时,已经来不及了。他当场死亡,躺在南娜的怀抱之中,而反应从来就慢一拍的托尔还在大喊:

"嘿,大伙儿,咱们试试别的!用我的拳击手套怎么样?"

那根矛似乎刺中了一边的肺,巴尔德在倒地的瞬间就死了。至于霍德尔,他永远没有机会得知发生什么了。其他人一发现那支槲寄生矛是他投掷出的,顿时像恶狼一般向他扑了过去。我没有亲眼见证结果,但那场面一定不好看,这更让我庆幸于提前离开了现场。

没人目睹我的到场或离开,唯一的证人也已经被当场处决。就算这小小的恶作剧带来了未能预料的后果,我也依然清白无辜,女儿也欠下我一个人情。

当然,巴尔德之死引发了可怕的骚乱,还包括他们对在理性全失的暴怒之下杀死一个无辜盲人之事心怀愧疚,这可不是阿斯加德诸神形象宣传的最佳选择——我确保这个新闻传播到了所有适当的地方。他们为巴尔德举行了气派的葬礼,我自然没有参加。巴尔德之妻南娜死于悲恸过度,尸身在巴尔德的火葬柴堆上进行了火化。霍德尔的罪孽也已经被他的死亡所偿清,人们也为他举行了感人至深的送别仪式。奥丁变得更加孤僻了,不与任何人交谈，除了密弥尔的脑袋，当然还有他的乌鸦。

至于我自己——我发现我的感觉不如之前期待的那么好。我之前还并不尽信预言者之书，然而金童正如密弥尔的头颅所预言的那样死去了。这让我想到密弥尔预言过的其他事件，以及它们成真的可能性。然后还有霍德尔的惨死——先知并没有预言此事，但也许我本应该预料得到。无论如何，我只是感到了一丝内疚。

如今我已泥足深陷，不再是自己命运的主宰者。也许我们都是密弥尔的玩物，是棋盘上的卒子。如果他从未向我透露预言，我还会去苦苦寻找杀死巴尔德的方法吗？

也许不会。实际上，如果不是因为知道了那老家伙计划对我做的事，我根本就不会有杀死巴尔德的想法。

而奥丁呢？他对我的不信任也完全因预言者之书而起。而那时我还根本没有一丝一毫背叛他的念头。我原本清白无辜（好吧，差不多清白无辜），直到这张猜疑之网笼罩到我的头上。事到如今……好吧，如今，我已别无选择。只有一条路可走。供认罪行也救不了我自己。我唯一能做的就是心存希望，坚信我女儿会出于感激给我提供一个逃避命运的方法。

第六课

眼泪

巴尔德与我何干?别指望我为他哭泣,他又从不曾为我哭泣。

——《洛卡布雷那》

与此同时,芙丽歌直奔冥界要求交还她的儿子。她发现赫尔果然很难对付。我的女儿得到了她的玩物——虽然她一如既往地不开心。死去的巴尔德温顺,但却无趣。爱意的火花熄灭了。

赫尔百无聊赖。在她那以白骨和尘土所造的宫殿之中,她建立了死人的宫廷,用魔法打扮他们,让他们跳舞;然而征服不能为她带来半点欢愉。巴尔德目光呆滞地坐在她身边,一如既往地毫无反应。

"那就把他还给我吧。"芙丽歌说。

然而我女儿生性固执。她想,至少如果巴尔德在自己身边,那么就再没有其他人能拥有他了。也许她迟早能找到方法让他爱上自己。

女巫又是发火又是恳求,又是信誓旦旦又是甜言蜜语。她说只有赫尔的心不会为巴尔德之死而作痛。"九大世界无不为巴尔德哭泣。"她说,"可你——你就像你父亲一样没有心肝。"

赫尔用坏死的眼睛看了看芙丽歌。"这话在我听来像是夸张了。"她说,"但如果真如你所说,那也许我能改变心意。"

我没有评估芙丽歌成功的可能性。历史上满是人类试图复活死者的例子,但通常都以失败后的眼泪告终。这一回也有着同样的开端,芙丽歌开始四处宣传。

"为巴尔德哭泣吧!"她喊道。

"为巴尔德哭泣吧!"

"选择生命!拒绝死亡!"

口号像野火般蔓延。芙丽歌的故事足以让顽石掉泪,而九界内的实际情形也的确是这样。在她的命令之下,所有人都在哀悼,所有人都为巴尔德哭泣。人们为了纪念他将花系在树上,女人们悲恸到撕烂了衣衫;男人们垂下了头;小动物们发出哀号;就连鸟也参与进来。

这是某种歇斯底里症，连从没见过巴尔德的人们也突然因他的死亡痛不欲生，人们谱写哀伤的歌谣以志纪念；毫不相关的人也沉浸在悲伤中。

但每一种力都有其反作用力。当整个九界都为巴尔德流泪后，即将迎接胜利的芙丽歌遇到了一个住在森林小屋中的老太婆。

"哭吧！为巴尔德而哭吧！"她喊道。

老太婆看着她。"这谁？"她说。

"巴尔德啊，英俊的巴尔德，人们的楷模，我的儿子。"

"真令人遗憾。"老太婆说，她的眼睛完全没有流泪的迹象。"但我为什么要为他哭泣呢，嗯？"

"因为，克服悲痛，众志成城。"芙丽歌说，"我们就能够击败死亡本身。"

"什么？这样一来我就不会死了？"老太婆说。

"不。"芙丽歌说，"但巴尔德就能活过来。"

"我很抱歉。"老太婆说，"但这似乎对我不太公平。为什么巴尔德之死就比我的死更重要呢？因为他英俊，而我只是一把老骨头吗？还是因为他年轻，而我已衰老？我可要告诉你我也曾年轻过。而且我很珍惜我的生命，至少就和这个叫巴尔德还是什么的家伙珍惜他的命一样。"

"你不明白……"芙丽歌试图解释。

老女人笑了。"我亲爱的,没人明白。我们每人各有天命,不管它意味着什么。回家去吧。替你的儿子伤心吧。但别指望我会为他哭泣,因为他也不会为我哭泣。"

芙丽歌怀疑地眯起了眼睛。"你是谁?"她以手指画出如尼符文 Bjarkún。

老女人耸耸肩。"我是无名之人。"她说。

"你在说谎。我能看见你的魔力气场。"

在老女人的斗篷之下,我嘻嘻一笑。

"求你了。以诸神的名义。"她说。

"诸神爱怎么样就怎么样吧,我管他们呢。"我说,"走开,让我一个人清静清静。"我说完就当着她的面关上了房门,因为干了件漂亮活儿而独自偷笑。

事情就是这样,巴尔德没有复活,赫尔守住了她应得的东西,而我也多了个谈判的砝码——三百年以后它会为我挣得一个意想不到的奖品。

然而那还是以后的事了。眼下,我心里还装着别的东西。比如说,世界末日,还有自己即将来到的死亡……

第七课

名字　其二

唯恐棍棒，何惧……

　　　　——《洛卡布雷那》

在那之后，你也许觉得我该消停一阵子，也许应该低调做人，培养点兴趣爱好。但空气中有某种东西，一种造反的味道，硝烟的气息。战争就要来了。我想要战斗。管你怎么想，反正我就是这种人。

并不是说我对巴尔德的遭遇有那么一丁点儿歉意，我的字典里没有歉意这个词。但我也不像你预料的那样感觉良好。我发现自己变得焦躁不安。我睡不着，爱发脾气，我长时间化身为鸟，试图消除日益增长的拘束感。我做了可怕的噩梦,梦中我手足不能动弹,双目不能视物,被毒蛇包围,它们爬满我赤裸的身躯。

不,我所感到的不是愧疚。但所有的欢乐都消失了。我心中的那团纠结的铁棘已经增长到了可怕的地步。我寝食难安,借酒消愁也只能换来头痛。密弥尔那段预言像铁砧一样悬在头顶,我无法向人倾诉;我感到可怕的孤独。

西格恩那令人反胃的同情也完全于事无补。

"可怜的天使,你看起来好惨。"她看着熬过又一个不眠夜后神情憔悴的我说,"你到底都对自己做了些什么?过来,我给你准备些好饭好菜。孩子们见到你肯定很开心……"如此这般,没完没了。

我的儿子们在芬尼消失后变得愈发狂野不驯了。现在他们几乎不跟我和他们母亲说话,整日都在阿斯加德的城垛上闲逛,向城下的平原丢石头,在苏尔驾战车在天空中呼啸而过时对他冷嘲热讽。

至于众神——自从巴尔德死亡以来,我的同事们就一直对我冷若冰霜。部分是由于芙丽歌:那女巫坚信我是罪魁祸首,尽管没有任何证据,她仍然用某种方式将怀疑灌输给每个人,结果就是没人(西格恩不包括在内,当然了)想被发现和我混在一起。

他们所有的陈年宿怨此时都被拎出来透气了,希芙恨我,因为我剪断过她的头发;博拉基恨我,因为伊瞳曾遭绑架;芙蕾雅恨我，因为伊瓦尔迪之子和金项链那整件事；托尔恨我，因为我一直在嘲讽他。没人还记得我曾多次救他们于水火之中。公众舆论的法庭已经对我做出了一体化的审判。再没人和我搭腔。甚至再没人会看我一眼。

这伤害了我的感情——不，别笑——尽管我的确有罪。他们并不知道我有罪，只是假设应该是我所为。就好像我是唯一一个做过坏事的人，就好像我是污垢。我一想起就来气。某个炎热的夜晚，我正在自己的小破屋里自斟自饮，听见埃吉尔的水下宫殿传来音乐声，听起来像是有人在举办宴会，于是我去一探究竟。

我发现所有神祇都到齐了。阿萨神族和华纳神族，男孩和女孩，埃吉尔和他那肤色惨白的妻子澜，甚至连老家伙都在场，正在用角杯喝蜜酒，几乎都有些醉了。

也许闯入宴会并不是最明智的选择。但我刚刚经历了一段艰难时期，失眠、西格恩的纠缠、拜访赫尔的那次旅程，还有预言者之书——更不用提巴尔德和他妻子之死以及惨遭杀害的霍德尔。我可能变得有些疯狂，你就设身处地替我想想吧。

我打开门，走进埃吉尔的大厅，向这群欢聚一堂的人致辞：

"怎么，不叫上我就在这里庆祝？来嘛，奥丁，咱俩喝杯酒。"

之前一直在弹鲁特琴的博拉基说："我想你已经喝了一些了。非要说的话，我看还不少。"

"可我问的不是你。"我说,"我问的是我兄弟奥丁。他曾立下血誓说若不先盛满我的酒杯,就绝不独饮他的美酒。然而,承诺就像馅饼皮一样,是不是?制造它的目的就是为了戳破它。说到馅饼……"我从某人的盘子里拿了块吃的。"还算不错。"我塞了满满一嘴食物说。"也许稍微油了点。"

奥丁无动于衷地看着我。"进来吧,洛基。欢迎你。"

"欢迎我?我可不觉得。"我说,"你就承认吧,这里对我的欢迎就像一缸热腾腾的洗澡水欢迎一坨大便。这倒也没什么,因为我恨你们。尤其是你。"我指着博拉基。"因为,姑且不论你们不带上我就开宴会的坏品味,你还是个糟糕的诗人,糟糕的演奏者,连唱歌都找不到调,不管你使多大劲儿。"

博拉基看起来好像准备用鲁特琴砸我。我请他自便,用琴打我也比让他用来弹奏好。然后我转身面对其他人,他们都张口结舌望着我,可能正心想他们认识的那个巧舌如簧的恶作剧之神今天是吃错什么药了。

伊瞳想拉起我的手。"你怎么了?"

我开始哈哈大笑。"我怎么了?"我说,"真是谢谢你好心的问候了啊。是好心还是愚蠢呢,管他的。反正放在你身上也看不出什么区别。"

芙蕾雅走上前。"住口!"她说,"你令大家不快。托尔,你就不能阻止他吗?"

"就是这样。"我说，"让别人出面调解。宁可选择那些蠢到意识不到你正在利用他们的人。托尔是个很好的人选——我是说，只要你能好好喂他，他就能服从简单指令……"此时托尔发出一声低吼，我看准时机把吃了一半的馅饼扔到他面前的盘子里。"或者你应该请奥丁帮忙？如果他能忘记你为了那条项链甘愿把自己卖给那群蛆虫的事——哦，我是不是不该提这事？"我咧嘴露出残忍的微笑。"都怪流淌在我血液中的混沌。它有时会逼我行为不端。你应该很清楚的，芙蕾雅。"

芙蕾雅化为丑妪的形态。她那骷髅般的脸阴森可怖。

"你最好睡睡美容觉。"我说，"你都长皱纹了。今晚别喝太多酒。你知道它会让你在床上放屁。有些男人可能好这一口，但说真的，这样很不讨人喜欢。"

我知道，我知道的。我得意忘形了。我控制不了自己，而这只是部分问题所在，我想。他们本可以提防我，他们本可以阻止我的。

托尔尝试阻止我了。"如果你想打架，别光挑女人。要打就打得像个爷们。"

"就像你在索列姆那里打扮成新娘一样吗？"

托尔又向前迈了一步。

"还是像你在乌特加德·洛基的宴会上被那老女人摔得狗啃泥的时候？"

托尔猛地伸手抓我。我侧身躲过,啜了口酒。"慢一点,托尔。"我说,"留神,你吃了那么多东西,身手变成这德行,我一点不觉得奇怪。你应该多运动——还有个更好的方法是让希芙把她的塑身内衣借给你——"

希芙发出抗议的惨叫。"你这个禽兽!我才不穿塑身内衣!"

这让我开始哈哈大笑,而我一旦开始,就停不下来了。我绕着众神走了整整一圈,心里想什么,就对他们说什么。人类将这种行为称为抬杠对骂①,一种例行的骂街仪式,后来还演化为传统习俗,是我送给人类的礼物之一。愤怒通常是一种发泄,一种在压力过大时的疗伤过程,尽管我觉得当时本应该在行动前先稍微过过脑子。

酒必定是上了我的头,因为我挨个狠狠教训了他们——告诉弗雷他为了一个姑娘就把如尼宝剑拱手送人,简直愚不可及;告诉希芙她变胖了;告诉涅尔德他闻起来一股鱼臭味。我还告诉托尔他的情妇雅恩莎萨已经怀孕了,估计是双胞胎。我告诉芙丽歌奥丁又出去偷腥了。我可能还对提尔说了些有关他是怎么丢掉一根胳膊的话,也很肯定自己管海姆达尔叫花里胡哨的大话精。但

---

① 一种以诗歌形式彼此对骂的比赛,五至十六世纪期间流行于挪威、盎格鲁-萨克逊和中世纪文学之中。典型例子是史诗《诗体埃达》中《洛基的争辩》一节,本章内容也改编于此。

我也可能犯了错,先是告诉斯卡蒂她父亲被烤熟然后又掉入火中时像鸡一样咯咯直叫,又向女巫芙丽歌询问金童是不是依然一动不动像个死人。

此话一出,整个房间都鸦雀无声。也许我说过头了。托尔拾起他的神锤,瞄准了鄙人。

"且慢。"奥丁静静地说。

"我这是为九界做一件好事。"托尔说。

"尽管来啊。"我说,"继续呗。我手无寸铁,以寡敌众。你们应该够有优势了。或许我瞎了更好?"

众人想起霍德尔,显得很不自在。

"好吧,"我转身准备离开,"尽管我舍不得离开,大家,但这场宴会真的无聊透顶,我得先失陪了。"

于是我走出埃吉尔的大厅,等到头痛消散——已经是那天早晨晚些时候发生的事了,我就变成鹰,飞向山中。这么说或许过于拘谨了吧,但鄙人确实感觉到自己做客的时间太长,主人家已经想逐客了。

第八课

审判

先跑路,后说话。

——《洛卡布雷那》

结果证明我的直觉再一次料中了。等宿醉感减轻,理性之光重新点亮,鄙人已经被阿斯加德所有人一致宣判有罪,不单造成了巴尔德之死,还成了所有能想象到的罪行的罪魁祸首。

每个人都再次想起了我曾对他们造成的冒犯——除了西格恩,当然了,她永远不会相信我有什么问题,以及伊瞳,她永远不会相信任何人有任何问题。

其余人则弥补了这两个人的反对意见。斯卡蒂格外恶毒,要求立刻就让我血溅当场，海姆达尔兴高采烈地提醒其他人说他从没信任过我，如果他们打从一开始就听他的话，我根本就永远不会被允许踏入阿斯加德半步。

最后，他鼓起勇气向老家伙挑明。

"你要怎么办？"他问，"洛基已经向我们所有人宣战了。你要等到他率领混沌大军进攻阿斯加德，还是说你会承认当初带他来就是个错误？"

奥丁一声低吼。好吧，至少我想象他这么做了。我当然没有亲耳听到。但接下来的对话我听了很多，足以猜得八九不离十。再说，我对老家伙的了解比他估计的程度更深，我知道他迟早都不得不选择立场。

就算猜中他会站哪边也没有奖品。不是说我在怪他——唔，不是特别怪他。如果他不判我有罪，其余人就会攻击他。此外，我已经没有利用价值了，除了能用共同的仇恨将他们团结起来之外。在那一刻，我知道老家伙对秩序的渴望远远大于对混沌的需求。

于是，狩猎开始了。我当然清楚自己被捉住后会发生什么。九大世界任我躲藏，我还能用如尼魔法隐藏行踪，而且很擅长躲避追踪——但我只身一人，无亲无故，奥丁则有他的乌鸦，他的子民，他的密探和他的先知。

他们搜遍九界寻找我的踪迹，追踪我穿过铁木树林；追踪我来到北境；在外域失去我的行踪；又在山中再次发现我的身影。我一直保持移动，藏匿自己的气息，一有机会就会变形。最终我找到了一个让自己几乎感觉到安全的地方，躲了起来，希望耗尽他们的怒火，直到这场危机化为无形。

但诸神毫不留情。首先，他们向我下了最后通牒，将其用魔力潦草地写在空中：投降吧。我们手上有你的儿子。

我从藏身之处发出冷笑。他们真的以为我会因为如此原始的东西而屈服？他们本来就清楚我很难称得上是年度好爸爸。那两孩子几乎还没过青春期。我知道奥丁残忍无情，但他真的会仅仅因为孩子们和我流着同样的血就杀害他们吗？这很明显是陷阱。我不会上当的。

然后鸟也来了。那两只杀千刀的臭鸟，追踪到了我的藏身之处，一个位于希恩达菲尔山的山洞。它们在上空盘旋，然后在附近的一块凸出的岩石上落脚。

我考虑给它们来一发魔法攻击，但胡基和穆宁有奥丁的加护，我怀疑就算是我最厉害的招数也烧不了它们一根毛。

于是我出洞见它们，首先确定它们没有其他同伴。

"你们想要什么？"

个头较大的那只鸟嘎嘎直叫。较小的那只似乎拼命想要说话，带着某种类似尴尬的情绪不停啄另一只。

"蛋糕。"它用沙哑的声音说道，金色的双眼中闪烁着希冀的光。

"没门。"我说,"他想要什么?"

小的那只——也就是穆宁——拍打翅膀。"啊,啊。回来吧。"

"什么,回去,然后往事一笔勾销?"我说,"不,我想我就待在这儿了。"

穆宁又拍了拍翅膀。"啊,啊。"

胡基加入到这场混乱中来,啄脚边的岩石,挥动翅膀,嘎嘎大叫。

"洛基。阿斯加德有两个(嘎!)蛾子。"穆宁说。它很明显不太会发某些音。

"两个儿子。没错。"我开始不耐烦了,"如果老家伙相信仅仅因为他手上掌握了两个人质我就会投降的话……"

"啊、啊!"胡基又开始啄石头了。它啄得缓慢而有节奏,每一声之间都有一秒左右的间隔。

嗒。嗒。

两秒。

嗒。三秒。它在计时。

我暴躁地看向穆宁。"他在干什么?这是怎么回事?"

穆宁说:"牛俗。牛俗表。"

"六十?六十秒?"我说,"六十秒之后呢?"

但我已经明白了。鸟的语言能力可能是有问题，但我对奥丁再了解不过了。永远不要忘记那老家伙跟我一样无情。他想要刺中我最脆弱的地方。而他对我也十分了解。

胡基仍然在继续数数。二十秒。二十五秒。

"等等。"我说，突然感到一阵凉意。

"回来吧。"穆宁说。

三十秒。嗒。嗒。每一次都像是一记锤击。我知道那老东西正通过这两只该死的鸟的眼睛观察我，试图预测我的想法，试图在计谋上胜我一筹。

"我不会为了这点事投降的。"我说，"瓦利和纳尔弗对我来说不算什么。"

嗒。四十秒。嗒。

"你知道你根本没有谈判的资本。"我边说边挤出一个无畏而傲慢的微笑，"那两个男孩属于西格恩，不属于我。杀了他们也无济于事。所以尽管下手吧，哥哥。别只敢说不敢做。让他们从痛苦中解脱吧。你才是有良心的大善人，我不是。所以——你觉得今天运气如何？赌一把，还是——"

还没等我发出那个音节，鸟儿就双双振翼飞起。它们用翅膀发出热烈鼓掌般的声音，然后飞入冰蓝色的天空。那一刻，某个世界似乎永远终结了……

不要问我是怎么知道的。我就是知道。

问题是，他已经用感情和感觉腐化了我。当我尚处于纯粹而混沌的状态时，遇到这种事根本不会在乎，无论他杀死几个我的孩子。然而在这个世界，以这副形态，这般虚弱：孤立无援，被恐惧、负罪感和悔恨所折磨，饥寒交迫，窘困潦倒——全都违背我这种生物的天性，我生来没有这些感觉。

老家伙无疑清楚这一点。就是他毒害了我。他知道怎样让我痛苦，觉得自己可以强迫我现身。

他们到底指望我怎么做？哭哭啼啼地回到阿斯加德，让他们把我推进火中？还是希望我宣战？要求赔偿？那都是战士可能会做出的行为。根据他们那扭曲的荣誉守则，这样做可能会为我赢得一些尊敬。

但回答是不——事到如今已经太迟。奥丁已经报复了我。在此之前我真的相信他会下如此毒手吗？说真的，我不知道。我一直很明白他有能力做出那种事，但对象竟然是我？

于是我继续躲藏，从希恩达菲尔的地下穿过下界。阿萨神族扩大了对我的搜索范围，派斯卡蒂在北境追踪；派澜用她的渔网细细搜查海洋；派涅尔德到江河中寻觅我的下落；日神苏尔和月神玛尼漫步于天穹搜索；洞底族则在地底寻找。每个人都万分警觉，不放过任何蛛丝马迹。

芙丽歌尤其不辞辛劳。就像在巴尔德死后从头到脚彻查每一根小草那样，她现在发动所有人找寻鄙人的下落。也有人谈价钱，但大多数家伙都很高兴能帮忙。我早已自知不受人欢迎，但却不知道自己何德何能，居然会招致如此程度的深仇大恨。原本就卑微的我在包围圈渐渐收拢之时变得越发卑微了。

说实话，我越来越害怕。所有人都与我为敌。我曾躲在北境的斯特龙德河谷之中的一座山上，从那里能看清方圆数里。山下有一道通往下界和外域的关口，类似十字路口，四面八方都有逃生之路。

连续数月以来我都过着逃亡者的生活，隐姓埋名，节省魔力。我用草皮和木头搭了一座小屋，靠河里的鱼维生。严冬将至，我冷极了。我在夜里不敢睡觉，害怕他们通过梦境找到我。总之，我正如他们所希望的那样凄惨，然而对他们来说这还不够。他们想要我受更多的苦。

我不知道他们最终是怎么找到我的。也许是通过梦境吧——我必须要睡觉。无论如何，他们来了，像饿狼扑食一样聚集在我的藏身处之外。

我太晚才发现他们的气息。一张由如尼光芒编织而成的网飞速收拢。海姆达尔扮作老鹰接近，斯卡蒂化为雪狼，叼着她那根如尼魔鞭；托尔身负米奥尔尼尔，驾着他的战车；涅尔德乘一艘皮艇顺流而下；弗雷带着他的金猪；芙蕾雅披着她的猎鹰斗篷；伊瞳和博拉基乘马；当然还有骑着斯莱普尼尔手持冈格尼尔的奥丁，他现出真身，其神力在天空中浩荡招展，仿佛宣布胜利的旌旗。

我已无路可逃。我变化为鱼,溜进河里。河水很深;也许我能藏身于河底石间,可河流是涅尔德的领地,他肯定用某种方法发现了我的痕迹。他伸手取下系在腰间的渔网,将其抛入水中。沉重的网向我当头盖下,就像命运。

我就不向你赘述细枝末节了。简单来说,我英勇抵抗了,但这完全不足以形容那时的情形。那张网以极具约束力的如尼符文编制而成,很像是赫尔的绳索那种材质。我后来才知道赫尔本人也参与了它的制造,可能是想通过此事重新跻身于受欢迎者之列吧。又或者因为她对诸神的反感在对我的怨恨之前也显得黯然失色。不论如何,这张网甚至连我野火的形态都能困住,在企图逃离这令人窒息的网却屡次失败之后,我挣扎着爬到岸上,裸着身子,快冻僵了,浑身上下都在滴水。

"逮到你了。"海姆达尔不快地说。

我望向别处,没有说话。我不打算恳求他们开恩,反正求了也是白搭,而且我不想让海姆达尔从看我跪地求饶中获得满足。我反而努力坐直了,摆出一副毫不在乎的态度。

"我说现在就杀了他吧。"托尔说,"趁他还没再一次溜走。"

"他不会溜走的。"斯卡蒂露出冰冷的微笑,"我们可以慢慢跟他玩。好好享受这次机会。"

"我同意。"海姆达尔说,"他活该吃点特别的苦头。再说,芙丽歌想亲眼见证他被处决。"

其余诸人似乎也倾向于赞同。博拉基想要争取些时间为即将到来的大日子谱写歌谣，芙蕾雅有一件新衣服想在处刑当天穿，所有人都在讨论我到底将以怎样的方法上路。

只有伊瞳和老家伙一言不发。奥丁站在人群之外，手握斯莱普尼尔的缰绳。但伊瞳却过来在我身边坐下，我闻到了花香，看见她刚一坐下，附近的几片树丛就提前开了花。天气也更温暖了。

她看着奥丁说："你不能这样做。"海姆达尔冷哼一声。"为什么不能？"

"因为他是我们的一员。"她说。

好吧，首先这话就说错了，我想。我从来就不是你们的一员。我说："给我个痛快吧。别让博拉基弹他那把鲁特琴就成。"

伊瞳望着奥丁。"你曾向他发誓不与他兵刃相见。你知道那意味着什么。"

"我可没发誓。"斯卡蒂说，"其他人也没。"

海姆达尔附和道："他必须死。让他活着实在太危险了。你们都听到先知是怎么说的。他会把我们出卖给苏尔特，以保住自己那条狗命。"

这么说，奥丁把预言者之书透露给金灿灿先生了？我有什么理由要感到意外呢。实际上，老家伙可能跟除了我之外的每个人都讨论过了,喝多了酒窖里的藏品后就四处大肆辩论。结论:洛基,这个叛徒,先是以最残忍卑鄙的手段攻击众神,又将他们出卖给苏尔特将功赎罪。

我还巴不得真是这样呢。

我本应该当场告诉他们苏尔特不做交易。交易、谈判、停战协定、合约——苏尔特不来这一套。他对背叛者和其他所有人都一视同仁。大海并不会分辨一颗砂子和另一颗沙子的差异。它将席卷一切,势不可挡。

但奥丁却似乎陷入沉思。语言就像名字一样是蕴含魔力的事物。话一旦说出口,就无法轻松安全地收回了。此外我们都听到了那段预言,尽管奥丁对我与密弥尔头颅的对话尚不知情。我们二人早已知道我将迎来怎样的命运。我们谁也不希望如此——但当然这不是重点。

我看向老家伙,向他引用了一段先知说过的话:

熊熊燃烧的火船自东方而来,

为它掌舵的正是洛基。

冥府的死者重返人间,地狱的魔怪又获自由,

恐惧和混沌与之同行。

"听起来耳熟吗,兄弟?"我说。

他那一脸震惊的神情几乎让这一整出惨剧都变得值回票价了。"你从哪里听来的?"

"你说呢?"

他叹气。"你跟先知交谈过了。"

"既然你没有信任我的打算,我也只好自己找出答案。"

"他告诉了你多少?"

我耸耸肩。"多到足以让我宁愿从没听过。"

奥丁又叹了一口气。无论情愿与否,我们都被先知的话影响了。我们都听过那段预言,话一旦入了耳,就无法当它不曾存在。试图阻止预言成真就和试图促使它发生一样徒劳——两种行为均等地受到预言的诱导。正如密弥尔的头颅所说,越是逃避命运,就越是会与它相遇,也就是说无论奥丁怎么做,他都只是先知游戏里的棋子。

他转向诸神说:"不能杀了他,但必须压制他。"

"我能做到。"斯卡蒂手指轻抚那根如尼魔鞭,"我发现死人通常都很合作。"

"不。"奥丁摇头道。

斯卡蒂发出粗鲁的声音。

"所以你到底是怎么想的?"托尔问。

"监禁。"奥丁说,"在我们弄清预言的意义之前,不能放他走。我们需要保证他的安全,把他关在某个——"

我插嘴道:"等等!我知道!"我再次援引先知的话:

我看见有人被五花大绑在王宫之下,

沉于河流的大锅之底。

这个可怜的人似乎便是洛基。

唯有他的妻子陪伴在他受难之际。

奥丁用邪恶的独眼看着我:"你知道得很清楚嘛。"我得意一笑。"和你一样,我也喜欢先人一步。"

第九课

毒液

我有没有提过我讨厌蛇?

——《洛卡布雷那》

于是随着这悲惨故事的展开,您谦卑的鄙人我变得愈发谦卑低下。他被拖到下界,来到河流大锅之下。此处正是梦之河的源头,位于混沌界的边境:一片半是清醒半是幻梦的蛮荒之地。

那里的梦之泉是它最纯粹的形态:变幻不定,转瞬即逝。地下深处有一个散发硫黄恶臭的狭窄山口,污秽的蒸汽不断从中喷涌到三块岩石上,它们的形状大小形似一把极为不舒服的躺椅,而我就被锁于其上,周身的如尼咒文使我不得变形逃脱。

奥丁亲自检查束缚住我的锁链。它们相当牢固。他用独眼盯着我,说:"我很抱歉事情变成这样。"

"一等我恢复自由,哥哥,"我说,"我保证会给你打招呼的。这是我能为你做到的最起码的事了,你不觉得吗?在你如此待我之后?"

海姆达尔露齿一笑。那口金牙像一串彩灯,照亮了整个山洞。我暗自发誓如果密弥尔所言不虚,我的确会在战场上和金灿灿先生相遇的话,一定要集齐那些金牙给自己做条项链。

"你会在这里一直烂到世界末日。"他说。

我骂了些脏话。但从某个意义上看,海姆达尔说得没错。只是世界末日并不像他们所想的那般遥远。

我过去的朋友们一个接一个来为鄙人的棺材钉上最后的钉子。博拉基弹了一首小曲;伊瞳亲吻我的前额;芙蕾雅狠狠地瞪了我几眼,说我这是活该;弗雷和涅尔德仅仅只是摇了摇头;提尔用仅存的那只手拍了拍我;托尔显得很尴尬——他的确应该如此,我过去曾为他做了那么多——他说:

"我很抱歉。你玩得太过火了。"

真可爱。好一句墓志铭。

最后只剩下斯卡蒂一人。她极安静地站在我身边,带着强烈的好奇望着我。在狩猎我的期间她留长了头发,那头长发像海水的泡沫般苍白,衬托着那张像贪婪的貂一样可爱的脸。

她就这样站了很久,令我烦躁不安。她想干什么?其他人都走了。她打算将之前对我的威胁付诸实际,趁我无力自保时杀了我吗?

她一定察觉到了我的不安。她笑了。

"我们再差一步就圆满了。"她说。

我不喜欢这话里的意思。也不喜欢她握在手里的那样东西。她一直把它藏在我的视野之外,但现在她以可怕的从容将它举到我的眼前。

"我给你带来了点小东西。"她说。

"一条蛇?我要的明明是点心。"我说,"不过这份好意我还是心领了。"

斯卡蒂又露出那种笑容。一股寒意顺着我的脊背而下,一直传到身上的每根毛发。"这可不是什么寻常的蛇。"她说,"这是条嘶嘶地吐着芯子的眼镜蛇。它喜欢朝敌人喷毒液。毒液不会伤害完好无损的皮肤。但如果滴进了受害人的眼里——你一定知道那有多痛。"

我不太喜欢事情的走向。我说:"你要干什么?"

她又笑了。"你会喜欢的。我要把它放在这儿。"她指了指一块位于我的脸正上方的岩石。"你也许最好在我放下它的时候老实点。它有点神经质。"

"听着,斯卡蒂……"我刚开口就意识到求饶只会让她更满意。无论我求饶与否都不会改变她要做的事情，但我至少可以破坏她的兴头。

于是我把嘴闭得紧紧的，一言不发，努力不去看那条蛇。蛇有两大类：要么迟缓到恶心死人，要么迅速到吓死人。这条属于后者。当斯卡蒂把它钉到岩石上时，它在她的手中不断扭动，嘶嘶作响。我希望它会咬她，但它没有。我猜它一定本能地知道如果自己这么做了的话下场会更惨。

我看着这条被钉在岩石上的蛇。它正对我的眼睛。我能看见它正盯着我，身体不断抽搐扭曲。它的下颚因坚决的恨意而收缩，看上去既恶毒又似乎愚蠢到足以将我视为造成它窘境的罪魁祸首。

我尽可能一动不动地躺在岩石上，屏住呼吸。我知道就算是一点声音、一点动作都足以引发攻击。

斯卡蒂捡起一把石子。

一颗石子被砰地扔到岩面上，正好砸到激动的蛇身上。

她说："你们认识彼此后会有很多乐趣的。"

蛇的速度快到我来不及反应。一大滴毒液滴到我的脸上。一时间并没有感到疼痛。

然后感觉就来了。

我开始尖叫。

痛苦持续了很久。我目不能视，口不能言，皮肤灼烧，在锁链间抽搐扭动。

蛇也是一样，不断喷出毒液。一道极端苦痛的红幕笼罩住了一切。我想如果不是因为被捆在石头上，我也许已经亲手挖出自己的双眼了。

不，别试图想象。只要想想您谦卑的鄙人。好吧，我的确做了一些就道德层面而言不妥的事情。但我真的该受这样的罪吗？

当眼前的红色幕布开始消失，我终于又能说话的时候，我重拾之前否决的求饶选项。自尊心已经烟消云散，耻辱感也不复存在。

"求你了！求你了！把蛇拿走！"

但求饶没有任何效果。尖叫着向奥丁寻求帮助也一样。试图扭过脸去，尽力弯腰离蛇远些也都是徒劳。只要我一动或是抬高声音，那只邪恶的生物就会再次攻击，而一等它攻击，我就会尖叫着扭动……

"求你了！不要留下我！求你了！我的眼睛！"

在我身后，我能听见斯卡蒂的笑声逐渐远去。

第十课

惩罚

惩罚是徒劳的。它不能阻止犯罪,不能改变过去,也不能让罪人感到内疚。事实上,它所做的不过是浪费时间,以及制造毫无必要的痛苦。

——《洛卡布雷那》

想象一下鄙人我的惨状吧。被锁链绑在下界的岩石上,目不能视,长久地受着折磨。我不知道时间过去了多久——在如此靠近梦之境的地方,时间的流动也不一样,现实世界里的短短一刻在这里仿佛是永恒。但在痛苦这个国度中,人对时间的感觉也会被扭曲,所以也许已经过了几小时,几天,或几周,我才慢慢察觉有人静静守在我身旁。

起初我以为是斯卡蒂又回来了,准备再次折磨我。然后我希望真的是她,期盼她能给我个痛快。接着我开始意识到那条蛇已经好几分钟没有喷射毒液了,我眼中的灼痛感也开始稍稍褪去。

我依然看不见,但能分辨光影。我说:"谁在那儿?"

没人回应。我能听见蛇在我身旁的石头上滑动,以及安静的呼吸声,此人一定站得离我很近。我说:"求你了,帮助我逃走吧。你要我干什么都行。"

我猜也许自己心中还隐约希望来人是奥丁那老家伙,在执行他的权力之后偷偷回来帮助我。

我张开干裂的嘴唇说:"哥哥,求你了。我保证再也不跟你作对了。我会告诉你怎么打败苏尔特。我知道怎么做。奥丁。求求你……"

"是我。"一个声音说。

"西格恩?"

我努力睁开双眼。眼球的灼痛仍在,但现在我能看见身侧的一个模糊人影。

这个身影看上去似乎正端着什么东西挡在我的脸和那条蛇之间。随着视力逐渐恢复,我看见那是西格恩过去用来做蛋糕面糊的大玻璃碗。碗底已经积了一些蛇毒了。

"我手头只有这东西。"她温柔地看着我说,"傻乎乎的蛇老兄还以为它能穿过玻璃咬你呢。它可真坏心眼,是不是?坏心眼的蛇老兄。"

蛇老弟发出嘶嘶的声音。它当然会如此回答。

西格恩继续道:"可怜的天使。你一定很不好受。不过,现在我来了。尽量别动哦。一动就只会伤到自己,你知道的。"

我的眼睛仍然湿润——因为疼痛,我想,又或许是感激的眼泪。那一刻,解脱的感觉使我内心充满狂喜。

"哦,西格恩。"我说,"我真高兴你来了。我过去真是个烂透了的丈夫。我向你保证,我会改的。只要把我从石头上解开就行。拜托。"

"哦,洛基。"她说,"你太好了。我也相信你是诚心诚意的。但我不能放你走。"

"你说啥?"

"唔,你在这里是有原因的,亲爱的。犯罪者必须受到惩罚。如果我让你走了,就会让奥丁和大家失望的。"

生平头一遭,我完全失去了语言能力。"啥?"我重复道。

西格恩面露微笑。透过朦胧的泪水我看见她的脸:温柔,满怀爱意,不可动摇。"好吧,你的确杀了巴尔德呀。"她说,"正因为如此,奥丁才杀了我们的孩子。所以在某种程度上,你要为此负责。"

我开始恐慌了。

"不！我没有！西格恩，求你了！放我走吧！"

"别动。你要把盆子撞翻了。"

我难以置信地看着她。她显得十分平静——也相当不正常。莫非瓦利和纳尔弗之死终于让她精神崩溃了吗？抑或这只是她内心一直秘密渴望的场面——我完全无助，任由她摆布，永远归她所有？

"我带了些水果蛋糕来。"她说，"如果你想要，我就给你切一块。"

"蛋糕。"我说，"你带了蛋糕？"

"嗯，蛋糕总是能让我感觉更好受。是樱桃和杏仁口味的。你的最爱。"

"拜托！你必须放我走！"

"我现在不会，以后也不会。"她抿紧嘴唇，"现在别惹我生气，不然我得去散散步平复心情。如果我这么做了，可就没人把这东西挡在你和蛇老弟之间啦。"我看向那个搅拌碗，蛇的獠牙被玻璃碗底放大到可怕的地步。

蛇老弟以极度疯狂的神情回视着我。

我能看出它只是在伺机而动，等待西格恩放下那个碗，里面的毒液已经装了四分之一。我问自己，再过几分钟她就必须得去清空装满的毒液了？再过几分钟那条蛇就会抓住机会发动袭击了？再过几分钟，再过几小时我就会再次在痛苦中尖叫了？

惩罚是徒劳的。它不能阻止犯罪，不能改变过去，也不能让罪人感到内疚。事实上，它所做的不过是浪费时间，以及制造毫无必要的痛苦。也许正因为如此，它才是众多宗教信仰的根基所在。我想起预言者之书。

这个可怜的人似乎便是洛基。

唯有他的妻子陪伴在他受难之际。

哦，天啊。我本以为蛇就已经够糟糕了。但要我永远听着西格恩的唠叨，吃她的水果蛋糕，透过搅拌碗的碗底盯着被放大的毒蛇……

最后我终于使出可悲的招数。"求求你，我爱你，西格恩。"我说。

我已经悲惨到了这个份儿上，对自己同情到了这个程度，堕落到了这个可悲的地步——对我的妻子说"爱"这个字眼……

她又笑了。"哦，甜心。"她说，我知道我最后的招数也失败了。事实上，我的话语决定了我的命运：她已经以她想要的方式得到了我。我困苦，无助，绝望，伤痕累累，完全任由她摆布。

她双眼噙泪看着我，声音温柔："哦，洛基，甜心，我也爱你。我会好好照顾你的。"

第十一课

脱逃

绝不要忽略合同细则。

——《洛卡布雷那》

接下来是一段漫长、诡异而可怕的时光。身处亦真亦幻的世界,很难说清楚到底过了多久,但对我来说那是永恒的厌倦,插有短暂的中场休息,其痛苦难以言喻。

西格恩说到做到,尽管她无疑已经精神失常,对我的恳求和甜言蜜语都无动于衷,但还是尽了最大努力帮助我。

大多数时间里她都在收集蛇毒,偶尔会去清空毒液,那邪恶的生物就会趁机发动袭击。此外当她让我喝水(我不得不偶尔为之），试图喂我吃东西，或去给鼻子补妆时它也会攻击。其结果就是我要么不断饥饿，要么不断口渴，要么不断受苦，或者三者皆有。

西格恩既欢快又如慈母般温柔，声调就像保姆照顾一个急躁的婴儿。她对我和那条蛇说话时的口气完全一样，责备我俩"相处得不好"，并进行严肃的说教。其余时间里她会为我的苦难不住唉声叹气，当然同时也完全不理会我请她解开锁链的恳求。我清清楚楚地感到，尽管她抱怨连连，实际上却很快乐。她终于得到了我，是不会松手让我走的。

时间飞逝。我不知道过了多久。我学会了在酷刑折磨的间隔时抓住机会小睡片刻。再没有人到来，我放弃了希望，不再期待某天奥丁会心软放了我。然而在某种程度上也正是他使我多少得到了救济：西格恩说过是奥丁告诉了她该如何找到我，还允许她自行决定该如何帮助我。但这也只是让事情更糟了。奥丁关押我在先，如今又开始关心起我的福祉了——抑或他是出于罪恶感？那么这罪恶感也分量太少，来得太迟了。难道他指望我感激他？不，现在我除了憎恶外什么也感觉不到，我恨他，恨他的子民。等我重获自由——我发誓我会的——就要他们为自己的所作所为付出代价。然后，我会找到密弥尔的脑袋，把它从这里一脚踹到世界尽头，然后埋到地下深处，就像阿萨神族掩埋我那么深。

好吧，人总是有资格做梦的。正是梦在一次又一次痛苦折磨的罅隙间支撑着我。梦总是如此靠近，近到几乎触手可及。我能通过自己躺着的这块岩石听到它的声音；它在底部奔涌而过，将那些朝生暮死的幻影带入外面的世界……

斯卡蒂留下这件送别礼物有双重目的。其一当然纯粹是想从我的受罪中获得享受；其二，我怀疑，是让我无力思及逃生一事。当你的双眼既瞎又痛的时候，除了希望痛苦早点平息这一念头之外，也的确没有别的什么事情可想。但在西格恩控制住蛇的那段漫长的中场休息期间，我成功恢复了部分神智。头脑又开始运转。

我所做的事情之一就是一遍又一遍咀嚼预言者之书。尤其是与我自己有关的那部分，以及它的具体措辞。

我看见有人被五花大绑在王宫之下，

沉于河流的大锅之底。

这个可怜的人似乎便是洛基。

唯有他的妻子陪伴在他受难之际。

起初我只是简单地假设预言把西格恩描述为唯一对我不离不弃之人。如今我意识到真相其实更接近字面上的意思——很明显我是被迫奉陪她到世界末日。我不能再对她有更多指望了。我再次仔细检查预言的一字一句，寻找其中的细节漏洞。

我看见有人被五花大绑在王宫之下，

沉于河流的大锅之底。

这个可怜的人似乎便是洛基。

似乎便是洛基。似乎是洛基。

我想了很久。为什么要如此措词？我问自己。为了押韵？还是出于其他我尚不知晓的原因？

这个可怜的人似乎便是洛基。

我受尽折磨。我放声尖叫。

这个可怜的人似乎便是洛基。

我沉沉睡去。我做了梦。

第十二课

梦

奴隶会梦见什么？奴隶会梦见自己成了主人。

——《洛卡布雷那》

梦是一条流经九界的河，所及之处甚至包括冥府和地狱。就连地狱里的生灵都能做梦——实际上，做梦正是他们所受的酷刑之一。从悲惨的生活中逃离，就算一两秒钟也好，忘记现实，飘然若飞，却只能像上钩的鱼一样被摇醒，重返清醒的世界……

是的，某种程度上，这样甚至比毫无救赎更加痛苦。那将醒未醒的一两秒钟里，一切都似乎有可能，甚至包括这样的可能性：过去的数天、数周或数月，也许都只不过是噩梦一场……

然后你就猛地醒了。回到现实。回到此时此刻。梦境只是稍纵即逝的幻觉。在这种情形下,你很可能丝毫不想再做梦了,拒绝再吞咽那卡在咽喉中的希望之刺。但我隐约有了主意。还称不上是计划——目前还不是。但逃脱的希望尚未完全抛弃我。

耐人寻味的是那句诗的措辞。"这个可怜的人似乎便是洛基。"并非他便"是"洛基,而是他"似乎"便是洛基。"似乎便是洛基"。这隐约产生了另一种可能性,即真正的洛基可能在别处。

真这样就好了。我对自己说,如果我真能让它实现的话。但该怎么同时身在两地呢?梦就是唯一的答案。如果我能以某种方式从梦之境中逃离,抛下我的肉身,也许就能重获自由。也许能重归于混沌,能从奥丁的报复中解脱。

这样做无疑也极其冒险。梦是非常危险的元素,由危险的势力所管制。这里正是它的源头,其力量足以致命;这条河流中的野蛮幻象能摧毁人的心智。从另一方面来说,人人都会做梦,如果我能将自己与一个合适的做梦者联系在一起,也许就能达成这项看似不可能的任务,同时存在于两个地方。

没错,我知道,我当时很天真,但也是走投无路,情愿冒着危及心智和生命的危险换取逃离的机会。于是我练习做梦;不再把它当作消磨时间的途径,而是顽强地、艰辛地做梦,就像一个罪犯用削尖的茶勺挖牢房地面,希望终有一天能挖出大到足以从中脱身的洞。

梦分两种。一种完全将你吞没,另一种是明晰梦,你在梦中依然很清楚自己正在不同世界之间穿行。我寻求的是这第二种,它需要大量练习,而且做梦者还必须全程冒着与深渊底部的生物发生冲突的危险,它们无不渴望诱惑毫无机心的做梦者上钩,然后将此人连精神带灵魂一起吞噬,唯留他的肉体在现实中走向死亡。这种事在中庭世界并不常见,但偶有发生。然而我现在正处于梦之境的源头,十有八九会碰上这类事。但我依然认为值得冒险。只要能让我从岩石上下来,远离西格恩和蛇老弟。

所以我开始削尖我这把茶勺。老天啊,太艰难了。这里无疑没有日夜之分。我只在有条件时才能睡觉,而且睡得很少。一点一滴地,我开始了解了梦之河和浮游岛屿的风险和乐趣,有些岛屿只有肥皂泡那么大,有的则宽广如大陆。我学会探索那些岛屿,避开危险,触碰创造出它们的做梦者的精神。一点一滴地,我缩小了搜索范围,不停寻找符合理想的做梦者。

此人必须有坚强的心智,但又不能强到足以抵挡我的影响,或试图反过来吞噬我。此人必须思想开放,富有想象力,不会受道德的过度约束。我试过了许多人选,结果无非是发现他们都有不合适之处,在漫长的寻找之后,我终于找到了完美的人选——或者应该说,那个做梦者找到了我。此人心智坚强,富于想象,回忆中充满熟悉的景象。实际上,我想那是一个与我同族的灵魂，梦中正上演着一幕幕我几乎耳熟能详的场景。

有些梦境能使人产生感觉：它们令人感到慰藉，令人回想起本已差不多遗忘的感受。梦见甜蜜、冰冷的水；梦见覆在脸上的手掌；梦见亚麻布床单；梦见树木的荫凉，梦见湿润土壤和草木的芳香。对永远处于恐惧、痛苦、饥渴和酸痛之中的我来说，这些梦能带我通往更甜蜜的世界，我狂喜地投入它们的怀抱。

但随着时间流逝，我发现这些梦开始变得残暴。有时此人梦见火山岩浆如一道喷泉从混沌射入九界，它的觉醒带来万物的毁灭。还有的梦是一片灰烬从篝火中冉冉上升的旅程。梦见火焰，梦见浓烟，抽象地梦见混沌。梦见建筑燃烧，要塞在黄昏中倾覆，梦见彼此厮杀的人类、洞底族、岩巨人、冰巨人、诸神……

起初，这些梦显得太过完美。梦中的残暴与我自己的残暴是如此相似，我察觉到这可能是陷阱。所以我小心翼翼地进入其中，慎重地避开梦境，偶尔添加一些属于我自己的细节，想看他是否会上钩。

好吧，我用的代称是"他"。识别做梦者并不容易。梦具有极为复杂的结构，和预言一样难以分析解读。做梦者的身份尤难判明，因为他们往往以各种各样的形态出现。我每次也都以不同的形态进入梦之境。今天是鹰，明天是猫，下次也许是青蛙或蜘蛛。起初我强迫自己不要前进得太快，缓慢探索做梦者的心象，以免流露出任何明显的交流意图，或逼他自曝身份。

我必须承认，这么做很叫人沮丧。但我知道必须耐心。我已经为自己找到了最合适的形象——聪明，善于接受新知，富有想象，那份受压抑的暴力倾向也恰到好处，能使我们友好共处。我不想过分热心，以免吓到他（或她）。我对这个做梦者早已足够了解，他的思想和感觉，他的智慧，他的想象，我知道一切，唯独不知他是何许人。

某天夜里，我发现自己不再只是旁观者。我终于超出潜意识的范围，与对方建立了联系。尽管我试图躲藏，这个未知的做梦者还是发现了我。

那个梦莫名其妙地令人感到安心：一片狭长而荒凉的夏日海滩，树木几乎长到了海陆边线，空气中弥漫着花和成熟果实的味道。

在海滩尽头，一个小女孩正忙着搭建沙堡。难道她就是做梦者？我心下疑惑。

我走得近了些。我扮作一个红发小男孩——我发现这个形态既实用又恰到好处地不引人警觉。

小女孩似乎全神贯注地干着手上的活；我继续前进，同时依然留在梦的背景里，以免吸引注意。但那女孩看见我了。她的目光具有奇特的穿透力，我试图化身为梦的幻象以消除疑心，却发现自己不能变形。我被捉住了。

小女孩看着我。"你是谁？"

"谁也不是。无名之辈。"

"说谎。我以前见过你。你难道不自报家门吗?"

她一定是做梦者,我心道。但她和我一样处于心神明晰的状态,足以控制梦境的形态——包括鄙人在内,被困在小小的梦之岛上,随时都有可能因做梦者的醒来而消失在幻象的河川之中……

也许尽管我做了诸多预防措施,但仍然不够谨慎。我太过依赖伪装,相信自己无懈可击。而现在我被困在现实与现实的罅隙里,无法变形,命运完全被面前这个我追求良久的黑暗心灵所左右,而无论此人真身是谁,都绝不可能是个小女孩。

"你是谁?"我问道,争一秒是一秒。

"海伊迪。"小女孩说,"你看见我的沙堡了吗?"

我望向她身后的沙滩。太阳西沉,落日的光芒突然变得十分不祥。在它的照耀下,沙堡看上去比之前更大,在那一瞬间我发现它很像阿斯加德。

我走到更近处观察。没错,那里是奥丁的宫殿、城墙、城垛、桥梁、塔楼、大门,还有我的住处,西格恩的家,伊瞳的花园,芙蕾雅的闺房,全都煞费苦心地以沙子雕刻,还有一座从护墙向外挑出的彩虹桥。

海潮倏然转向。不久前还如此清新芬芳的海风此刻突然散发淤泥和海藻的味道。在落日余晖中,海浪的浪尖变得血一般通红。

我再次试图化作幻象。我对这场梦有不好的预感，那鲜血般的光线，海潮转向，以沙子堆建的阿斯加德。但我再一次发现自己无力变身。做梦者的意志比我更强大。

我望向天空。它已成了紫色。波浪已经触到了沙堡外墙。沙做的桥几乎瞬间崩塌，城垛也许还能撑上片刻。

"我总是最爱这一幕。"海伊迪用明朗的声音说，"就这么亲眼看着它分崩离析。你没有同感吗？看着海水一点点将它分解，直到它无影无踪。"

我无言颔首。无论她是何人，这话说得都不错。

"当然了，那些东西本来就不能长久。"海伊迪继续以恍惚的声音说，"秩序和混沌就像潮起潮落。抵抗它们也只是徒劳。"她看向我。"我知道你是谁。你是洛基，恶作剧之神。"

我点头道："没错，而你则是海伊德，他们又称你为古尔薇格。女巫古尔薇格。如尼符文大师。狡猾，贪婪，报复心重。顺便说一句，我很中意你——那些都是我最爱的性格特质。"

她向我露出狡黠的笑容。在这小女孩的外形之下，她的性格十分复杂，令人烦心，同时也令人动心。我们就承认了吧，只有恶魔才能如此挑人心弦。

"我也听说过许多你的故事。"她说，"你聪明，无情，自我中心，自恋，不忠不义……"

我耸耸肩。我想她让我无言以对。

"我一直都很想见你。"我说,"但你不是个寻常女人,无法轻易得以一览芳容。"

古尔薇格笑了。"我一直在等待合适的时机。"

有意思。"为什么?"我问。

"我想和你做笔买卖。"

买卖。你也应该知道此时我早已认识到阅读合同细则的重要性了。但被囚禁在下界的岩石之上过了一段暗无天日的生活之后,我已经没多少讨价还价的余地。我想起预言者之书,便说:"有关这笔买卖。它是否涉及以下几项内容:助我逃出生天,安排我做大军的首领,让我像海潮摧毁沙堡一样摧毁阿斯加德?"

"差不多吧。"古尔薇格说。

我说:"成交。"

卷四 · 黄昏

冥府门口的狼在长嗥。

锁链已经分崩离析；洛基之子重获自由。

诸神黄昏终于来到，

阿萨神族最黑暗的命运。

——《预言者之书》

第一课
海伊迪

说真的。我是不是在第一部里就告诉过你切勿相信任何人?还是这句话。

——《洛卡布雷那》

于是我又一次变节了。我还有别的路可走吗?老家伙抛弃了我。九大世界都将枪口对准了我。而女巫古尔薇格——海伊德——正向我提供发动反击和重返混沌界的机会……

如果拒绝的话才是傻瓜。任谁都会接受这笔交易。海伊德实力强大,渴望报仇,尤其想报复那些过去背叛她加入奥丁一伙的华纳神族。严格来说我也是她的敌人,但我指望自己背叛阿斯加德的行为能得到她的垂青。不管怎样，我是个追星族。这可是传奇的古尔薇格啊，首席女如尼符文大师，自从奥丁第一次骗我化为肉身以来我就一直在九界中苦苦寻找的人。

而我需要她做的头一件事就是把我从这具正在梦河畔的洞穴里受尽折磨的肉体中解放出来。于是我答应了她开的条件，没怎么阅读合同细则。被她收编入伍后，我从那个梦中醒来，终于摆脱了蛇老弟、搅拌碗、躺椅形状的岩石和那条刻有如尼符文的锁链，感到轻松无比，以至于从没想过问她具体细节——比方说西格恩去哪了，又或我该怎么重新跻身于混沌那群火暴热情的信徒之中。结果根本就没有什么计划，但我想你早就猜到了。被上一群朋友利用和背叛之后，我很快就会在这群崭新的恶魔同伴中落得同样的下场。

然而，容我为自己辩解几句，当时我正在体验一系列令人振奋的新感受，以至暂时失了警戒心：无比的感激，宽慰，解脱，能亲手揉眼睛的快乐，不用沾一脸毒液就能喝上水的喜悦，与食物和饮料的久别重逢（虽然我怀疑蛋糕将永远不会出现在我的菜单上了），沐浴那令人惊奇的舒适惬意——先泡冷水，再泡温水，然后用大量不同种类的肥皂，沐浴油和各式各样的洗浴产品。

然后还有海伊德——充满诱惑，还能用恶魔的能力化身为任何她（或我）最渴望的外形。此刻她从头到脚都金光闪耀：每个手指上都戴有戒指，双眼像山猫的眸子般明亮，一头秀发既像瀑布又像彩虹。从指尖到脚底都遍布如尼符文刺青,肌肤细腻光滑,身体柔软轻盈,狂野中带着邪气,而且就和铁木树林的安吉一样,她也对红发男人有奇怪的偏爱。

所以我就充分利用了优势。有意见吗?我承认这一举动并不明智,尤其已经有安吉的教训在先,但我已经在地下憋了太久,无法抵抗一点无害的调情所带来的快乐。恶魔的性事是一种我很久都不曾有过的娱乐,现在我再次沉迷其中,在秩序和混沌准备开战之际,我们却在用激情的火焰燃烧寒冬的夜晚。

与此同时,在下界束缚我的那块岩石上,一个以如尼符文和魔法制造的幻象作为我的代理人正在替我受罪——以防斯卡蒂或者其他什么人过来检查我过得如何。这个幻象从任何意义上来说都没有生命。它只是一些思想和图像的集合体,海伊德在我被囚禁期间挑选出它们,然后赋予最起码的实体——在如此接近梦境的地方此举并不困难——以欺骗不定期来访的监视者之眼。当然,一旦靠近调查,伪装就会被识破,不过很快这就不重要了。战争迫在眉睫:再过不久阿萨神族就会有比对付鄙人更紧要的任务了。

计划分为三阶段。一:准备;二:征服;三:对峙。简洁明了。第一(也是最沉闷的)阶段实际上已经接近尾声,这也意味着当我加入古尔薇格的队伍时,精彩部分恰好即将上场。

的确也很精彩——野火被释放出来,前所未有地壮大邪恶。

海伊德和我在铁木树林边缘设立帐篷,在那里能暗中监视彩虹桥。此地很安全,有许多乐趣,流经林中的贡瑟罗河直通下界,为各种各样的生物提供了通过梦之河进入九界的途径。

这里是为海伊德的咒语所指引的军队的集合地点。届时将有无数妖魔鬼怪从人类的恐惧、梦境和眼泪中被召唤到此地。你看,人类已经成了战力的来源之一。诸神对人类丝毫不抱警戒,将他们视作微不足道的崇拜者,但人类在做梦、想象、编织最错综复杂、最露骨、最持久的幻想方面却有着几近无穷无尽的能力。而女术士能将所有这些产物化作九大世界前所未见的最强悍的军队。

这就是在我寻觅她的那么多年里她一直在做的事情。她居住在半是现实半是幻梦的地带,很清楚如何在梦之河中穿行,如何以思想劝诱他们,如何驾驭那些足以摧毁较弱者的急流。古尔薇格是九界迄今为止最强大的梦境操纵者,她正是计划通过梦之境征服整个世界。

当然,我是其中的关键之一。我熟知阿斯加德的防御工事,和众神一同生活了漫长的时间,知道他们所有的弱点,无论战略方面还是私人方面的软肋都了如指掌。举个例子,我知道如果将某些特定因素引入争斗(比如尘世巨蟒,魔狼芬里斯),那么阿斯加德的关键战力必将丢下一切,战略意义再重要的岗位也都会弃之不顾,直奔由我们选择的任何场地,以便和它们正面对抗。

时间选择极为重要,我们在这方面有优势:我们能选择何时开战,也能决定战争如何进行。

哦,她已经计划了几十年了。我曾以为我的复仇之梦相当宏大,可和她的一比,只不过是猫打盹时梦见的短暂幻影。古尔薇格实现了一切:她年复一年进入冰巨人和岩巨人的梦中,操纵他们的首领,向他们耳中灌输仇恨,现在他们已经准备随时发动攻击。她还进入过疯狂者之梦,谋杀者之梦,郁郁者之梦,迷失者之梦。如今所有势力都在向铁木树林聚集——冰巨人,岩巨人,地下世界的洞底族,狼人,女巫,混血恶魔,还有在秩序的国度里勉强建立起无名小国的火巨人野种——与此同时,不受怀疑的人类,奥丁挚爱的崇拜者们,正在山麓和内陆平原集合他们的战士,由野蜂般强大的本能所驱使,在某位新兴的贪婪女王的影响下蜂拥而至。

我自然会为之目眩神迷。又有谁不会呢?她就是黄金女王,我就是国王。当然了,蜂群并没有国王,但我那时并不完全依逻辑行事。海伊德让我沐浴在赞美之中,用她的身体表达对我的爱慕,慷慨赠予我过度奢华的礼物,把我安排在一支舰队领头的火船上,这支军队不会取道唯一之海,而将驶过梦境,死境和地狱本身。

那艘火船美丽极了。船身如剑刃般修长致命,能在任何事物中穿行——空气，岩石，水。它的船帆好似圣墓教堂的圣火①；它的骨干船员们从不知疲倦（我说"骨干船员"是因为他们真的是一群骨架，以 Naudr 咒语赋予了生命，被拉来给我当壮丁）。等我玩腻了，还能把它像折刀一样折叠起来随身携带，或者将它停泊在梦之河里，让它在那里耐心等待召唤。

至于我其余的恶魔船队呢，准确来说它们并不是船，而是我军队的容器。我这支军队龙蛇混杂，有混血种，叛变的恶魔，不死者，各式各样的短命生物，全都被海伊德通过梦之河召唤而来为我效忠。这些生物称我为将军，用奴性的方式崇敬我，而我则和海伊德寻欢作乐，大吃鹿肉，狂饮蜜酒，等待诸神黄昏和万物之终结。

最终的清算即将到来。

地狱的住民即将到来。

死神即将降临世间，这条黑暗之龙。

这是交易里唯一令我感到不安的部分。黑暗之龙——又名苏尔特大人——终于化为实体进入九界，准备清除那些冥顽不化的

---

① 东正教基督徒每年复活节前一天聚集在耶路撒冷的圣墓大教堂举行的传递圣火仪式。

侵入者——即一切生命。这可不是什么让人高兴的想法。海伊德向我保证,说待到那时苏尔特大人会发现我们对混沌的胜利做出了贡献,并将我们带回原初之火。听起来很有道理——至少当她在我身边的时候。独处时,我常常对整件事感到毫无把握。我甚至不能完全确信自己希望恢复原始形态。在这个充满斗争和感受的腐坏而难解的世界里,我已经发现了太多值得享受的事物。我意识到自己最享受的事物之一便是挑战秩序、破坏规则——而当秩序不复存在后,我还怎么能挑战它?就算我还能重返混沌之心,我这彻底改变的生命形态依然能够在那里生存……

可我真的想这样吗?我真的曾经如此希望过吗?

尽管如此,还是让未来见鬼去吧,今朝有酒今朝醉。这就是人生啊,我对自己说。有美酒,有女人,有和我个人需求相匹配的交通工具,还有对诸神嗤之以鼻的大好机会。战争就像春日气息一般在空气中颤动,我能感觉到体内的混沌之血正欢腾地迎接它的到来。苏尔特已经在路上了?照旧吃饭喝酒开心过日子呗,我想,因为谁又知道明天会如何?

好吧。尽管认为这是逃避现实吧。最起码我自己乐在其中。有生以来头一次,我成了真正的神,也许——只是也许——我得意忘形了。但你真的能怪我吗,毕竟我经历过那么多。我过得很自在。我拥有一艘火船,拥有古尔薇格,拥有一整支狂热的半魔崇拜者军队。还有什么好奢求的?我想,哪里会出问题呢?

第二课

安 吉

> 一个女人——麻烦。两个女人——混沌。
>
> ——《洛卡布雷那》

据先知所言,几节诗就能完全概括这一切。实际上阿斯加德的人花了几个月才和我们的人马在战场相见。在此期间,奥丁闭关与密弥尔的头颅不断商议,与他的子民无休无止地谈话,而我的新盟友和我则继续展开对中庭世界的侵略和征服大业,一寸一寸地前进。

第一个麻烦的迹象出现在最终战役的一个月之前。我们有一千艘待机的火船,准备通过梦之河发动袭击。在铁木树林以北,冰巨人在鹿皮帐篷中等待我们的命令;岩巨人则占据东边,把山脚处的错综复杂的石灰岩洞当作他们的庇护所。与此同时,人类正在集结:起初是战士的小规模队伍向西南方流动,一次只不过数百人,装备着剑,斧头,盾牌,有时还只有农具。曾有数次小冲突,但也仅限于此。人类还在举棋不定。有传闻说战争迫在眉睫:寒冬的天空中出现的预兆、噩梦、突然的死亡、迁徙的鸟群那不祥的飞行——所有坏事的征兆都向人类和中庭世界袭来。

有传闻说安格波妲躲在铁木树林某处,率领着一群以聚集在森林边缘的人类为食的狼人。我没有调查传闻是否属实。在众神那般对待芬里斯之后,安吉看我不会很顺眼,而我也不急着将她介绍给海伊德。

正因为如此,某个夜晚她突然不请自来要求见我时,我感到了一丝忧虑。当时我正在自己的帐篷中,其天幕比奥丁的宫殿还更广阔,刻满火焰如尼符文,悬挂有丝绸和挂毯,地上铺着狼皮。我刚开了一瓶酒,侧耳聆听夜晚的声音时,她走进帐内,来势汹汹,身后跟着面露疲惫的恶魔卫兵,我之所以安排他们,为的就是避免这样的偶遇。

"我很抱歉,将军,"卫兵说,"但她就这么——"

"我能想象得到。"我说。铁木树林的女巫来访时,若有哪个可怜的傻瓜带她去等候室的话可得要小心自己的脑袋了。我心不在焉地挥挥手,示意他离开。

"安吉!我一生的挚爱!"我说。

铁木树林的女巫向来偏好年轻无邪的外表,和她乖张邪恶的真实性格相去甚远。今天她看上去约莫十六岁,裹着一身黑色皮革,楚楚动人,天真的眼睛上画着浓重的眼线,发绺中编有缕缕银线。大多数十六岁的姑娘并不会随身携带两把一样的双刃剑,刀身圆滑如婴儿的微笑,刀刃却锋利到几可嗡嗡作响——不过,安吉从来就不同寻常。

"今天莫非是我的生日?"我问道。

她无视我的问题,转而饶有兴味地四下打量我的住所。无论是丝质帷帐、地上的绣花靠垫,蜡烛,毛皮,美食和佳酿,都不能让她稍微扬一扬那饰有宝石的眉毛。

"我猜你自以为大功告成。"她坐到靠垫上说,"眼前的这一切,还有即将到来的大屠杀。你肯定已经忘乎所以了。"

我冲她微笑。"有什么问题吗?我才刚刚经历过一段漫长的痛苦、不适、羞辱和欲求不满。我想也许正是时候趁世界末日来到之前体验一些更惬意的感受。"

"然后呢?"安吉说,"你以为在你干出了这么多事情之后混沌还会让你回去?"

我不得不承认她问住我了。梦之境有一个专为叛变的恶魔而准备的接待室,我还不急着去亲自体验它。

我说:"也许会,也许不会。不论如何,我不准备送死。实际上,有来自权威人士的消息,说我将扳倒阿斯加德。"

"权威人士?你是说先知吧。"安吉说,嘴边露出一抹微笑。

"迄今为止它还从未出错。"我说。

"但它并没有告诉你全部内容。"安吉为自己倒了杯酒,"你的新朋友也是一样呢,这位古尔薇格——海伊德女士。"啊,我就知道会有这句话。

"嫉妒了,是不是?"我说。

"做你的梦去吧。"安吉说,"我只是看在孩子们的分上才和你保持联络。顺便一提,说到照顾我们的儿子——我只是让你带他过个周末,结果就发现他被锁到了地下,带着一身酒臭味枯等世界末日来临。"

"啊。那事儿啊。"

"没错。那事儿。如果你没有把事情搞砸,我们就不会进行这次对话,我也不会加入魔境最恶毒的金发婊子一伙。"

"你入了海伊德的队伍?"我说。好吧,我看见有利之处了。安吉是赫尔的母亲,这层身份使得她是一个不容小觑的角色。但为什么安吉会同意这笔交易?"啊。芬里斯。"一切都说得通了。"所以,海伊德承诺会令他自由,是不是?以他的自由交换你的效忠?"

她哼了一声。"我别无选择。他是我儿子。此外,她还解放了你,不是吗?"

"没错。"

"真不错。那么她想要什么?"

"还不是那一套。扳倒众神,接管九界,满足嗜血欲。实际上,很少遇见一个品位和野心都和我如此相似的女人呢——也许除了你之外,我亲爱的。"

"说实在的,她还真是个慈善家。"安吉说。

"唔,我可不会作出这么高的评价。"我说,"但海伊德一直对我很好。"

"那你就从不质疑她对你有所隐瞒吗?"

"呃,没有。"我说,"其实,她罕有欺骗和不忠的行为,这还是我在这个十全十美的人物身上发现的唯一缺点呢。"

安吉又哼一声。"那你的老婆呢?"

"我老婆?她怎么了?"

好问题,我想。实际上,这还是几个月来我头一次想起西格恩。我知道这听起来很冷血。但我从未假装自己是理想丈夫之类的人物。此外,当你成了世界之王,面临世界末日,被崇拜你的马屁精和淫娃荡妇团团包围时,你脑子里装的东西也不会是法兰绒睡衣和水果蛋糕。但现在安吉提到此事,我才意识到自己从没问起在我被救出下界后那亲爱的发妻的下落,也没问为什么她没有尾随我到铁木树林给我做苹果馅饼。

"因为他们干掉了她。"安吉回答了我的问题。

"什么?"

"显而易见,你的小朋友不希望她回去打报告。把她直接除掉来得更加干净利落。"她看着我,"你还好吗?你看上去突然不太舒服似的。"

"我没事。"我告诉她。

我的确没事——只是因为真相来得令人猝不及防。一想到西格恩真的死了,甜蜜而无害的西格恩——无疑也是个疯子,因为她狂热地喜爱毛茸茸动物,模仿幼儿口气的能力也深不可测——我只觉得满嘴都是她的水果蛋糕,几乎无法下咽。一旦想到海伊德不假思索就下令杀了她,甚至对鄙人一字不提……

"你真的肯定你没事吗?"安吉说,"我一时间还以为你可能觉得应该对她的死负责呢。"

我晃晃目前不是十分清醒的脑袋。

太荒唐了,我对自己说。归根结底,我们正计划引发世界末日,诸神黄昏,把众神拉下神坛。阿斯加德陷落后还能发生什么?所有幸存者会彼此亲吻,喝喝茶,吃点三明治?众神当然会走向灭亡。如果我够幸运,也许不会在他们之列。但在此时此刻因为这种事就陷入伤感完全是不合时宜的行为。说到负责……

"你既然想做水果蛋糕——我是说,想做煎蛋卷——就必须打破一两个鸡蛋。"

"什么?"安吉说。

我再次努力表达。"间接损失,就是这么回事。你自己套套那些陈词滥调吧,随便了。无论如何,这都不是我的错。"

"那还用说。"安吉说。

"那你干吗要告诉我?"我问。

她又露出那种小女孩的笑容。"你也许以为古尔薇格需要你。"她说,"可是一旦等你没用了,你就会像其他人一样被随手丢弃。我不在乎你信不信我。对她稍微留点神就行。"

等安吉走后,我琢磨了一会儿她说的话。也许她所言不虚,我告诉自己。也许我在跟海伊德做交易时还不够谨慎。也许我专注于对肉体愉悦的追求和复仇的欲望,忽视了自己的切身利益。说到底,我到底了解她多少?她又对先知了解多少?她到底会与混沌做怎样的交易,如果真有交易的话?

我再次回顾先知预言。帮助不大。海伊德的名字没有出现,尽管我记得这样两句诗:

女巫静候在铁木树林。

魔狼芬里斯将时来运转。

因为提到了芬尼,我起初便猜测女巫指的是安吉。但现在我自问海伊德是更合适的人选。如果我猜的没错,那么她在静候什么?

当然,我没有答案,只有这段预言和安吉那未经证实的怀疑

——也许是出于嫉妒或单纯的恶意呢,谁知道?

于是我照常过日子,告诉自己如果势头不对也能溜之大吉。直到我再一次意识到自己被人利用,无路可逃,唯有奔过燃烧的火桥,无论等待我的将是何物……

第三课

黑暗

这是一个疯狂的、神咬神①的世界。

——《洛卡布雷那》

身处战场，没人能洞察一切。历史会自行作出判断。也许正因为如此，我才用了如此之久的时间理解到底发生了什么：我们被密弥尔的头颅所背叛，我被古尔薇格所背叛。至于苏尔特的角色，当然了，这混沌的钟摆像刽子手的斧头般荡来，要像收割一片麦田般砍下我们的脑袋。哦，多么经典，多么激动人心。刀积

---

① "狗咬狗"的文字游戏。

成山，血流成河，一出出勇敢和自我牺牲的歌剧轮流上演。

先知是这样形容的：

我必出此言。三条河流

向众神的领域汇集而去。

刀之河自东而来；冰与火的双子河

则分别来自北边和南边。

实际上，这与实情相去不远。我们出于战略考虑，将冰巨人和岩巨人安排在依达平原的北侧和东侧，大体为了转移视线，而真正的计划则在梦之境和铁木树林南侧进行，以海伊德的如尼魔法隐藏行迹。

与此同时，人类继续聚集，现在已经颇成气候。有的乘船自内陆而来，有的骑马自北方而来，有的则来自各个聚落。他们散乱无序，但为数众多，像蚁群般在铁木树林边缘汇集，搭建帐篷，点燃营火，不安地望着天空。

我们目前尚未做出攻击他们的举动。我们还有更大的鱼要捉。古尔薇格的计划十分精密复杂，每件事都一丝不苟地作了安排，须得在恰当的时间同时发生。过去数月里，她一直在将手下谨慎地安排到中庭世界的各个优势位置，随时准备听她调遣。只要一声令下，她的计划就会立即得到实施，先是解放了我，招纳了安吉，然后又释放了我儿子魔狼芬里斯，他为了庆祝自己终于时来运转，去找了老友恶狼斯库尔和哈悌，和他们密谋协商击落太阳和月亮的战车,让九界陷入黑暗……

黑暗,便是第一次打击。到处都是不法之徒、恐惧和噩梦的制造者。在接下来的骚动中,尘世巨蟒蹿出海面,恶狼蹂躏着平原,冥府的游牧部落在海伊德的指挥下开始从混沌的国度向中庭世界挺进。

有些部落经由梦之河袭击人类,四下散播疯狂和暴力。其余的则自然而然地到来,危难关头向来如此。内部分裂,同室操戈,投机分子趁乱中饱私囊。无论什么事情出了问题人们都倾向于指责混沌,但实际上大部分时间里混沌根本无须插足。人类不需要任何外力就会彼此屠杀。凡是你想得到的暴行他们都干遍了——谋杀、强奸、屠杀婴儿——人类永远在指责这个世界暗无天日,而其实黑暗早已存在于他们心中。

他们当然也指责诸神。这是我最享受的部分,曾经以摇尾乞怜的盲信态度崇拜奥丁的人类,一旦发现世界末日的第一丝征兆,立刻就在愚蠢的愤怒中对他倒戈相向,破坏他的神庙,推倒他的立石,砍断他的神树,诅咒他的名字和所有功绩,转而接受任何送到他们面前的疯狂慰藉。

所以呢,这一切的结果对鄙人算不上有利。但在这个疯狂的诸神相斗的世界,你必须学会与时俱进。当流年不利,当黑暗降临,人们总是会回到火焰身边。火焰永远不退流行。在战争之际,在恐惧之时,是火焰使我们团结,使我们在某种温暖而危险的光芒旁挤作一团。不出预料，大多数人类都抛弃阿斯加德诸神，转而崇拜我。他们烧毁书籍以保持温暖；建立火墙抵抗夜寒。我再一次有了新的名字——带来光明的洛基——到头来，我终于赢得了一些尊敬。

在阿斯加德，奥丁注视着中庭世界的崩塌。他的鸟儿一直陪伴在他左右，持续监视和报告。尽管日月已经不在，我知道他能看见我。我远远地向他发出挑衅，自己心里偷乐。然后，某个夜晚……

好吧，也可能是白天。那时日夜已经没有区别。无论如何，奥丁的精神和心智以人类而非乌鸦的形态来到我的帐篷之中，终于要求和我做交易。

过去多年里我曾见过几次他们的人类形态。奥丁的信使更中意鸟的外形，即使是此刻，他们的外表比起人类也更像是乌鸦：两人都黑发金眼，一旦兴奋就有嘎嘎大叫的倾向。胡基是男性，穆宁是女性，除了不同的性别和穆宁发间的白色条纹外，这二人像双胞胎般如出一辙。两人都佩戴大量首饰：稍微一动手镯就叮当作响，细长黝黑的手指上戴满鸟类头骨形状的戒指。

胡基最为健谈；穆宁最为警觉。两人都紧张不安，也理当如此，铁木树林现在已经不是他们该来的地方，有芬里斯四下撒野，我的火巨人军队和混血恶魔也近在咫尺。但我猜他们为对话而来，尽管在受了老家伙那么多气之后我毫无放他一马的意愿，但我无论如何也不会错过这次机会。

我向他们露出最友好的微笑。"请进。"

他们随我进入帐中,在靠垫上坐了下来。桌上有一盘水果蜜饯。穆宁发出嘎嘎的叫声,取过一片梨子,灵巧而不安地小口啃着。

"你们来此有何贵干?"我说,"老家伙是寂寞了吗?难道他把自己的兄弟抛弃之后又改主意了吗?如果真是这样,那他为什么不亲自前来?"

"我们为那位代言。"胡基用沙哑的声音说,"我们的言语就是他的言语。"穆宁发出赞同的叫声,又开始吃橘子。

"他想要你知道现在还为时不晚。我们依然能回避预言。"

"回避?我有什么理由要这样做呢?"我问。

"因为你还想保住性命。"他说,"要想保命,唯一的方法就是反抗先知。"我不得不笑了。"所以,总的来说,你是在告诉我奥丁想要我回去咯?"

"没错。在一定条件之下。"

"什么?"我笑得更欢了,"条件?他另一只眼睛也瞎了吗?现在向阿斯加德奔涌而去的是三条钢铁、寒冰与火焰组成的洪流,可不是三根花俏的金线。如果他以为自己一开口我就会爬回他身边的话……"

"他认为这一切都是先知一手安排的。当密弥尔还在华纳神族的营中之时,古尔薇格与他做了交易。她向先知许诺会向阿萨神族发起报复。"

"奥丁还真有创造性。"我说,"但古尔薇格怎么可能知道密弥尔终有一天会想报复诸神?当他来到华纳神族营中时,一切都还很圆满。他那时根本没理由相信他那亲爱的侄子计划牺牲他以实现自己的野心。"

"她是女预言者。"胡基说,"她可能也做过预言。"

哎呀。这跟安吉之前的暗示倒是十分接近。

我不置可否。"永远不要相信先知。很抱歉,这还是不能说明什么。"

"那位说让我们告诉你她是在利用你。当苏尔特到来时,她计划利用你来为自己在混沌中挣一个位置。"

我笑了。"这就是他想到的最好的招数了?老家伙想必十分绝望啊。换作是我,就会集中精力给自己选寿衣。假设在我们结果他之后他还能剩下点什么可供埋葬的话。"

胡基摇摇黝黑的脑袋。"你这是在犯错。"他说,"苏尔特永远不会重新接纳你。但奥丁会,只要你帮他。现在还不算太晚。"

我又笑了。"我懂了。这是要让我笑着钻进致命圈套。干得不错,奥丁。但这件事上倒不是你有妄想症。现在人人都想抓你。当你跌下护墙下落时听见的将会是我开怀大笑的声音。"

穆宁忧郁地嘎嘎了两声,又拿了块菠萝。

"她完全不会说话吗?"我问。

"说得不多。"胡基说,"但她说的话通常值得一听。她说过唯一能阻止世界末日的就是以混沌对抗混沌,也就是要以自由意志对抗固有命运。如果我们相信先知,那么自由意志不过是个幻象,我们的所有行动早从一开始就都被以如尼符文写好了。但如果我们把命运掌握在自己手里,那么就能书写自己的如尼文字,重塑我们的真实。"

"这些话她都是用嘎嘎声说的?"我说。

"算是吧。"胡基说。

"那好,谢谢你们的提议。"我说,"但我太享受这一切了。告诉他就让我们在诸神黄昏时再见吧。告诉他小心狼人。"

等到乌鸦们飞走,我打开一瓶酒自斟自饮。让老家伙下地狱吧。让他们都下地狱吧。因为尽管他让我遭了那么多罪,他无疑还是说动我了。安吉试图警告我时,我没有理会她的怀疑。但现在那些疑问重新浮上水面,突然之间一切都讲得通了。打从一开始,古尔薇格和先知是一伙——或者甚至与混沌也是一伙;她利用密弥尔的头颅操纵奥丁,召唤我,引发众神的末日;她计划将我连同其余人在没有利用价值之后一起卖给苏尔特,自己则逃之夭夭。

这个背叛的轮回,以古尔薇格而始,以古尔薇格而终。古尔薇格最初来到阿斯加德展示她的恶魔能力,此举引发了奥丁的嫉妒和密弥尔的死亡；随后她又将密弥尔的头颅送回阿斯加德，清楚知道它拥有奥丁渴求的一切智慧，能让他亲手为自己种下倾覆的种子。

她是否打从一开始就计划这一切？是混沌唆使她这么做的吗？抑或这一切都只是更宏大的计划的一部分——以确保混沌从一开始就稳操胜券？这种发现自己上当受骗的不祥预感——当你解开一切谜团的同时也意识到已经再没有退路的那种后知后觉……

应该有什么词语专门表达这个意思，对不对？如果没有的话，我会自己创造一个。"好忽悠"，我想就是这个词。这词甚至还包含她名字的一部分①。说到底，古尔薇格是何许人？没有一个华纳神族记得她是什么时候登场的。她到底是他们的一员，还是完全不同的种族——更加古老的存在，来自其他地方？

> 我现在讲到女巫，
> 古尔薇格，三度遭焚，三度重生，
> 女预言者，火焰之主，
> 报复和欲望是她的食物。

密弥尔告诉奥丁的预言是这样形容她的。以前我没怎么留意

---

① 原文为 gullible，和古尔薇格 Gullveig 部分一致。

这部分，那时我更专注于解读未来的预言，而不是过去的场景。但在一节诗里她是这样的：野火的女主人，寻求复仇——向谁呢？奥丁？众神？还是因为某桩尚未发生的未来犯罪——只有在她的介入之下才会发生的犯罪？

我一想到这事就头痛。但有没有可能是古尔薇格有意引诱我离开混沌，利用我的背叛击溃众神，然后被苏尔特大人派去接替我的位置，化身为熊熊燃烧的野心，其纯粹的破坏力和狡诈甚至胜过野火本身？

哦。天啊。真的会是这样吗？

呃……

没错，这样一来就完全说得通了。真的，令人叹为观止。然而我不能回去见奥丁。就当作是为了尊严吧——自尊一直是我的致命弱点——如果这意味着必须按先知的游戏规则行事，允许海伊德利用我，甚至在战场上死去，或者更糟——那就随它去吧。我已经准备好了。宁可选择这条路，也比承认奥丁没错要好。

于是我陷入阴郁黑暗的泥醉，醒来后，在可怕的宿醉之中发现海伊德终于下令军队从铁木树林出发，前往依达平原。

第四课

依达

人生路上遇艰险①……后半句你随意填句漂亮话吧。

——《洛卡布雷那》

我们在开阔的平原上支起帐篷,等了九天。天气很冷,太阳的消失带来了刺骨严寒。冰霜覆盖大地,黑风席卷而过,灰烬和烟尘组成的云团和暴风雪融合在了一起。在我们头顶,阿斯加德的要塞恍如光辉的发源之地,尽数笼罩在北极光之中,散发如尼符文的光芒,还有彩虹桥碧佛洛斯特正自城墙向外划出一道

---

① 原为谚语"人生路上遇艰险,就必须更加坚强地前进"。

弧线。

一想到我们必须要摧毁它,我就几乎为之感到惋惜。在这个逐渐死亡的阴晦世界里,它是最后一件美丽的事物。但现在后悔也已经太迟。我们已经开战,木已成舟,贡瑟罗河已经决口……后半句你自己填吧。

这便是古尔薇格的计划的最后阶段:最终对决。冰巨人族立于北,岩巨人立于东。在西面,人类依然挺立——或者至少是在第二阶段后还存活下来的部分——他们衣衫褴褛,饥饿而恐惧,但依然固执地忠于他们的神祇。在南面,我们余下的军队从铁木树林中倾巢而出,足有一万余人。他们壮观地涌过平原,公然向阿斯加德宣战。

其中有恶魔和巨怪、狼人和女巫、地精、幻象、人形怪物和不死族。我则拥有在九界间穿行的火船和船队,还有骷髅和白骨组成的水手们。没错,我帅呆了。就算明知道古尔薇格会背叛我,明知道九界将坠入深渊,明知道自己最多也不过落得个永恒湮灭的下场,我依然准备漂漂亮亮地谢幕。

古尔薇格留在铁木树林中监督其余来自梦之河和外域的军队。我则在平原上瑟瑟发抖,处于无数火炬、火盆和营火组成的一个个同心圆的中心。芬里斯也以狼的形态前来加入了我的队伍,和往常一样只会发单音节,但也因战争即将到来而兴奋得毛发倒竖。他的朋友斯库尔和哈悌也来了,三人结伴行动,撕咬阴影，吞食一切，基本上只是在四处作恶。

这些家伙对愈发焦躁不安的鄙人来说算不上好伙伴。我已经等够了。我想要战斗。我痛恨像这样无所事事，讨论条条款款和计谋策略。我想要简单明了的屠杀。我想要确定性。这要求难道真的很过分吗？

我抬头在城垛上看见奥丁的鸟儿的身影。自从那次造访以来，它们就再没有费心与我联系。我发现自己为此感到隐约的忿恨，就好像奥丁第二次抛弃了我一样。

我不禁自问，如果他真的希望我回到阿斯加德，那必然应该亲自前来问我，而不是派那两只傻鸟代劳吧？再说，虽然第一次没能说服我，可他放弃得也太快了吧？

让他见鬼去吧。我从日益减少的酒类储备中给自己拿了又一瓶酒。再省着喝也没有任何意义了，归根到底，九界不出九天就会烟消云散。还不如在狂欢中迎来终结。

十小时之后，我又是宿醉，又是自怜自艾，相当后悔这个决定。我也许真是九界之王，但毫无征兆的反胃和猛烈头痛可不是我当初选择这具身体时想要体会的感受。我发现自己极度怀念当初纯粹的元素形态，真希望能设法回到混沌之中，做个清清白白的无名之辈。

现在想这么做也没机会了。我已经成了敌人的目标，唯一能期望的就是抓住机会杀死尽可能多的敌人——最好还有密弥尔的头颅——然后在火焰中灰飞烟灭。至于海伊德，我向自己保证，如果能破坏她把我卖给苏尔特的计划，那我也就能高高兴兴地上路。我的心中萌生出一个计划——不算高明，但是我当时能想到的最好方案——我告诉自己，如果这计划奏效，那么也许，只是也许，就能……

但我想得太超前了。还有九天呢。

我离开营帐和重重火圈，独自走到平原边缘，凛冽寒风扫过冻土，雪花像铁屑般飞舞，就算身着厚厚的毛皮，我依然冻得发抖，两脚麻木，双手蜷曲，吸入肺中的空气好似钢铁的碎片。放眼望去，我能看见平原那端属于我的队伍，我的幻象军队，我的不死者大军，我的蛇，巨怪和狼人，我的舰队和燃烧着黑色火焰的船只。

在我之上，阿斯加德傲然屹立，它的命运已经注定，旗帜却依然在空中飞扬。我想知道那老家伙是否正坐在王座上注视着我。我立于荒野之上，希望能看见天上群星，但阿斯加德城墙上发出的光和依达平原上的火焰完全遮掩了它们的身影。

唯有一颗星星依然闪亮。属于我的星——天狼星——仍旧耀眼夺目。正当我眺望它的时候，平原上涌起一股浓烟，将之彻底吞没。

黑暗在发出命令。我必须服从。如果你愿意，就把它称为命运，或者先决论吧，我的路已如石刻的如尼文字般不可更改，尽管我知道这条路将通往黑暗。老家伙甚至在派乌鸦来劝服我之前就知道我再不会做出半分让步，就和他自己一样。阿萨神族即将覆灭，阿斯加德即将覆灭，华纳神族即将覆灭，而我……

好吧。不论如何，这都不是我的错。我就和其他人一样都是受害者。如果诸神当初信任我，如果奥丁当初能稍微收敛他的傲气，如果我没有听先知那该下地狱的混账预言的话……

我知道，在彩虹桥上的高处，奥丁正注视着我。我向他竖起中指。让他见鬼去吧。让他们全都见鬼去吧。因为我本可以阻止这一切，而那个家伙知道这一点。但明明知道，他那异常膨大的自尊也使他没有向我寻求帮助，而是派了两只可笑的鸟送来他制定的规矩和最后通牒，尽管他渴求我渴求得要死。

那么好吧。让他垮台吧。让那个顽固的老家伙垮台吧。我不会为他流一滴眼泪的。让他堕落，让他绝望的临死时刻充满悲伤和悔恨，让他知道完全是他那怪物般巨大的自傲导致了自己的覆灭。

是他让我走到这一步的，我告诉自己。难道不是这样吗？难道他没有吗？

第五课

新仇旧恨

自由意志登场。

——《洛卡布雷那》

到了第九天,我们发动进攻。九是个完美的数字。九大世界,九天九夜,然后就是世界的终结。这样的均等之中蕴含着某种奇怪的诗意。九天,九夜。到了第九天众生覆灭。

这个众生指的是"与此事相关的众生"。

当然了,那天没有出太阳。不管怎样,我们还是按照传统,在差不多黎明的时候发动进攻。冰巨人和岩巨人双管齐下,分别袭击阿斯加德的北侧和东侧,其余军力则集中清扫剩下的人类,当海伊德的人马冲出铁木树林向彩虹桥发动进攻时,我则化为野火,为自己的火船掌舵,率领船队越过平原,在大地上划出一道鲜红色的警戒线。

我终于知道该做什么了。我如鱼得水。我将黑暗点亮成辉煌的金红,引发致命的爆炸,吞噬树木、骨头和血肉,在刀锋边缘欢快地撞击出火花。不到一小时,依达雪原就化作炎炎火海,彩虹桥闪烁的栏杆上越过无数身影。群狼长号,女巫满天飞行,幻影涌出梦境,化作我们的敌人最恐惧的形态。众神寡不敌众,以一敌万。冰巨人在这里,岩巨人在那里,野火在中间。在桥上,我们的同伴向身陷重围的阿萨神族发出挑衅和愤怒的号叫,魔狼芬里斯,以黏液护体、悠然自得的耶梦加得,还有大量从梦之河河床蹿出的邪恶幻影。

天空被浓烟和尘土蒙蔽成一片黑暗,依达平原遍布血色。当然,处于野火的形态时我听不见血管中奔涌的血液,闻不到屠杀的恶臭,看不见百万之众的幻影像飞蛾般扑向彩虹桥,尝不到舌上的汗水的咸味,感受不到我喉咙深处犹如困兽之斗的恐惧,也听不到战场上仿如万道疾风呼啸而过般的嘶吼……

但我感觉得到屠杀,狂热,喜悦——还有某种纯粹。我已经太久没有感受过这种毫无拘束的破坏,不受理性、恐惧、罪恶感或任何奥丁强行灌输给我的情感所束缚。长久以来,我第一次得到了自由,而我要最大程度地享受它。

我在桥上发动了我的火船。它为大地罩上了一层血色的裹尸布。它像剃刀般切开九界，一路划过死境、梦境和外域，将混沌的碎片释放入这紧张而狂热的空气中。在阿斯加德和我们之间的唯有那座桥，笼罩在北极光之中，闪烁着永恒的光辉。

此刻，一个人影站到了狭窄的桥面中间。那是恢复真身的奥丁，手持长矛，凛然不可战胜。巨大形态的斯莱普尼尔站在他身边，八条腿像蛛网般跨过天空。一道火焰的光轮围绕在他们身周，为一人一马罩上两道日华。我不得不承认那一刻老家伙身上有某种伟大的气质，某种高贵而悲哀的事物，几乎触动了我的心灵——假如我有心的话。而我的确有心。我褪去野火之形，以更好地欣赏即将在我眼前展开的景象。喧天的争斗之声沉寂了下来。所有人的目光都投向彩虹桥上。

此刻，奥丁出阵迎敌。他正对芬里斯而立。

他战斗了，他倒下了。我还需要说更多吗？

这句诗就像密弥尔的泉水一般干净明了，但我依然不相信它。奥丁一定花过很多时间研究先知预言的字里行间之意，一丝一丝梳理预言的纱线，将其编成保全自己的安全网。我知道他的为人，他不会手下留情；尽管芬里斯无比强大，但我内心依然有一部分期待——恐惧——认为奥丁的狡诈恐怕依然更胜一筹。

在我身后的是可怕的沉默,来自混沌的大军默默等待。我以人类的形态赤身裸体站在船首看他。现在我能感觉到背后的火焰,空气中的寒意,肺中的浓烟。所有这些感觉将我吞没——胜利,赞美……

以及希望?

他站在桥栏杆后看我,独眼中燃烧着湛蓝的火焰。然后他举起战矛射向我的火船。

他是冲着我来的吗?谁知道?如果真的如此,那他可射偏了。我看见空中飞来的战矛,不禁骂了一声,迅速变回野火。那支矛身嵌有如尼符文的长矛精准地穿过火船,插入熊熊燃烧的平原,爆发出寒冰般的魔力。他又向前跨出一步,拔出意念之剑。

"芬里斯,你准备好了吗?"他说。

队伍中出现一阵波澜。魔狼芬里斯走上前来。吞噬者芬里斯,从鼻尖到尾尖长达三十尺,獠牙长如人臂,悍勇无惧,简直是贪婪的化身。一时间,老家伙和魔狼沉默对视。我又恢复人形观看,现在我能感觉到后颈上的毛发像一丛举起的尖矛般根根站起。在我身后,所有来自混沌的魔怪都在凝神观看,就连将死之人都不禁瞩目。我们都知道传奇即将上演。然后……

他们像利剑出鞘般扑向对方,两者巨大的投影在北极光的光幕映照下格外夺目。下方的平原上,其余众狼齐声长嗥,发出令人毛骨悚然的叫声。在他们之上,八脚的斯莱普尼尔用如尼魔法编织着光网。

他们彼此缠斗。阿斯加德的城墙上,熟悉的人影正在观战,他们的魔力之光熠熠生辉——蓝的、红的、金的。都是我的昔日老友:托尔、弗雷、提尔、涅尔德、海尼尔、埃吉尔、海姆达尔。他们全部悄无声息地凝视众神之父对战魔狼芬里斯,心中怀着逐渐上升的绝望,就像某人知道自己注定失败时的心境。

这场战斗并不优雅。老家伙利用魔力、如尼符文和他那顽强意志而战;魔狼则有他那阴险野蛮的力量和他母亲的保护。两人都浑身浴血,精疲力竭,伤痕累累,他们的呼吸在夜色中化作一团团白絮,下方的依达平原已被二人的咒语和破碎的如尼符文化作焦土和齑粉。

但老家伙终究还是比不过魔狼那残忍的狡猾和非人的精力。他身上有二十多处流血,单膝跪地,魔狼欺上前去,一口咬碎了他的喉咙。

然而正当芬里斯张口欲以号叫向夜空宣布他的胜利时,彩虹桥上出现了另一个人影。

那是托尔,手持米奥尔尼尔,他的踩踏使桥身颤动,令城墙上的石块滚落。他在震怒之中冲向魔狼芬里斯,重重地撞上他的身体,两人一同冲出桥身边缘,掉进下方密密麻麻的敌人堆里,他们纷纷作鸟兽散,就像群鸦躲避爆竹。

彩虹桥的碎片如雨点般落下。显露神灵之身的托尔远远不是这样精致的建筑能够承受的,而早已在进攻中受损的桥身此时开始解体,组成桥身的成百上千如尼符文——消散在烟尘滚滚的天空中。彩虹桥很快就不复存在了,让众神无路可逃,为我的船队打开大门。

与此同时,在地面上,雷神和魔狼芬里斯正在进行你死我活的缠斗。托尔一时间没从坠落中回过神来,我希望魔狼能趁机结果了他。但他马上抓起米奥尔尼尔,猛地发动进攻。精确从来就不是托尔的长项,但他有力量作为弥补。米奥尔尼尔在他手中闪动;恶狼向后跃去,咆哮着龇出巨大的牙齿。

一时之间,他们绕着彼此打转,芬里斯避过劈头盖脸砸来的神锤,托尔则向敌人发动猛攻。神锤在平原上砸出一个个喷涌着火焰的环形山,将血肉化作焦炭,将钢铁化作破碎的弹片,将白骨化为尘土。雷神之锤所到之处,无不留下一道屠杀的血痕,岩石也因高温而化为玻璃。终于,他一锤砸碎了我那怪物般的儿子,魔狼当即毙命于战场之上,临死前挣扎着用咆哮发泄他的恨意。又一位应验了先知预言的死者。

这时,托尔穿过平原,向我的船直奔而来,将神锤挥舞得连枷一般,以摧枯拉朽之势收割着我们的军队。

我远远地听见他的声音。"洛基!你就是下一个!"

但他永远没有走到我身边。我的第二个儿子巨兽耶梦加得发现了雷神的接近。这条尘世巨蟒蛇行过平原,一路上用他的恶臭熏倒无数军队，逼近托尔，张大那布满黏液和钢铁的硕大无朋的下颌。

托尔看见他，回身应战，但霎时间巨蛇已经将他拦腰吞下，把他像吃一颗瓜子般拖进自己巨大的胃袋。

我说，真是乖儿子。或者诸如此类的话。

但托尔有米奥尔尼尔，耶梦加得只有淤塞的油脂。神锤击中它三次，甚至当托尔卡在这头怪兽的喉咙中，被它的毒液冲刷过全身的时候，他依然让神锤穿透了怪物的后脑。

耶梦加得痉挛性地吞咽。托尔拼命挣扎。然后我看着雷神挣扎着从巨蛇口中脱身，而奄奄一息、失去控制的耶梦加得将半结冻的地面抽打成泥泞和淤血的湖泊，随后溜入地面之下。

从阿斯加德遥远的护墙后传来一阵胜利的欢呼。但这胜利转瞬即逝。托尔从耶梦加得毙命的地方走出九步，怪物的毒液就已发作，雷神倒地死去，一如先知的预言。

自由意志即将登场。我告诉自己。在那之后，天崩地裂。

第六课

新仇旧恨 Ⅱ

那么最坏的情况会是怎样呢?

——《洛卡布雷那》

眼睁睁看着他们最伟大的两位英雄接连毙命,余下的阿萨神族和华纳神族将所有战术策略都抛之脑后。他们就在原地展开战斗;在阿斯加德的城墙之上,被敌人的洪流团团包围。我们的一部分军队已经穿过彩虹桥,凿开城墙,让筑成阿斯加德那些闪闪发光的城墙的成千上万道如尼符文分崩离析;另有一部分从空中发动攻击,化为鸟,飞蛇,龙;有些则从依达深渊下蜂拥而上,沿岩石表面攀爬;还有的则直接从梦之境进攻。

彩虹桥瞬间崩塌，化作漫天晶莹闪亮的碎片，散落在战场之上。我的火焰船队准备进发，辉煌灿烂地向天空挺进，吞噬一切所及之物。

我失去了方向感。在火与烟造成的混乱之中我瞥见曾经的同伴们，他们巨大的影子投射在天空之中：芙蕾雅化作丑妪的形态，带着与生俱来的恶意一路划过幻影的大军；提尔已经用一只魔力制作的护甲手套代替了失去的那只手，正用意志之剑斩杀敌群；弗雷正向地面上射出如尼魔法，他若不是将自己的利剑送了人，此刻本可以以它对敌；希芙化作战士形态，几乎和托尔本人一样让人望而生畏，正在嘶喊着复仇和杀戮的口号。

我必须承认，他们干得不错。如果有我的帮助，我的忠诚，他们甚至本可以在这场攻击中幸存。这是最让我内心刺痛的设想，我猜。在我的帮助之下，我们本可以齐心打败预言。我们本可以守住阿斯加德。我们本可以胜出。而置身于战斗的高热之中，左侧是烈焰，右侧是寒冰，浓烟、魔力和鲜血在空中涂抹出一道浓烈的彩虹，您谦卑的叙述者突然之间心中一片了然。

我望向我们的城垛，此时它们正在攻击之下粉碎。我望向彩虹桥，它那璀璨的弧线正被整支大军的重量压垮。我再一次化作野火，离开火船，飞速穿过血腥战场，在身后留下一道火焰的痕迹，跳到彩虹桥上。

我在桥上恢复人身，周身不着寸缕，只有浓烟和魔力遮体。

准备用我的敌人们最熟悉的形态与他们交战。

你可能会问,我为什么要离开船队呢?好吧,我知道接下来会发生什么。彩虹桥是将各大世界联系在一起的最后锁链。古尔薇格已经打开梦之境和死之境的大门。唯有一处的大门仍然禁闭:魔境——这就意味着如果还有什么心愿未了,有什么余仇未报,如果真的要做的话,就必须得赶快行动。

于是我以恶作剧之神洛基的形态穿过彩虹桥,此时维系一切的最后一根闪亮的细丝也如阳光下的肥皂泡般消散了。我赤手空拳,只有魔力护身;我从来对武器就不怎么感兴趣,此外,这一次我并不是为战斗而来。在整个阿斯加德,唯有一人没有参战,而且他有绝妙的理由。因为他——至少从严格意义上讲——已经死了,但这一点并不能阻止我的脚步,我向自己保证一定要让他死得更透。

那就是先知。那个该千刀万剐的脑袋。密弥尔的头颅就是这一切的祸因。那个该死的脑袋和它那些预言。我们以前到底为什么要听他的话?

我告诉自己,好吧,如果能按预想的方式处理的话,那么所有人都再也不用听他的话了。我会把那东西埋到地底深处,深到就连世界之树根部的那条龙都要拼命才能听见他的声音。于是我心怀此念,轻轻跳下正在消失的桥面,用咒语 Bjarkún 护身,跃过由幻影组成的方阵,跳上城垛,躲过一些小规模的战斗,重返阿斯加德。这一次我来到了奥丁的宫殿之前,它的屋顶已经轰然倒塌,化为焦炭。

我走了进去。大厅中空无一人。奥丁高高在上的宝座如今已经被推倒打烂。但密弥尔的泉水完好无损,侵入者还没有看清这个敌人的真面目。先知显得如此无害,很明显早已死亡,如此安静地躺在它那黑暗的池底,等候着我的到来。它微微发光,似乎心满意足,那层钙质化的外表闪烁不定。

我一丝不挂、浑身烟灰地站着,向密弥尔之泉中望去。然后我探手进去摸到那脑,将它平举在眼前。

"你这个混账。"我说,"你这个没有身体的石头混账。我受够你那些预言了。"

先知显得比以往任何时候都更得意扬扬。"嘿,我只是个报信的。"它说,"我只是尽我的本分,说我该说的话。其余的事情取决于你们。"

我狠狠瞪着那张钙质化的脸。"别来这一套。我都知道了。我知道是海伊德设局引发这一切。你们是一伙的。"

先知变得愈发明亮。"你是个聪明的小子。我就知道你到头来会意识到真相。"

我咆哮道:"那我要看看你意识到这事没有。"我把脑袋夹在腋下,转身返回城墙。

"你要干什么?"先知说。

"我要把你埋到地底深处,深到连那群蛆虫们都听不到你的声音。"

"为什么?"我想它的声音有些动摇了。

我哈哈大笑。"别给我来这套。"我说,"我很清楚我就要死了,但就算要死,我也要在你去了该去的地方后才死得瞑目。"

"去哪儿,地狱吗?"先知冷笑,"去啊,请务必把我送到那儿。我从上古时代起就一直在等待这一天了。还是说你以为我喜欢待在这儿,当一条奥丁召之即来挥之即去的狗,明知他会利用我——而且还是两次——却对此无能为力?"

我露齿一笑。"我不会把你送到地狱。地狱离混沌太近,混沌又离海伊德太近,我信任她就像信任一条饥饿的海豹能看守好一桶鱼。不,老家伙,我要保证你老实待上很久很久。"

"你什么意思?"它的声音变尖了。

"你会知道的。"我说。

我施展如尼魔法的速度一向很快,这一次更是快得史无前例;东方的天空中有一片比夜色更黑暗的乌云,如果它真是我所料之物,那么我剩下的时间不多了。我飞快念出十几个如尼符文,将它们像渔网般紧紧缠绕在一起。完成后,手中出现了一件散发着如尼魔法的光芒、形似猫窝的东西。我将它紧紧扣在那个钙质化的脑袋上。然后我站到城墙上,将它对准脚下约五百尺的深处,耶梦加得刚刚在那里进行了人生最后一次潜水。

"等等。"密弥尔说,"有话好说。"

"说什么?"我问。

"古尔薇格。我能告诉你一切。我知道——"

而海姆达尔就挑了那一时刻——不早不晚——从背后偷袭我,用冰之符文 Hagall 制成的武器把我从城墙扫到正在分崩离析的桥面之上。密弥尔的头颅从城墙上滚落,掉入燃烧的平原,我发现自己头朝下躺在金灿灿先生面前,他全副武装,从头到脚都塞在他最花俏的盔甲里。

我说:"难道你不知道这是一场盛宴吗?你本应该尽情享受。"

海姆达尔的金牙闪闪发光。"站起来,人渣。"他说,"我一直向往这一刻。"

我笑了。"我也一直都知道你在乎我呢。"

东方的地平线上,那片黑云正快速接近。我原本以为自己还有一点时间——也许有时间抵抗,跳到城墙上嘶吼着蔑视世间万物。不过现在这样总算也聊胜于无。如果我注定死在火焰中,那也找不到比他更好的同伴了。

我化身为野火,扑向海姆达尔,通身闪耀鲜艳绚烂的色彩。他一时间紧紧抓住我不放,试图在我燃烧的身躯上找到可以掌握的地方。我们斗得难分难舍,他施展如尼魔法想要困住我,我则以火焰灼烧回去。

我当然没有胜算。海姆达尔更强壮,全副武装,我知道他早晚会占上风。正当我压制住了他的时候——他的脸有一半都变得焦黑，魔力也渐渐衰弱——金灿灿先生施展冰之符文 Isa 将我原地冻住，将我从火焰形态逼回到人类的肉身。

那一刻，时间冻结了。我能感到天空在变暗，能闻到火山坑发出的恶臭；能听到彩虹桥守卫者在我耳边呼吸，能看见——在那血红的天空中闪烁的是一颗星星吗？是属于我的那颗星吗？我再次望向东方，看见一只巨翼的黑色翅尖刺穿暗云而出。

然后海姆达尔和我四目相对，带着我向后退去，跳下城墙，穿过灼热的空气，落向一片狼藉的战场。

我笑了。他真是容易被看穿。我早就猜到他会自彩虹桥尾随我而来，想和我算清旧账。我早就猜到他已经准备与我同归于尽。坠落的终点出现在我们眼前——他内心充满冷酷的快意，认定了就算要死，至少也要带我一起上路。

没多少时间挣扎了。就算我试图逃跑，冰符文 Isa 也会瞬间制住我。我所能做的只有眼睁睁看着地面向我袭来，它看上去非常坚硬，满是火坑。

那么最坏的情况将是如何呢？我想。赫尔不是欠我一个人情吗？

接着有什么东西像硕大无朋的黑鸟般横掠过大地。地面消失了，天空消失了，仿如遥远群星上的寒冰般刺骨的寒冷与突如其来的沉寂一起降临。

最终的清算即将到来。

地狱的住民即将到来。

死神即将降临世间,这条黑暗之龙,

将以他的阴影之翼覆盖九界。

在那时,我感到体内有什么东西突然断裂开来,像是一根小小的骨头。我从未有过这种感受,但同时我也知道它是什么。人们说你会本能地知道自己的骨头什么时候断了,与此相仿,我也知道我刚刚感觉到的是如尼符文 Kaen,它耗尽最后一丝魔力,在可怕的肉体重创之下消亡。

而我知道死亡不是我的问题所在。不是。我的问题比这更大。那片云——那黑暗的双翼——是原初形态的苏尔特。毁灭者苏尔特,混沌的化身,地狱的最终统治者,经由梦之境轰然闯入九大世界……

我说:"哦,妈的。"

接着,黑夜降临。

哦,妈的。这样的一句遗言,谈不上有纪念意义。但当冰冷的黑暗袭来,我只隐约感觉到有一个声音正在离我非常近的地方说话,就像贝壳中回荡的大海之声,然后我就被黑暗吞没,我的肉体,我的精神,以及被称为灵魂之物。

尾声

凡事都要看光明的一面。

可如果没有光明的一面呢?

那就看点别的吧。

——《洛卡布雷那》

人人都以为我死了。

唔,严格意义上讲,我猜我的确是死了——但梦境是一条流经九界的长河,在混沌取胜之后,我的肉体和精神被永久性分开,精神部分没有被拖到冥府,尽管我希望去那里早点解脱——赫尔毕竟是发过誓的,这样的誓言不会轻易失效——而是被带到了地狱这间混沌的前厅。

在那里，梦以最黑暗的形态统治万物，一切噩梦都化作现实。混沌不会原谅那些胆敢反抗它的人，更不用说叛徒了——而我无疑两者皆是。

我就不赘述细节了。一言蔽之：这事并不有趣。一间以我最深沉的恐惧所建的牢笼，由被特意选来逼迫我服从的恶魔所看管。

一条蛇。当然了。永远都是蛇。

不是我最美满的日子。

但我并不孤单。那些在苏尔特到来之前死去的人们都被直接送往冥府，但当黑暗的巨翼落下，魔境敞开大门，某些幸存的神祇和我一起被拖入地狱，而其余人则落入黑暗，梦境，冥府，或魔境。古尔薇格取代我的位置伴随苏尔特左右，苏尔特赐予她新的火焰化身。现在她成为了燃烧的野心，比曾经的野火更为无情，更具毁灭性。好吧，我猜这是她应得的。我隐约期待她来我的新牢房拜访拜访我——幸灾乐祸或表示同情——但她从未到来。

我知道。不是幸福快乐的收场，但你早已知道这一切将如何结束。人人都有一死，或消失无踪，或被人遗忘。这就是现实，只要你翻到最后一页，所有故事都是这样的结局。对任何人来说都没有永远幸福快乐的结局，神祇们尤其如此。如果他们够走运的话，还能在另一股势力夺权之前统治这世界一阵子。

至于阿斯加德，它也在苏尔特展开的巨翼之下轰然倒塌，落在依达平原之上，筑成它的咒语和如尼符文的碎片散布到世界的每个角落。

而人类呢？

我只能说他们是附带损失。当你在蚁穴上浴血厮杀时，想不踩着蚂蚁是极为困难的。然后，当黑暗降临……好吧。寒冬包揽了余下的工作。一场持续了百年之久的严冬，带来了新的神祇，带来了秩序的新纪元和文明——至少新的历史学家们是这样说的。

但我已经说太远了。我们所知道的九大世界已经终结。尽管如此，九界在此之前就多次毁灭，又多次重生。没有什么是恒久不变的。历史旋转它的纺纱，剪断丝线，又再次重织，就像小孩的陀螺，总会回到起点。先知懂得这一点。那就是最后几节诗的含义：旧世界的废墟上诞生了新的世界。当然我们是没有机会亲眼看到了。我们的时代已经终结，先知很明确地说过这一点。然而……

在曾经的战场上

新的纪元迎来了黎明。

它的子孙

找到了阿斯加德的黄金棋盘，

这业已覆灭的光明之国境。

看出先知玩的把戏了吗?这正是我们所说的续集广告句。是一个在故事结尾处抛出的饵,暗示还会有续集。

我并不打算争论这一点。我的故事需要续集。最好是这样一个续集:我死而复生,重获魔力,拯救世界,重建阿斯加德,大体上作为英雄和征服者受人欢迎。的确有点遥不可及,这我知道。但身处一片残缺的梦所组成的海洋,除了紧抓哪怕细到不堪一握的稻草之外,还有别的事情可做吗?

奥丁的后代将获得新的如尼符文,
迎来新的丰收。
曾经覆灭的将重返家园。孩子
将解放父亲。

新的如尼符文?新的丰收?重返?这些字眼莫名其妙地吸引我的注意。密弥尔只能说真话,即使并不总是用最明了的语言。我突然想到假如他第一次预言时是真心想为我们指点迷津,他原本就不应该选择诗歌这种形式。我想,也许在预言的字里行间隐藏着密弥尔不愿让我们知道的事情。哪怕只有最微小的可能……

希望,是所有感觉中最残酷的一种,它将你从痛苦中解脱出来，只是为了再次剥夺你的一切，其残忍远超你的想象。我是多么恨它啊。然而，我依然尽可能心存信念。我一直都是乐观主义者，而且最后几节诗在我看来有种独特的强烈感情。

当然，先知的把戏建立在这样一个基础上：所有人只会听预言中他们最想听到的部分，所有人都假定那一段是专门讲他们自己的。密弥尔加入最后一段话只是为了折磨我，这并非没有可能；它给予我逃脱的希望，就像等待在彩虹尽头的黄金，只会在每次我自以为靠近之时无情地消失。

即便如此，难道我还有别的选择吗？预言的最后一部分依然尚待解释。如果我能找到方法解读并使它为己所用，那就达到我的目的了。忘掉官方版本吧。直到最后一线希望熄灭前，洛基启示录都是不会完结的。于是我在黑暗中等待，做梦，并告诉自己：

要有光。要有光。要有……

预言者之书

尘世之子啊,我知道一个故事。
我必须将之传诵。
讲述那九界之树如何将生命赐予
由巨人统管的世界。

伊米尔尚在的创世之初,
没有陆地也没有海洋。
唯有虚空划破黑暗,
无人得睹璀璨星光。

直到勃利之子们从混沌中
引出秩序;从黑暗中
引出光明;从死亡中引出生命
从夜晚中引出白天。

阿萨神族来了。在依达平原之上
新的众神建造了他们的王国。
他们建起堡垒，他们建起宫廷，
他们建起智慧的宝座。

他们拥有从下界得来的
大量黄金，
他们塑造凡人的命运
却在很久之前就将自己的宿命封印。

桤树为肤，蜡树为骨，
他们以树木造出最初的人族。
一人给予灵魂，一人给予语言；
还有一人给予血液中的火焰。

我知道有一棵大树傲然耸立
它的名字叫伊格德拉希尔。
它永恒屹立，亘古长青，
生长自智慧之井。

我现在讲到女巫,
古尔薇格,三度遭焚,三度重生,
女预言者,火焰之主,
报复和欲望是她的食物。

我现在必须讲到战争,
阿萨神族的战争。
华纳神族,古尔薇格的同胞
为他们的姐妹复仇而发声。

奥丁掷出他的长矛。
战火迅速将我们吞没。
阿斯加德的城墙分崩离析;
火巨人们胜券在握。

阿萨神族齐聚一堂。
但立誓必有破誓时。
女巫的工作已经完成,
预言已经为人所知。

但我看到更多。海姆达尔的号角
藏于圣树之下。
密弥尔之泉里,众神之父牺牲了
他的眼睛。你可听见我的声音?

尘世之子啊,我已窥见你们的命运。
我已听见战斗的声音。
奥丁的战士即将策马向前
冲向那无情落下的阴影。

我看见盲目者
挥舞着槲寄生一枝。
这,便是那支剧毒的标枪
它杀死了阿斯加德最受宠爱的人子。

我必出此言。火葬柴堆
将浓烟送入渐暗的苍天。
芙丽歌落下苦涩的泪水——却为时已晚,
她的儿子沉默地坐在赫尔身边。

我看见有人被五花大绑在王宫之下，
沉于河流的大锅之底。
这个可怜的人似乎便是洛基。
唯有他的妻子陪伴在他受难之际。

我必出此言。三条河流
向众神的领域汇集而去。
刀之河自东而来；冰与火的双子河
则分别来自北边和南边。

我看见死境之岸上的宫殿
毒蛇巨蟒蜘蜘爬行。
那便是冥界，下地狱者
在此等待审判的洗礼。

女巫静候在铁木树林。
魔狼芬里斯将时来运转。
他的兄弟们向天长嗥
太阳和月亮也遭遇不幸。

黑夜将降临于九界。
邪恶之风将猎猎而起。
夹在两重黑暗间的空虚——
众神之父还知道哪些事情？

金色的雏鸟开始报晓
呼唤阿萨众神勇猛迎敌。
在沉寂的冥府之宫里，
灰红色的公鸡高声长鸣。

冥府门口的狼在长嗥。锁链
已经分崩离析；洛基之子重获自由。
诸神黄昏终于来到，
混沌策马奔向胜利。

如今已是战斧和利剑的时代，
兄弟相残的时代。
如今已是群狼的时代；孩子
将取代父亲。

伊格德拉希尔，世界之树
所立之处开始震颤。守门人
吹响他的号角。在阿斯加德
奥丁与密弥尔的头颅长谈。

冥府门口的狼在长嗥。
洛基的次子也重获自由。
世界之树倒塌，尘世巨蟒挣扎，
将海浪愤怒地鞭打。

熊熊燃烧的火船自东方而来，
为它掌舵的正是洛基。
冥府的死者重返人间，地狱的魔怪又获自由，
恐惧和混沌与之同行。

最终的清算即将到来。
地狱的住民即将到来。
死神即将降临世间，这条黑暗之龙，
将以他的阴影之翼覆盖九界。

火巨人们又将如何？
众神们又将如何？
诸神黄昏之日已然到来。
我必出此言。你可想听更多？

火焰自南方而来。寒冰自北方而来。
太阳尖叫着从空中坠落。
通往冥府之路已经畅通
群山裂口，女巫在天空飞行。

此刻，奥丁出阵迎敌。
他正对芬里斯而立。
他战斗了，他倒下了。我还需要说更多吗？
托尔将为老人报仇雪恨。

束缚世界的巨蟒
攻击怒不可遏的托尔。
雷神赢了战斗，却死于
怪物那愤怒的毒液。

冥府门口的魔狼依次拜访
阿斯加德的诸位英雄。
战争怒吼，世界相撞。
群星坠落。死神再次取得胜利。

我看见新的世界从海洋中冉冉升起。
翠绿可爱，满目生机。
山脉崛起，清流不息，
群鹰捕食鲑鱼。

在曾经的战场上
新的纪元迎来了黎明。它的子孙
找到了阿斯加德的黄金棋盘，
这业已覆灭的光明之国境。

奥丁的后代将获得新的如尼符文，
迎来新的丰收。
曾经覆灭的将重返家园。孩子
将解放父亲。

我看见阿斯加德修葺一新
光辉遍洒依达平原。
我的话已说完。现在我该睡去
直到世界的潮水再次折返。

              全书完